谷口ちかえ
Chikae TANIGUCHI

世界の裏窓から カリブ篇

詩人の遠征
▼
extra trek
02

洪水企画

目次

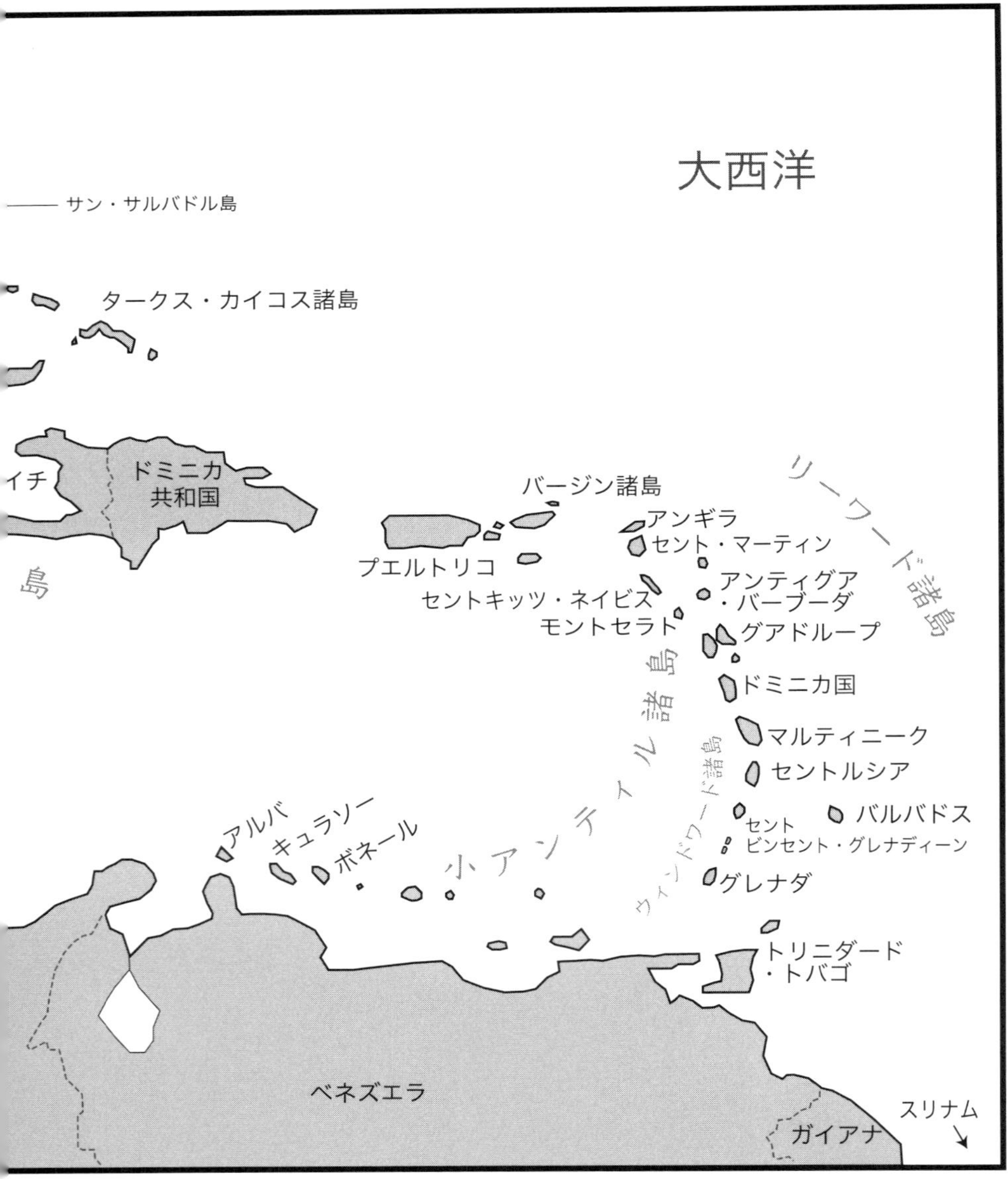
大西洋
サン・サルバドル島
タークス・カイコス諸島
イチ
ドミニカ
共和国
島
バージン諸島
アンギラ
セント・マーティン
プエルトリコ
アンティグア
・バーブーダ
セントキッツ・ネイビス
モントセラト
グアドループ
リーワード諸島
ドミニカ国
マルティニーク
セントルシア
バルバドス
セント
ビンセント・グレナディーン
グレナダ
ウィンドワード諸島
小アンティル諸島
アルバ
キュラソー
ボネール
トリニダード
・トバゴ
ベネズエラ
ガイアナ
スリナム

アメリカ
合衆国
メキシコ湾
バハ
キューバ
メキシコ
ケイマン諸島
大アンティル
ジャマイカ
ベリーズ
グアテマラ
ホンジュラス
カリブ海
エルサルバドール
ニカラグワ
コスタリカ
太平洋
パナマ
コロン

序章として

――新世紀の幕開けから現在へ――

新世紀の幕開けから現在へ

激震の年明けに……

二〇二四年の幕開けは、激震とともに始まった。石川県能登半島を震源とするM7.6の〈令和六年能登半島地震〉である。金沢市の兼六園裏に四年半ほど住んだことがあり、能登半島も身近だった。「小京都」と呼ばれる伝統文化とともに、白山や北アルプスの名峰、外房と内房では雰囲気の違う能登半島の海の情緒など自然にも恵まれた土地柄を楽しんだ。金沢大学・金沢女子短大の外人講師を交えたコミュニティが都市の国際化の牽引役を担っていて、私がとみに英語づいたのもその地である。

そんな今年の年明けから数日後、一ヵ月ほど遅い訃報が入った。

ジャマイカの西インド諸島大学モナ本校[*1]の名誉教授にして詩人／舞台に立つ演劇人／カリブ文学評論家／ノーベル賞詩人デレック・ウォルコット研究第一人者[*2]であるエドワード・ボゥ Edward Alston Cecil Baugh 博士のご逝去である。（一社）日本詩人クラブが二〇一四年に同氏を招聘した当時、国際交流担当の役割を担っていたため、その時以来クラブの海外客員会員であった氏の訃報をまわりにお知らせすべく、パソコン上のニュースを探った。そこには無数の報道があり、一時間五十分の西インド諸島大学礼拝堂での葬儀の動画もあり、その場に立ち会った気分になった。享年八十七歳であった。

＊　　＊　　＊

〈十月三十日、ポートランドのホープ・ベイを震源とするマグニチュード5.4の地震がジャマイカを襲ったとき、私たちは十二月十日に文学的な地震が来ることは予測していなかった。地震の衝撃の後もさらなる余震が続いたとはいえ、カリブ海批評の礎の一人であるエドワード・オールストン・セシル・ボゥ名誉教授が倒れたとき、文学の成り立ちそのものが根底から壊滅的に揺さぶられるとは思ってもみなかった〉——これは事業の組み立て方を探っているとき、知り合いを通して西インド諸島大学の英文学部とつながり、そのとき窓口になって下さった当時の学科長マイケル・バックナー氏の弔辞の一部である。

十年前の招聘当時、東大駒場21KOMCEEで行われた〈国際交流カリブ２０１４「文化の復興力—その逆転のダイナミズム」〉には当時の在日ジャマイカ大使（リカルド・アリコック大使）や、ご自身も満州佳木斯《チャムス》市からの引揚げを経験したディアスポラである日本現代詩人会会長・財部鳥子氏（1933～2020）、在日二十周年を迎えたトリニダード出身のスティールパン[*3]の名手マイケル・マニッシュ・ロビンソンや、主にＪＥＴプログラム（日本で語学指導等を行う外国青年招致事業）を通して来日した在京のジャマイカン詩人たちを交え、一六〇名の参加者とドラマチックな時間を共有した。その報告記事には〈台風をブロックしたカリブの熱帯旋風〉という熱っぽいタイトルを付けてみた。直前までやきもきした台風の直撃はなんとか免れたものの、沖縄からの参加者の便は欠航し、翌日の展望バスによるパノラマ・ドライブや江戸東京博物館・浅草の東京文学散歩は曲りなりに行われたものの、続く専修大学での共催事業「カリブ海域における演劇と言語—ポスト・コロニアルの現場から」は流れた。多面的にご協力いただいた専門家の松田智穂子氏には申し訳も立たない気分だった。しかしこれには更なる後日譚がある。

バックナー氏の弔辞の続き——〈私がボゥ氏退任後、彼に省とジャマイカを代表して日本での文化交流を依頼したとき、彼は体調を崩し現地で緊急手術が必要となった〉——という件《くだり》だ。知らなかった氏のヘルニアの持病が帰国間際に悪化し、成田のホテルから成田日赤に救急搬送されて緊急措置が施された。心配しながら会長・前理事長とともに前泊したホテルの内線に「やはり今日のフライトは無理」だと早朝に内線電話があり、救急車を手配して成田日赤のＩＣＵに直行だった。帰国は二週間ほど後にずれこんだが、招聘事業のパターンとしては異例のこと。

〈「あのように病気になることは不運だったが、日本ではなくジャマイカにいたら、僕はその時死んでいた――」と辞書を片手に奮闘した日本人医師を称えつつ、冗談交じり話された〉と、日本人で初めて西インド諸島大学モナ校で博士課程を了えられたカリブ海文学／思想研究者・中村 達氏（近著『私が諸島である』参照。書肆侃侃房、2023.12）からの現地ならではの情報に触れたのは、最近のことだ。静かな人格者だったという思いとともに、仲間や家族に囲まれて本国で天命を全うされてほんとに良かった、と改めて手を合わせた。

＊1　西インド諸島大学（University of the West Indies, UWIとも呼ばれる）は、南北アメリカ大陸に挟まれたカリブ海域にある島国のうち、英語を公用語とする十七の国と地域が自治・運営する大学。ジャマイカにモナ本校、トリニダード・トバゴにセント・オーガスティン校、バルバドスにケイプヒル校がある。

＊2　デレック・オールトン・ウォルコット（Derek Alton Walcott, 1930.1～2017.3）。カリブ海域のセント・ルシア出身の詩人・劇作家。父はイギリス系、母はオランダ&アフリカ系で、双子の兄弟と姉がいた。西回りでインドに到達しようとしたコロンブスが一四九二年、バハマ諸島の一画サン・サルバドル島に到達し、初めて西欧人による新大陸の発見をなしとげた。そのときから五百年目にあたる年に、カリブ海諸国出身者として初のノーベル文学賞を受賞した。

＊3　米国石油会社が廃棄物としたドラム缶を輪切りにし、天板に熱を加えてハンマーで叩いてチューニングしたトリニダード・トバゴで生み出されたアコースティック民族楽器。

或る「弔辞」に寄せて —E・ボゥからD・ウォルコットへ—

わが友の半数は死んだ——
〈新しい友だちを作ってあげよう〉と大地は言った
イヤだ！　それより死んだ彼らを返してほしい
欠点も何もかもそのままでいい、とわたしは泣いた
(Sea Canes by Derek Walcott 冒頭から)

右の詩はボゥ氏の逝去に先立つこと約七年、二〇一七年三月十七日にやはり八十七歳で逝去したカリブのノーベル賞詩人デレック・ウォルコットに捧げられた弔辞の冒頭である。ウォルコット逝去の一週間後の国葬では、研究ばかりではなく、友人で、詩や芝居の仲間でもあったエドワード・ボゥ氏が、カリブ文学を世界に位置づけたこの巨星に、故人の右の詩篇を引用しつつ、皆を代表して哀悼の意を表した。しかし、何の符号なのだろう。ウォルコットもボゥ氏も、次に述べるセントルシアでウォルコットと志を同じくしたグレゴリアスも同年齢で亡くなっている（ちなみに日本の詩界では、詩の国際化を推進して世界詩人会議・アジア詩人会議を牽引した秋谷豊氏や、世界の周縁の詩にもっとも深い理解を示された石原武氏、前項でご紹介した財部鳥子氏も同年齢で他界されている。（石原氏については第二部／追補版「カリブ海文学の呪力」参照））

　右の詩篇に見られるように、〈友情〉を人生の恩恵《バウンティ》の一つとして詩で祝福したウォルコットに、「あちらに行ってしまったデレックは、今や皆に再会しているだろう」と、すでに鬼籍にあるウォルコットゆかりの人たちの名を列挙した。ウォルコットが一歳のときに早逝した父亡き後、女手一つで子供三人を育て、みんなに敬愛された先生だった母親のアリックス、双子の兄弟ロデリック（2000.3 没）

や姉パーマ、詩や絵画でセントルシアを描きつくすまで、たがいに自国を去らないことを誓いあった画家のグレゴリアス(Sir Dunstan St. Omer　ダンストンあるいはセントオマールとも。2015.5没)、詩と絵の手ほどきを授けてくれたハロルド・シモンズ。さらにトリニダード・シアター・ワークショップの演劇仲間たち、その活動をしっかり支える親友でもあった二番目の妻マーガレット（2014.3没）。彼らは地元の参列者にも近しかった。業績とともに世界的な拡がりを持ったウォルコットの交友関係のうちでも、メジャーなところでは米国の劇作家アーサー・ミラーや詩人ロバート・ロウエル、とりわけ仲の良い議論仲間であったノーベル賞受賞者たちに、アイルランド詩人シェイマス・ヒーニーやロシアのヨシフ・ブロッキー……らがいる。

恵まれたことにホームであるセントルシアには、ノーベル賞受賞者週間 Nobel Laureate Week というのがあり、ウォルコットを囲み、一九七九年に経済学賞を受賞したW・アーサー・ルイス（1915.1〜1991.6）を偲んで、毎年一月十七日から二人の誕生日の二十三日まで（近年、ＣＯＶＩＤ19の影響もあり日程は変動している）、世界から著名な人たちが多数招かれ、多彩なプログラムが開催されてきた。小さな島国が生んだ二人の受賞者が、同日生まれだというのもまた不思議な話だ。ウォルコットは新しい試みとして、トリニダードに長く住むスコットランド人画家とコラボした新・詩画集を（"Morning, Paramin"）十二月十七日に出したが、その出版を祝う記念会が終わる頃、病院に救急搬送された。その日からちょうど三ヶ月後の同日、ウォルコットはこの世を去る。

デレック・ウォルコットがノーベル賞を受賞したのは、コロンブスが新世界を発見した一四九二年からちょうど五百年目の一九九二年だった。右に挙げた若いころからの友人、画家のセントオマールは「彼を敬愛しているが、それはノーベル賞のためではなく、これまでに彼が達成した数々の偉業のため、それにセントルシアの人々に対する彼の思いの故である」とコメントする。

日本からは見えにくい大西洋を舞台にした中間航路。それは三世紀を超える奴隷制と三角貿易の、世界でも類をみない過酷な歴史の現場だった。

民族としての故郷＝ホームも文化も、名前もアイデンティティも奪われた祖先の末裔が、父祖たちの苦しみに満ちた負の遺産を糧とし、新しい独自の言語や文化を創造しつつアイデンティティを確立し、それが元宗主国をも巻き込んで世界で認知されるとしたら、それはわくわくするようなものに違いない。先述したフェスティバルのキャッチフレーズも「優れた才能を祝福し、国の威信を育む――Celebrating Excellence, Fostering National Pride」と謳われていた。

折しも、ウォルコットのドキュメンタリー・フィルム「詩はひとつの島」（"Poetry is an Island", 2013.9 released in Trinidad Tobago）をＤＶＤで見る機会を得た。ボゥ氏を日本詩人クラブが招聘したとき、通訳をお願いした松田智穂子氏から、日本語字幕をつけて日本でも販売することになったことをうかがっていた。互いに忙しくそのままになっていたが、ウォルコットがこの世を去って半年、ピトン双山がシンボリックなセントルシアの美しい風光と、そこで暮らす朴訥なセントルシアンたちの息吹と共に、改訂版だというＤＶＤが届いた。そこにははっとする言葉が、新たな気づきが、確認できた認識があった。

監督はIDA《イダ》・DOES《ドゥス》女史。フリーの女性ドキュメンタリー映画製作者およびプロデューサーで、オランダ本国とカリブ諸島のカリビアン・コミュニティの一員である南米北端のスリナム、およびオランダの構成国でベネズエラの北西沖の島国アルーバを拠点として活動している。発表当時、このフィルムは四つの賞を受賞したと聞く。オランダ語版だが、いかに世界に拡散していけるのか？ 私にとっては、旧オランダ領の作品に触れるのは初めてだった。オランダでゴールデンタイムの国営テレビで放映され、バルバドスのカリフェスタとマイアミの映画祭で封切られたが、その翌年はトリニダード・トバゴの映画祭で上映されたのだそうだ。

Ｄ・ウォルコットに焦点をしぼった『詩はひとつの島』はあっという間に十ヵ国語の字幕が付され

た（日本語字幕は松田氏）。それは現在、カリブ海を舞台にした植民地主義の歴史がいかに国際的な関心を喚起するものであるかを証明している、と監督のイダ女史は言う。このフィルムのタイトルは、ノーベル賞受賞式でのウォルコットの言葉〈詩はひとつの島／大陸から切り離された孤島 Poetry is an island that brakes away from the main〉から来ている。困難な歴史と詩の果たす役割を世界に発信した形だが、ここでは映像を紹介できないので、感興をそそられた言葉・表現を以下で拾った。

◆　◆　◆

◆自分が属す集団のために語る者、それが詩人だ。集団の声が一つになった時、詩人は彼らのために苦しみ、その苦しみや喜びを韻律で語る。（デレック・ウォルコット）

◆緑色の射るような理知的な眼が遠くを見ているとき、彼はそこにはいない。だから彼の眼を見ていると、背後に拡がる全宇宙を覗き込んでいる気分…デレックの詩はクレオールとカリブの文化を正当化する。デレックと画家セントオマールは、セントルシア的カリブ的なものに有効性を与えた。もっと重要なのは、国際社会や世界文学とカリブとのギャップを埋めたことだ。（元個人秘書ミシェル）

◆……学者とは違うが、デレックの作品には詳しい。彼の書く言葉と共に生きている。良質な人生が人間を賢くする。億万長者になるのではなく、履きやすいドタ靴を愛用し、小さな家に住み、人生を味わう……世界の片隅のちっぽけな植民地にいると、国際社会は別世界だ。だからセントルシアの男が国際社会で名を上げるって、素晴らしい事だよ。気取った英国人がデレックの作品が大好きで、彼とシェイクスピアを一緒に論じている。（若い頃からの友人・画家ダンストン・セントオマール）

◆「私はこの栄誉をひとつの名において受け取ります。その名はカリブ人のあらゆるブロークンな言語から成り立っています。全カリブ人の努力が認められ、私はその代理として、誇りと謙遜をもって、この賞を受けるのです。誇りはカリブ作家たちの不断の努力の賜物、謙遜は私のつたない筆で

カリブを表現する事に対する思いです」（ノーベル賞受賞式挨拶）

◆六～七歳の頃にはもう詩を書いていた。父の跡を継ぎたかったのかもしれない。詩集一冊分位の詩を書きためたとき二階で縫物をしている母に言った。「二百ドル必要なんだ」と。母はただ「いいわ」と答えた。法外な金額なのに。（デレック）

◆ノーベル賞をもらったとき、政府がラット島をくれた、好きに使って良いと。世界中から芸術家を呼んで半年から一年、創作に打ち込めるよう島に住まわせたかった。芸術家は創作の喜びと特権を人々と分かち合いたいと思っている。最初は建物が二つ位あれば良い。小さな円形劇場を作って月明かりの下で芝居をする。本島と連絡船で結び、子供たちも呼ぶ。しかし計画はこれまでには実現していない。（デレック）

◆詩作の過程、それはただ詩を「作る」のではなく、詩で世界を「作り直す」ことだ。詩の中では過去と現在の二つの時制が共存し、「自然」と「記憶」が結びつく。埋もれた言語や個々人の言葉、詩を書く過程とはそれらを掘り起こし自分自身を見つける行為だ。詩はそれぞれ独自のアクセント・単語・響きを持ち、強大な帝国言語に縛られない（受賞記念講演より）

◆自分にとって彼の影響力が最も強かったのは、ナイポールのカリブ批判への反論だった。ナイポールが「カリブ文化はヨーロッパの物真似に過ぎない」と言ったとき、デレックは反論した。「違う！オリジナルなカリブ文化はもう独自に存在している！　この多文化のるつぼから価値ある新しいものが生まれるんだ」と。それを読んだとき、デレックが何者かわかった。そして彼は私のヒーローとなった。（ミシェル）

◆　　◆　　◆

以上の引用のうち最後のミシェルの言は、アフリカ系が主流のカリブ諸国の人種的な複雑さと、歴史的な転換点を語っている。カリブにおけるアフリカ系とインド系の人々では、背後にある歴史と文化が違いすぎて、互いに相容れないのだと思っていた。現地でそういう現場を垣間見たし、ナイポール関連の著述から感じていた。例えば、サイードはナイポールを優れた作家だとしながらも「自分を意識的に西側の視点から告発する証人とし、植民地の異人種やニグロについての仮想神話に拍車をかける」と評した。逆にウォルコットのノーベル賞受賞講演がトリニダードのインド人コミュニティにおける伝統行事（「ラムリーラ」劇）から始まり、インド本国から切り離されたトリニダードのインド人たちへ、運命共同体としての深い思いが注がれるのを意外に思った。

ちなみにウォルコット（1930～2017）はアフリカ＆オランダ＆イギリスの血が混ざったムラート。ナイポール（1932～2018）は東インドにルーツを持つ移民三世としてトリニダードで生まれ、一九五〇年から奨学生としてオックスフォードで学んだ後、英国人となった。インド・カリブ・イスラム・アフリカ……第三世界の光と闇をフィクション・ノンフィクションとして書き続け、圧政で屈した歴史を生きる人々を辛辣な語り口と赤裸々な分析で明るみにひきずり出した。何度か候補になったノーベル賞は文明の衝突があらわとなった9・11の年に受賞した。そのときのコメント「私のホームである英国、私の祖先のホームであるインドに大きな感謝を捧げます」という謝辞には、実質的な故郷であるトリニダードは言及されていなかった。

カリブに留まったウォルコットや同年生まれのバルバドス出身のブラスウェイトらから発信される〈すべてが奪われて何もないこの海域こそが自分たちのホームであり、互いに無からふるさとを創ってゆく場所である〉という方向性はカリブの創世記を思わせて魅力的である。（第一部「2」参照）

カリブの詩学と脱植民地主義《ポストコロニアリズム》

この一文をどんな言葉で始めようか？　日本からは最も遠いカリブを一気に引寄せ、その意味と意義を端的に語るタイトルとは？

①「ゼロからの出発、その文化実践」、②「裏窓から世界が見える」、③「モノローグからダイアローグへ」、④「カリブに学ぶ」、⑤「カリビアンの原郷創造」、⑥「カリブ海のオデュッセウス」など。

③は二十一世紀初頭、彼らの活気あるアフリカ起源の口承文学《オラル・トラディション》・文化に触れて衝撃を受けたためだ。偶然行き合わせたカーニバルはその陳列棚だった。現代詩の閉塞感が云々されていた時期で、さいわい丸地守氏は、詩人で語り部のポール・キーンズ・ダグラスの紹介に、「詩と創造」（書肆青樹社）の頁を割いてくださった。

②は「世界の裏窓から」と称して志賀英夫氏主宰の月刊「柵」（詩画工房）に二〇〇七年九月から十四回連載したタイトルと重なる。これらは第一部として、この一冊に章立てして抱き合わせにしたが、初回は「誰でもないわたし」、最終回は「西インド詩の広がり、そして東インド」と題した。「誰でもないわたし」とは、西アフリカで拉致され西インド《カリブ》諸島に連れてこられた奴隷たちが、支配者によって故郷および彼らのアイデンティティの全てを剝奪されたことを意味する。しかし二十世紀後半、独立の機運が高まると、自分たちの足下の海域を故郷とすべく、酷薄な歴史をたどった祖先の記憶を遺産とし、ヨーロッパの息吹を加えながら、自己の再発見・新たな文化の創造へと舵を切る（①⑤）。

一九九二年にノーベル賞を受賞したデレック・ウォルコットは、長編叙事詩『オメロス』で、カリビアン一人一人をトロイ戦争の後、故郷イタカをめざして困難な放浪の旅をしたオデュッセウスになぞらえた（⑥）。作者自身が現代に生きるホメーロスとなり、カリブ海の歴史の再構築と、豊かな自然と一介の庶民の意味を定義しなおそうとしたのだ。イギリスは一八三〇年代には奴隷制を廃止、それに代わる労働力として年季奉公制を導入した。トリニダードやガイアナなどインド人が多い理由だが、他にシリア・レバノン・中国等からも人口が流入した。

当時は詩人団体の公務としてインドとの交流を手探りしていたが、日カリブ年の二〇一四年、カリブ海域のトップ校である西インド諸島大学ジャマイカ本校の名誉教授で詩人、ウォルコット研究第一人者のエドワード・ボゥ氏をお迎えすることになった。その時の講演は「文化の復興力―その逆転のダイナミズム」。日本側は3・11の震災を体験された齋藤貢氏による「東北からの声―カリブに学ぶ」だった。(④)。

ボゥ博士は講演の中で〈国ごとに人種の比率が異なるバラエティがカリブ文化の特徴だ。こうした多様性は社会集団間の緊張や分裂をもたらすが、同時にその差異が互いを惹きつけ相乗効果《シナジー》を生み出す。苦痛・破壊・憎悪などの緊張とともに相互に作用する創造的ダイナミズムがカリブ文学を形成した〉と述べた。酷薄な歴史と三十ほどの島国と大陸の沿岸部からなるカリブを端的に語るのは至難の業。今なぜカリブか?を別の視点から眺めたい。

＊　＊　＊

南北アメリカに挟まれたカリブ海は日本からはほぼ地球の反対側にある。そう思うたび〈この蹠《あしうら》につながる地球の反対側の人たちのことが感じられないなら私は病んでいるのだ〉という意の新川和江氏の表現と認識――時間と空間の縦軸と横軸を可能なかぎり大きく取って、世界を抱こうとする〈詩の十文字法〉を思い出す（２００７埼玉詩祭での特別講演「詩の原点…わたしの場合を語る」より）。

大西洋を中心にした海域にはアラワク族・カリブ族・タイノ族などの先住民《インディオ》がいたが、インドを目指したコロンブスの新大陸発見（一四九二年、西インド諸島のバハマ諸島に到着。インドと勘違いしたことが西インド諸島の語源となる）後に撲滅され、アフリカ人奴隷が大規模農園《プランテーション》に大量投入された。十六～十九世紀にかけて西アフリカで奴隷狩りに遭い、商品と化した彼らには、家畜同様焼きごてがあてられたが、そのことが〈ブランド〉という言葉の語源になったという。また宗主国イギリスに運ばれる東インド産の紅茶と砂糖は、当初王族や貴族しか口にすることはできない贅沢品だったが、ウェディング・ケーキはその名残だそうだ。やがて庶民にもティー・ブレイクの習慣が拡がり、砂糖キビ生産の需要が激増した。

奴隷たちは二人一組が鎖で繋がれ、劣悪な環境で大西洋を横断したが、その数は千万とも二千万とも、当時の世界人口を考慮すると現在の一億にも当たるという。ヨーロッパ列強による欧州↓西アフリカ↓西インド諸島間の三角貿易はときに利潤率三百％に達したそうだが、その数字は極限の搾取を証している。結果、富の蓄積が英国の産業革命を促し、やがては極めて物質主義的な資本主義に基づくわれわれ現在人の生活の基盤となった。

カリブには周縁から世界を読み直し、金字塔となった二冊の著作がある。トリニダード・トバゴの初代&終身首相であったエリック・ウィリアムズの『資本主義と奴隷制』（1944）、同じトリニダード出身C・L・R・ジェームズの『ブラック・ジャコバン―トゥサン・ルーヴェルチュールとハイチ革命』（1938）である。後者はフランス革命における急進派のジャコバン党をもじったもの。フランス領だったハイチで奴隷が蜂起してナポレオン軍をも撃墜、最も早く独立を勝ち取った（1804）史実と奴隷の悲惨な実情が紹介されている。だが独立と引替に負わされた当時のフランス本国の国家予算に相当する多額の賠償金で国は疲弊した。

カリブ海の北はメキシコ湾および米深南部《ディープサウス》のミシシッピ河口域につながっている。北米に運ばれた奴隷の末裔は巨大アメリカ資本の坩堝にのまれ、何世紀を経てなお人種問題に苦しんでいる。昨今よく耳にするBlack Lives Matter《黒人の生命も大切だ》の根源はどこから来たか、国興しを図るカリブとの違いに気づく。

東アジアにもあった植民地主義。引揚者一族で育った私にとって、「0」からの出発を試みる彼らの方向性は、ある種のカタルシスとなった。

二〇一七年十一月、長崎で「千年樹」を主宰する岡耕秋氏を中心に「「引揚詩」記録の会」が発足。私も末席に加わったが、戦後七十年を超えて八十年に向かう負の経験が個々人の内奥では風化していないことに気づかされた。以前からカリブ関係のエッセイをまとめなければと思いつつ遅きに失しているが、今回、読み直しの契機を授かったことに感謝している。

カリブとの出会い……　トリニダード／ハイチ／ジャマイカ

カリブとの出会いは新世紀に入った頃。多国籍企業から派遣されてトリニダードでキャリアをスタートさせた親族が持ち帰ったStoryteller（語り部）のクレオール詩集を訳し始めていて、二〇〇二年に著者に会いに出かけたことに始まる。

日本・カリコムCaribbean Community間の絆が政府レベルでも推進され、同年夏に日本で初めての「カリブ・フェア」が開催されることを現地の日本大使館で知った。折しも彼の地はカーニバルの真っ最中で、大きな衝撃を受けた。その所以は閉塞しているといわれる日本の詩界の現状とは真逆の、人口に膾炙する言葉の力、そして過去の負の遺産を力に変えて、故郷や文化をも創造する方向性である。

＊　＊　＊

灼熱の二月、その国は一年に一度の祭りの最中。通りにはコーナーごとに巨大なスピーカーが備えつけられ、町中がソカ（カリプソにソウルをミックスしてダンサブル《踊りやすく》にしたもの）のリズムに揺れていた。人々もそのサウンドに合わせて踊りながら町を往く。たがいに腰をぶつけ合ってセクシュアルに踊るカップルに目が点になるのはどうも私だけらしい。

　百円あればどこまでもいける十二人乗りの庶民の足マキシ・タクシーの運転手もステレオのボリュームをいっぱいにあげて、左手の指に札束をはさみ、客と一緒に腰を振りながらハンドルを切る。カーニバルの衣装のかわりに果敢にも日本から持参した原色の浴衣を着た私に、陽気なトリニダディアン（トリニダードはカリブ海域ベネズエラの北方二十四キロに位置する。一九六二年にトバゴ島とともにイギリスから独立）は、「にっさん？　だっとさん？」と呼びかける。ここでは「日本」という呼び名より、中古やパーツの輸入品を提供するトヨタやニッサン……のほうが通りがいいのだ。

　到着初日から生命力そのものといった音の洗礼を受けることになった私だが、びっくりしたのはそれからだった。夜もおちおち寝ていられない四日間ぶっ通しのこの国のカーニバルはリオとヴェニスのものと並んで世界の三大カーニバルに挙げられるが、人間に内在する原初のエネルギーを直に感じるという点で他を圧倒するという意見は多い。

　私にとっては二週間にわたった滞在期間を通して、音楽も踊りも言葉も、人間が人間を回復する非暴力の武器であり、これら美しく逞しい本能の自然の発露こそ文化の力なのだということを思い知らされた出来事だった。

　パノラマ・ナイトと呼ばれる土曜日の夕方から翌朝二時まで続く民族楽器スティールパンのファイナル。終演後に明け方まで闇夜に生きる者たちに扮装した人々が奇怪な音を立てて町を占拠するジュヴェ（フレンチ・クレオール、Jour ouvert の短縮形）。日曜日のパンとカリプソとマスカレードの最終選考会となるディマンシュ・グラ。老いも若きも観光客も総出といった二日続きのパレード……。

　圧倒されっぱなしのそんな旅から帰国して一ヶ月、今度はサウジ・アラビアに転勤が決まった息子と落ちあうため、米国ルイジアナ州ニューオーリンズに向った。ワニが這い上ってきそうなスワンプ《湖沼地帯》・ツアーのボートに乗った後、旧プランテーション跡地からオイル・リグの見えるミシシッピ河畔の草深い湿地帯に踏みこんだ途端、蟻の巣を踏んづけてしまったらしい。ただの小さな赤蟻といえどもここのは違う。いつまでも続く痛みと腫れを残す野性の脅威を、私は帰路の長いフライトの間、身にしみて味わった。が、あれは後年(二〇一七年〜)、日本でも騒がれたヒアリだったに違いない。

十八世紀の半ばをピークに、カリブ海域からアフリカへと奴隷船が往き来したメキシコ湾を臨む深南部《ディープサウス》。そこにはまだ文明の歯牙にかからないこんなミニ・ジャングルがある。そんな土地で聞いたミシシッピ・クルーズ船上のゴスペラー《黒人霊歌シンガーズ》たちの歌声も、軒を連ねるライブハウスをドリンク一杯でハシゴできるバーボン・ストリートの夜も忘れられない。四十八万人のうち三十二万人をアフリカ系アメリカ人が占めるというジャズ発祥のその地は一年前（2005.8)、未曾有のハリケーン「カトリーナ」で話題になったところだ。あのジャズメンは、主にハイチで根づいたヴードゥー教に関する個人経営の小さな博物館は、どこへ行っただろう?

十五世紀末にコロンブスが発見し、ヨーロッパ列強が覇権を争ったカリブ諸国では、奴隷として連れてこられたアフリカ人他がもたらした文化がブレンドされて世界でも類をみない多様な文化が築かれた。リズム&サウンドにしても、弱者としての主体をレジスタンス詩に盛り込んで曲に乗せたレゲエや、詩に重きをおくカリプソ。アメリカで完成し世界に広がったジャズ、サルサ、ラップ。ダンス音楽として発達したソカ、ソン、メレンゲ。古くから知られるマンボ、ルンバ、サンバ、チャチャチャや、他にもズーク、クンビア、チャトニー、チャツネ、パラング……と挙げていけばきりがない。

特筆すべきは、何も持たない弱者であった故郷喪失者とその子孫たちが、民族の血のなかを流れる音楽・ダンス・詩や民話・宗教を通して先進国にも影響を与える新しい文化実践をやりとげたこと。そしてそれは閉塞した現代人の底流に潜む磁場に人間讃歌の息吹を吹きこむ強から弱へのシンコペーションの妙技たり得たということだ。

＊　＊　＊

先述したトリニダードの日本大使館で聞いた第一回「カリブ・フェア」は、人種を越えて海域の経済的統合・外交政策・経済協力を図って一九七三年に結成されたカリブ共同体（略称：カリコム＝Caribbean Community）が二〇〇〇年に日・カリコム間の閣僚レベル会議を東京で開催した際に、二年後に「カリブ・フェア」を日本で開催することが決定されたことによる。

外務省中南米局内でカリコム諸国を担当するカリブ室と、ＮＧＯを含む様々な民間団体が主導的役割を果たし、一連の行事が行われた。カリブの物産展、観光促進のカリブ展や世界旅行博、音楽フェアやシンポジウム、バナナの廃棄物を利用して紙を作りカリブ諸国の支援を図ろうとする日本発のバナナ・ペーパー・プロジェクト……、他に日本を紹介する映画祭や生け花・折り紙・武道のデモンストレーションやコンサートが開催され、私もそのいくつかに参加したが、特に心惹かれご縁もあったのはバナナ・ペーパー・プロジェクトである。年間で大量の廃棄物となるバナナの茎を原料として美濃和紙の工法で作るバナナ・ペーパーの研修がハイチ、ジャマイカ、セント・ヴィンセント、スリナムのカリブ四ヵ国から若手指導者を招いて行われ、現地ではハイチ他にいくつかの工房ができた。

その工房を視察に行く計画があり、単独では乗り込めない彼の国への旅に二〇〇三年、私も便乗させていただいた。が、フランス植民地時代にハイチの首都だっただけにサン＝スーシ城やシタデル・ラフェリエールなどの石造遺跡群が残っていて深い感慨を誘う北の街カパイシャンへの旅の途中、私は今度は単独でジャマイカへ飛んだ。そのとき飛行機の窓から眼下に見た、山林が切り倒されて灰色に砂漠化したハイチの山々と陸地、それと対照的に緑豊かなジャマイカの山地の対比が忘れられない。

ハイチではバナナ・ペーパー・プロジェクトの支援団体の事務局長をしていた高岡美智子さんと、横浜在住の日本人妻の山田カリンさんと行動を共にしたが、高岡さんは帰国後、カリンさんのお姉さんが自宅を開放して運営するセスラ校の支援団体を立ち上げ、現在に至っている。

……そして、再会

●―「カリブ詩―文化の力・逆転のダイナミズム」

二〇一四年十月に(一社)日本詩人クラブが招いた西インド諸島大学英文学名誉教授エドワード・ボゥ氏は三十年以上もジャマイカの首都キングストンのモナ本校で教鞭を執った教育者であり、若い頃から詩の実作と文芸評論を並行させ、かつ舞台にも立った演劇人、ノーベル賞詩人デレック・ウォルコット研究第一人者である。その詩と詩学はカリブ独自の歴史観に裏付けられている。

日本の地球の裏側はブラジル沖だが、その海域はカリブ海・メキシコ湾・合衆国を縦断するミシシッピ河口域につながっている。コロンブスの新世界発見以来、四世紀にわたる奴隷貿易が行われたところだ。ヨーロッパ列強による三角貿易はときに利潤率三百パーセントに上がり、それら富の蓄積は産業革命につながって資本主義の出発点となった。私たちの現代生活もそれに続くものだと自覚すれば、近代の世界システムの基盤だった植民地支配と酷薄な歴史的負荷が産んだ世界の格差・不平等は、私たちの日常に近くて深い関わりがあると言える。現在に続くアフリカの諸問題は、ヨーロッパの筋肉となったアフリカが、骨と皮になった結果である。

アフリカの西海岸で奴隷狩りにあい、買い主が決まると焼き印を捺され、二人一組で鎖につながれたまま、天井の低い船倉に詰め込まれて大西洋を横断する中間航路で運ばれた地獄の航海。南北アメリカおよびカリブ海に連れてこられた奴隷の数はゲルマン民族の大移動に匹敵すると言われる。想像を絶する上陸後のプランテーションでの過酷な労働は、故郷喪失と共にカリビアン一人一人の世紀を越えた記憶となり、詩や他の文芸、アフリカ回帰を唱える思想宗教運動の歌（レゲエ）にも如実に反映された。カリブ諸国のメッセージが強い衝撃となるのは、すべてを奪われて何者でもなくなったカリビアンが、故郷および自分のアイデンティティを探り、やがて「ここから出発する」ことを命題《テーゼ》とした新しい文化生成の過程を明瞭に示しているからだろう。

　二十世紀の三〜四十年代に、従来のヨーロッパ中心の史観を覆す二冊の重要な本が発刊された。トリニダードのカレッジで師弟関係にあったC・L・R・ジェームズの大冊『ブラック・ジャコバン―トゥサン・ルーヴェルチュールとハイチ革命』と、エリック・ウィリアムズの『資本主義と奴隷制』だ。前者に出てくる奴隷船やプランテーションの実態は凄まじい。サンドマング（現ハイチ）を訪れた者は、黒人法典でも合法化された百回の「笞の音と押し殺した悲鳴、そしてニグロの呻き声で目を覚ました。笞打ちの最中に、熱した木片が押しつけられ、出血している傷口には塩……燃え殻・アロエ・熱い灰などが注がれ……肉体を切断することなど日常茶飯事で、四肢・耳・性器まで……煮えたぎる搾液をぶちまけたり、生きたままトロ火で炙ったり、火薬を身体に詰めて火をつけたり……奴隷自身の排便を食べさせたり」と信じがたいが、著者が公文書館を巡って蒐集した史実である。

　一七八九年にフランス革命が勃発し人権宣言が発せられると、それは植民地にも飛び火した。四十五歳まで奴隷であったトゥサンは血で血を洗う戦いの末にナポレオン軍を破って勝利するも、捕らえられてパリで獄死する。が、最後に残した〈自由という名の樹の幹を倒しても、その根からは再び幹が生長するだろう〉という言葉通り翌年ハイチは独立、世界初の黒人共和国が誕生した。だがフランスが要求した一億五千万フランの賠償金返済のために一世紀を要し、国は疲弊した。著者のジェイムズは序文で〈革命の過程は偉大な叙事詩であり〉、〈実証は歴史という芸術である〉と述べる。先に挙げた二冊は、共にトリニダードの父と称される著者が三十代のときに書かれた。ジェームズは八十歳にして「老いてますます危険になりたい」と願ったし、ウィリアムズは英連邦からトリニダードが独立した一九六二年から死ぬまでずっと国家元首だった。

エドワード・ボゥ氏には、中間航路で溺死したアフリカ人に捧げる「ときに話の途中で」という一編がある。〈死者たちの魂は今なお／海原の森の小径を往きつ戻りつ／連綿と続く潮の流れで／われわれを結びつける／それは開かれた回路／疲れを知らないメッセンジャー／……／海からはいあがってきた黒人たちの力だ〉――カリブのネガティブな記憶を開かれた回路として、カリブ諸島間の、世界との結びつきに繋げようとするこのメッセージは、二十五周年を祝う今年二〇一四年、全カリブ英文学会のテーマとなった。

この詩は〈……物語りの最中／家の外で何かが動く／風のようだが風ではない／語り部は……〉と始まるが、カリブではアフリカ伝来の口承文学や民話がポピュラーだ。語りと音楽が一体となったダブやカリプソ、レゲエなどの新分野もカリブで生まれた。ミシシッピ河口の町ニューオーリンズ生まれのジャズもアフリカ系の人たちから発祥した。カーニバルの仮装は、カリブ特有の風物と相まって民話のキャラクターが豊かな題材となる一大ページェントだった（第三部の画像 249ページ参照）。

石油産出国のトリニダードでは、奴隷がもたらしたアフリカン・ドラムを領主にとりあげられ、その後タンブー・バンブーという現地の竹で作った楽器も禁止されたが、ついには廃物の石油缶にチューニングしたスティールパンが生まれた。トリニダードのカーニバルは、リオやニースと並んで世界三大カーニバルの一つだが、全国どこにでもある工房兼練習場のパン・ヤードから一年かけて勝ち上がってきた十二のチームで競われるコンペティション＝パノラマの夜から始まる。六十人から百人にのぼる奏者を始め、指揮者もアレンジャーも楽譜は使わない。体で覚えた曲がピタッと一つになる迫力は圧巻で、国際交流当日は宮崎県のシーガイアのオープンに伴って招聘されたトリニダード出身のマイケル・マニッシュ・ロビンソンの演奏が期待される。若者の間で人気のレゲエに表れるアフリカ回帰の希求と傾向は、先の二冊の発刊を経て二十世紀後半に独立の機運が現れる頃には、文化の力で自分たちを主体化し、自らの足下を新たな故郷として再出発する未来志向へと舵が切られる。それこそが独立半世紀のカリブに感じる逆転のダイナミズムだ。

伝統的な民衆文芸で世界にインパクトを与え続けたこの海域は独立後、純文学でも目覚ましい実績を上げて世界の注目を集めた。コロンブスの新世界発見から五百年目の一九九二年には英連邦セントルシア出身のデレック・ウォルコットがノーベル賞を受賞したが、二〇〇一年の9・11後には東インドにルーツを持つトリニダード出身で英国国籍のV・S・ナイポールがインド・カリブ・イスラムの光と闇を書きつづけて同賞を受賞した。

受賞の対象となったウォルコットの代表作『オメロス』は奴隷制を通して故郷から引き裂かれたカリビアンを、自分のアイデンティティを求めて彷徨うオデュッセウスに見立てた七千行の長編叙事詩で、三韻句法《テルツァ・リーマ》に基づいて構成されている。アレゴリーを含む技巧の多彩さや柔軟で広い歴史観、異なる時空に偏在するヴァーチャル・リアリティなどを駆使した詩の質量は圧巻だ。この作品においてウォルコットは、アフリカを訪ねた主人公が発見する故郷とは、カリブ海の自国であったというメッセージを発信しているが、それは口承文学のアイコン的存在だったジャマイカのミス・ルーことルイーズ・ベネットの「故郷に還る」に呼応するものだ。「アフリカに帰るって？　ミス・マティ？／あんた自分の言ってることが分かってる？／帰るんだったらまず来たところがなくっちゃね」と。

●2　台風をブロックした「カリブの熱帯旋風」

台風十九号の接近が心配された十月十一日、それでも一六〇名近い参加者を集めて「国際交流カリブ２０１４」が盛大に催された。招聘した詩人・文芸評論家で西インド諸島大学モナ校（ジャマイカのキングストン）英文学名誉教授エドワード・ボゥ氏の本講演とディスカッション・カリブ詩の朗読に加え、トリニダードが生んだ石油のドラム缶から創出された民族楽器スティールパンの演奏が、日本での活動歴二十周年を迎えたマイケル・マニッシュ・ロビンソン氏と日本の仲間たちによって披露された。レクチャーホールと演奏会場となったMMホールには日本からは想像しがたいカリブ海の波が幾重にも打ち寄せた。シェイクスピア劇の舞台経験もあり、パブリック・オレイター《代表演説者》の肩書きを持つボゥ教授の話を聞きながら皆、熱心にスクリーンの文字と画像を追っていた。以下、プログラムの順を追いつつ、その内容を紹介したい。

＊　＊　＊

二〇一四年十月第二土曜日午後一時半から始まったイベントのオープニングは、長くラテン・アメリカに駐在した細野豊会長ならではの体験に基づく歓迎の辞。それに続き本年度国際交流後援団体である駐日ジャマイカ大使館のリカルド・アリコック大使と日本現代詩人会会長・財部鳥子氏からお祝いの言葉をいただいた。詩にも深い理解を示す大使は、日本とカリコム（ハイチを含む英語圏カリブ十三ヶ国と一地域の共同体）友好年・ジャマイカ&トリニダード・トバゴ外交樹立五十周年（一九六二年の独立から二年後に締結）事業の認定を受けた本行事を、組立の過程から事後に至るまで、温かく応援して下さった。カリブがテーマとする植民地主義の禍根を、かつて違う角度から体験された大陸生まれの財部鳥子日本現代詩人会会長は、ボゥ氏の長旅を労いつつ、現在タンザニア在住のお嬢さまを通してアフリカやレゲエにも親和力を感じてこられた一面に触れた。

　ボゥ博士の講演はボブ・マーリーの口誦詩から始まり、過酷なカリブの歴史とアフリカ回帰思想。海域の特異な地理や島ごとに異なる自然を背景とした詩の相違点や類似点。アフリカ的口承文学と文字媒体の詩。インド系詩人の詩。口承と記述がせめぎ合う複数のアンソロジーの紹介。そこに見られる女性詩……など、詩人と実作を挙げながら、豊かなカリブ詩の核心と輪郭を立体的に描く魅力的なものだった。講演の後は在日ジャマイカ詩人のノーマン・マンロー氏と秋山公哉氏がボゥ博士の詩を掛合で、また単独でも朗読・披露した。

休憩をはさんだ第二部の冒頭では、本講演を受けたディスカッションの導入として福島の詩人・齋藤貢氏に基調スピーチをしていただいた。幾世紀にもわたる奴隷解放後の文化零地点から、彼らはどうやって国興しとなる文化の再発見・再創造を果たしたか？　そのカリビアン・ダイナミズムから震災後の日本、若者たちは何を学べるか？――カリブ詩に触れる意味を探る貴重なスピーチだった。続くQ＆Aのコーナーの通訳を、ボゥ博士の専門分野であるカリブのノーベル賞詩人ウォルコットの演劇研究を進める若い松田智穂子氏にお願いした。続いてトリニダード出身のマニッシュのモデル演奏。日本で英語を教える在日ジャマイカ詩人たち「ライターズ・ブロック東京」によるカリブの代表詩および自作詩、またパトワ語のダブ詩が朗読されて、参加者の興をそそった。この朗読詩とMMホールに移ってからのスティールパン演奏は異文化色が強く刺激的だった。当日のイベントは、ジャマイカの新聞二紙に掲載された。

第一部　世界の裏窓から――カリブ篇

1 「誰でもない」わたし

はじめに

その海域と思いがけない出会いをしてから、あっという間にかなりな年月が経ってしまった。もうそんなになるかと驚くほどだが、極端に異質なその地域の文化も歴史も、多くの刺激と魅力・深い示唆に満ちていて、わたしの好奇心はずっと外らされることがなかった。だがその間、どこまでを汲み得たのだろう?

南北アメリカ大陸にはさまれた美しいカリブ海域には、七千以上の島・小島・岩礁・珊瑚礁が点在する。新世界が発見された五世紀以上前に、ヨーロッパとアフリカが出会い、やがてインドや中国・シリア、レバノンなどの中東もやってきて人種と文化と言語が混淆した五大陸の交差点である。ヨーロッパ列強による度重なる領有権の奪い合いの末、現在そこには六つの異なる公用語(スペイン語・フランス語・英語・オランダ語・ハイチのクレオール語・パピアメント)を持つ三十の国と地域(非独立国を含む)が存在する。ほとんどが過酷な歴史をくぐりぬけてきたアフリカ人奴隷、およびヨーロッパ人と混血したムラートの子孫である。

いずれも弱小国であり人口比率だけで考えれば大国と比べようもないが、その文学は特にこの半世紀、輝かしい成果を上げて世界の注目を集めてきた。カリブ海域の詩は主に、失われたアフリカ伝来の土着の遺産を記憶とし、そこにヨーロッパの息吹を加えながら自己の再発見・文化の再創造を試みる手段となった。同時に世界の近代化が踏み台としたもの、高度文明が取り落としたものを如実に露呈する。

わたしが今までに現地を訪れたのは、カーニバルで有名なカリブ海最南端のトリニダード&トバゴ、それに大アンティル諸島のハイチとジャマイカであった。大アンティル諸島とは、フロリダ州マイアミの南方沖をキューバからプエルトリコに向って東西に走る群島のことだ。文字を通して意識してきた国は、それに加えてプエルトリコの東をベネズエラに向って南北に走る小アンティル諸島のバルバドス、セントルシア、南米大陸ブラジルの北方に位置するガイアナ他である。いずれも半世紀から四半世紀前に独立した国であり重要な文学の発信地だが、がんばったところでこんなものだ。

それに彼らの文学はコロンブスの西インド諸島（カリブ諸島）発見の足跡を逆にたどるようにイギリスやフランスへ、それからアメリカやカナダへ移動する。新天地を求めて大陸に移民していったカリビアンとその子孫は、そこから世界へ向ってカリブの〈息吹、まなざし、記憶〉を発信する。ハイチ出身で、十二歳のとき祖父母の元を離れ、父母の住むニューヨークへ移住したエドウィッジ・ダンティカもその一人――〈 〉内は彼女が自分の中のハイチを探り、二十五歳のとき書き下ろして評判となった処女作のタイトルだが、センセーショナルなこの本については別記したい。

カリブではイギリス・フランス・スペイン・オランダなど、支配国のお仕着せの言葉の他に、自然発生的にアフリカの言語と混淆した複数のクレオール語が生まれた。同じ宗主国の他の島とさえ往き来する手段を持たなかった民衆の言葉は、島ごとに固有の方言となった。なかでも英語のヴァリエーションでありながら標準英語からは程遠い極めつけのお国ことばは、ジャマイカのパトワ語である。迫害を逃れて山中で共同生活を営んだ逃亡奴隷マルーンや、ラスタファリ（アニ）ズムというアフリカ回帰を唱える宗教運動を通して生まれた合い言葉的な妙味を持つ表現を、九二年度のノーベル賞詩人デレック・ウォルコットは〈隠喩に満ちていてリズミカル、ラスタの言葉ほど想像力と創造性に富んだリッチな表現はロンドンにもニューヨークにもない〉と述べる。

二〇〇二年二月、カーニバル中のトリニダード＆トバゴでわたしは現地の人たちの身体表現とサウンドに連日圧倒されながら、イベントの合間に本屋を探して歩いた。（できるなら言語領域を超えて）西インド詩全体を見渡せるアンソロジーあるいは詩論・詩人論はないか？　だが首都ポート・オブ・スペインにも十二人乗りのマキシ・タクシーで一時間南に移動した第二の都市サン・フェルナンドの巨大ショッピング・モールにも、大した書店も想定していた本もなかった。カリブの知性を輩出してきた西インド諸島大学（ＵＷＩ）セント・オーガスティン校の図書館にも行ったが、持ち物をすべてロッカーに預けてから入館し、目的や著者名を司書に伝えて選んでもらう厳格なシステムで、直接本に触れたり書架に目を通したりすることはできなかった。

ところが一ヵ月後、今度はルイジアナ州ニューオーリンズに行くことになった。ジャズ発祥の地、ブラック文化とケイジャン（カナダ南東部からの旧フランス移民アカディアン）によるフレンチ・クレオールが混在する地、かつて奴隷船が行き交ったミシシッピ河口域の町である。極めてエスニックな土地柄で今度こそと思ったが、町の書店で感じたのは正しくアメリカ――やはりニューヨークかロンドンか……？　河沿いのその町が三年後にハリケーン「カトリーナ」で壊滅するなどとは思ってもみなかったが、今となってはライブハウスが軒を連ねるバーボン・ストリートや異国情緒たっぷりのフレンチ・スクエアを短時間で駆け抜けたことは口惜しい。思い出すのはその一画にあった個人経営のヴードゥー博物館のことだ。ハリケーンの被害を聞くたびに、オーナーのサービスで肩にかけられ、わたしの首筋をひんやりと冷やしたあの金色の大蛇は無事だっただろうかと思い返された。記憶も薄れる一方の短い旅のなかでも、この蛇の感触とともにいまだ覚えているのは、ミシシッピ・クルーズで聞いたゴスペル・シンガーズの歌声と河沿いのプランテーション跡地、ケイジャン料理を食べさせてくれる野趣に溢れたレストランと、鰐があちこちで顔を出すスワンプ・クルーズのことだ。プランテーション近くの河川敷に怖いもの知らずに分け入ったときには、赤蟻の巣を踏んだらしく、靴のなかに入った無数の赤蟻の毒で激痛と腫れに苦しんだ。

ところで、〇三年に行ったハイチでは本屋さえ見つからなかった。もっとも流血事件が珍しくない国での外国人の一人歩きは禁物だったせいもある。それでも道ばたにわずかな本をならべている露天商から、白い埃をかぶった何冊かを買った。

このところ西インド詩について話したり書いたりする機会を重ねていただいた。怠け者でもそんな時こそ読書は進む。手探りしている間にネットを通して数々の本も手にすることができ、ここ数年で欧米を中心に西インド諸島の文学への関心が急速に高まっているのを実感した。五、六年前はこうではなかった。ネット購入できるオンラインのポータルサイトこそ躍進した、という言い方もできるかもしれない。日本でも近年ポスト・コロニアル研究は盛んで、この海域の文学についての魅力的な論考にもときどき出会うが、こと詩に関してはウォルコット研究の特例の他はほとんど知らない。それにハイブリッドな複雑さや、欧米へ移動する文学の特質を考えても一、二度で充分掬いとれるわけでもない。場が異なるたびに、概説から始めて概説で終わる小論を繰り返すことになる。今回はカテゴリの特性に応じた拡がりを少しは探っていけるかと思うが、書くことは学ばせていただくことだということを、まず肝に銘じておきたい。

これらのエッセイを連載させていただいた大阪の月刊誌「柵」の主宰者・志賀英夫氏は奇遇にも、関西でウォルコットに会われたことがあるのだそうだ。大江健三郎がノーベル賞を受賞した九四年十一月、読売新聞社とNHKの共催で九二年受賞のウォルコットを招聘し、「フォーラム21世紀の創造」と題した大江との対談、東京・津田ホールおよび神戸・甲南女子大でシンポジウムが行われたことがあった。東京での日本側講師であった徳永暢三氏から一連の記事のコピーをいただいていたが、そのなかで大江は、植民地主義に抗した仏語圏アンティル諸島マルティニーク出身の批評家・精神科医フランツ・ファノンや、ソ連から亡命して放浪を続けた詩人ヨゼフ・ブロッキーへと幅広い関心を示す。

一方、ヨーロッパの他民族征服の輝かしい歴史を被支配者の立場から感知し、そこから豊かな自然をバックとしたカリブの共存の文化論を導き出すウォルコットの「都市と地方」論や、「詩人の国際化」の必要性、英語で書かれる海外俳句の問題点や、劇作家としての歌舞伎からの啓示、「雨月物語」他の日本映画への興味を語っていて面白い。

日本の都市化・工業化の規模に驚愕したらしいウォルコットの質問に対して大江は、ブロッキーの「周辺地方は世界が終わる場所ではない。まさに、世界が縺《もつ》れを解く場所である」という言葉を引用し、自分の文学にとっても周辺に生まれた（愛媛県内子）ことが重要であると指摘する。大江は晩年クレオールに興味を持った安部公房を、ウォルコットはダンテやシェイクスピアを引いて、土着・土俗の口語世界こそ人間の言語能力の根本であり言葉の真の力だと強調する。ウォルコットの質問と突っ込みが対話の焦点を深いものにしていて、受けが日本側なのも特徴的である。ウォルコットの世界は、カリブ海の複雑な負の歴史を糧としてアフリカとヨーロッパ、地中海とカリブの古今東西を駆けめぐり、読む者に「現在の合衆国の詩がいかに窮屈な状態にあり、今日のイギリス詩がいかにちんまりしているか」（徳永）を感じさせる。

私は誰か？

それではニガー（黒んぼ）の帰るところはどこなのか？
パリか ブリックストンか キングストンか ローマか？
それともこの場所か？

あるいは天国か？

右はバルバドス（1966イギリスから独立）出身の詩人・歴史家・批評家・劇作家であるエドワード・カマウ・ブラスウェイト（1930.5～2020）の新世界三部作『到着者』「航海の権利」からの抜粋である。ケンブリッジで学びガーナ政府の教育官としてアフリカに居住したが、その後はジャマイカの西インド諸島大学モナ校で三十年間歴史学を教えた。七八年に自国の政府からバルバドス文化に対する包括的調査を依頼されてからは、クレオール社会生成の研究に意を注ぎ、様々な文化現象の中に見られるアフリカ的要素の再認識とクレオール詩の育成に力を注いだ。その後、バルバドスとニューヨーク大学を往復して暮らしたが、誰よりカリブ海域の人たちに寄り添う視点をもつ実力派詩人であり、カリブではきわめて人気が高い。

　言うまでもなく、圧政の歴史は西インド諸島だけに限らない。だが差別と蔑視のなかで、自分たちとは何者か、どこに帰属する者かを五世紀にわたって問いつづけなければならなかった状況は特異であり、それは同時に自分の生を全うするに困難な幾多のケースに通じるものだ。その意味で西インド諸島の詩の検証は、われわれの生の有り様に深く関わっている。先の詩は「ニガーは誰でもない。もし彼らが西インド人なら、彼らはどこにも住んでいない」という絶望的な影を宿している。この詩が「なぜなら何も創り出すことのなかった我らは、無の上に存在しているはずだから」という捻れた表現に続くとき、そこにはカリブが生んだもう一つの才能、９・11同時多発テロの直後にノーベル賞を受賞したV・S・ナイポールの「歴史は成就と創造に基づいて作られる、だが西インド諸島では何も創造されてこなかった」という声が響いてくる。初期の小説（『ビスワス家の人々』他）の後で出版された初めてのノンフィクション『中間航路《ミドル・パッセージ》』（1962）の中心的課題は「見捨てられた土地の見捨てられた人たち」である。スリナムのインド人一家を訪ねるくだりでは「中間航路を成して荒廃した植民地、および怠惰なニグロたちの元を去るのは嬉しかった」と書かれている。東インドからの移民の子孫でトリニダード生まれのナイポールは、十八歳で奨学金を得てオックスフォードに学んで以来、英国に在住しナイトの称号を得るに至る。西インド人であるより帝国的な何かを好んだ彼は、生地の人々と共に生きることに基盤を置くブラスウェイトとは対極にあり、現地ではしばしば〈年老いた不満家〉と呼ばれてきた。わたしが見たカーニバルのイベントの一つ、カリプソの王座決定戦でも、白いシルクハットと燕尾服を着たチョークダストによる「ナイポールから恥辱まで」が準優勝を獲得した。一、三ヵ月前のノーベル賞授賞式を揶揄した寸劇つきの歌唱が聴衆を沸かしていた。

「俺は誰でもない　さもなきゃたった一人で国家《ネイション》だ」(『カイニット王国《スターアップル》』「帆船逃避行号」)と言うウォルコットを含め、ここには三人三様の自己発掘と帰属を探る意識がある。ウォルコットの「誰でもない」自分は、誰にでもなり得る大きさに拡大する。ナイポールが先の文を書いたのはカリブ諸国が独立を果たし自らの歩みを始める直前であった。マジョリティであるアフリカ系社会におけるインド系の人々の意識の複雑さもあるだろう。だがカリブ社会が内包し無意識のうちに分かち合っていた負の遺産のかわりに、すでに出来上がった別のものを望むことでナイポールは、故郷を創造してゆく彼らの歴史を見失ったかもしれない。

2 ナイポールとウォルコット

英国人になったナイポール

〇一年のノーベル文学賞を取ったV・S・ナイポールを知ったのは、カリブ南端のトリニダード&トバゴに向かう機内だった。備え付けの機内誌には、五ヵ月前の世界貿易センター爆破テロのその後と、少し前の受賞式のことが同時掲載されていた。大書した『ゲリラ』という文字と印象的な顔写真が同じページに載っていたと記憶するが、ナイポールの同タイトルの小説『Guerillas』(1975)が期を得てクローズ・アップされていたのかもしれない。

インドからの移民三世としてトリニダードに生まれ、一九五〇年より奨学生としてイギリスに住んだ。オックスフォード大学卒業後は、カリブ・インド・イスラム・アフリカ……など第三世界の光と闇をフィクション・ノンフィクションとして書き続け、圧政で屈した歴史を生きる人々を鋭い語り口と赤裸々な分析で明るみにひきずり出した。賞の候補になりつづけていたが、文明の衝突があらわとなった9・11の年についに受賞した。

スウェーデン・アカデミーは、「圧制下の歴史の現実をスキのない知覚と生来の皮肉でわれわれの前に提示する……モンテスキューの『ペルシャ人の手紙』やヴォルテールの『カンディード』の伝統を引く現代の哲学者であり、ポーランド作家ジョセフ・コンラッドの『闇の奥』を引き継いで帝国の宿命を分析してみせる……」と述べた。

生地トリニダードを舞台とした『神秘な指圧師』『ミゲル・ストリート』『中間航路』他、『イスラム紀行』『インド―傷ついた文明』『インド・闇の領域』『ある放浪者の半生』『中心の発見』など二十冊を超える著作がある。『イスラム再訪』はアラブの伝統のない土地に生きるさまざまな境遇のイスラム教徒と接しながら、インドネシア・イラン・パキスタン・マレーシア……とたどった旅の記録。裕福な家庭に生れながらゲリラとなった青年や、まじない師の父を持ちイスラムに改宗した息子の話などが語られる。

そのナイポールにふたたび触れたのは、カナダのトロント経由で帰路についたトリニダードの空港だった。キヨスクには受賞記念の金のラベルを貼った本を含めた著作の数々が並べられていた。トロントの宿で出会ったブラック文学に興味を持つ若い留学生と意気投合し、帰国したらネットを通して読書会をやろう、と約束した。

忙しい人ばかり数人で読み始めたナイポールの〈『A Bend in the River』仮題:大河の曲がり角〉は、他のグループを同時進行させて中断しながらつないだから、一年半近くかかってしまった。読み終わるまで、原題からは思いつかなかったタイトルを持つ邦訳(『暗い河』1981,小野寺健訳)があることには気づかなかった。題名の〈河……〉からはコンゴ(ザイール)川が彷彿とする。一九六〇年代のアフリカ中央部の新興独立国家を舞台としたこの小説における大河の湾曲部とは、ベルギーからの独立後、コンゴ動乱を経てモブツ大統領の独裁に至った歴史の曲がり角を思わせる。小説の背景となっているこの川はどこか?「ビック・マン」のモデル(モブツ・セセ・セコらしき人物)は誰か? たがいの会話はしばしば謎解きとなった。

アフリカ東海岸から中央部の町にやってきて、アフリカ人の知り合いから安く店を買い取った若いインド系のイスラム教徒サリムを通して、自主独立を勝ち取ったものの無知と貧困と混乱のなかで自ら崩壊していく国家と、その運命に翻弄される人々が内側から描かれている。アフリカの内部に触れる読書をしたのは初めてだった。

何年か前、旅先の大阪で映画「ホテル・ルワンダ」を見た。コンゴ民主共和国と東で国境を接する小国ルワンダで永年続いていたフツ族とツチ族の民族間の争いが、一九九四年大虐殺に発展する事件が起きた。たった百日で百万人もの人が殺された事件を題材にした映画の日本での上映は、若者たちの熱心なインターネットを通した署名運動があって実現し、ＤＶＤにもなった。敵対するツチ族出身の妻と愛する家族を守ろうとしたホテルマンが千二百人の人命を救った実話に基づいて作成された映画は、大きな力に蹂躙されながらも必死に生きようとする人間の命の輝きをつぶさに追っていて、忘れていた感情が噴き出したようにわたしは泣いてばかりいた。

だがここにもせっかくの独立が民族の救済をめざす建国には結びつかず、内紛の泥沼へと化していった不幸がある。この民族紛争は後に隣国コンゴ領内のツチ族の大蜂起を促し、九五年のモブツ政権の崩壊へと波及する。ナイポールが題材とした独裁政権は三十年間も永らえたのだ。

わたしたちが先の本を読み終えたころ、しばしばナイポールの第三世界への容赦ない視線に対する批判を見聞きするようになった。一つには、ちょうどそのころ〈亡命者にして周辺的存在〉を自称するパレスチナに出自を持つアメリカ人エドワード・サイードが白血病で他界し、日本でもちょっとしたサイード旋風が吹いていたためである。彼はナイポールを優れたライターだとしながらも、「自分を意識的に西側の視点から告発する証人とし、植民地の異人種やニグロについての仮想神話に拍車をかける」「訪れた国についてふし穴だらけの情報しか得ておらず……イランのような国の現在の混迷を引き起こす要因となった歴史の全体像を提示していない」と評した。それらはナイポールが英国の十年間の後、カリブで書いた『中間航路』、作者の父祖の地インドに対する辛辣な批判をこめた『インド・闇の領域』や『イスラム紀行』などに表れる。

前回も触れたようにナイポールは、カリブの人々にとっては、ずっと以前から物議をかもす〈やっかいな人物〉だった。自分が生まれ育った土地の人たちと困難な歴史を共有しながら、その痛みに寄り添うかわりに皮肉とも侮蔑とも取れる言葉を世界に向って叩きつけ、さっさと英国人になって爵位の勲章をいただく身分になった。だがそれはナイポールにとっての、是認できない目の前の現実に対する超克のスタイルだったのだろう。たびたびカリブを訪れたトロント大学比較文学研究家のE・チャンバリンは「ナイポールのカリブにたいする歴史感覚はたしかに鋭い。だがそれは被植民者カリビアンの意識に、銅板に酸でエッチングするような痛みを刻みつける」と書いた。

ナイポールのこのような西インド諸島に対するなまくらな否定は、一連の騒然とした反発をひきおこした。ヨーロッパが去った空白の土地に、奴隷の末裔としての自分たちの文化を創造しようとする知識人たちが、〈すべてが奪われて何もないこの海域こそがわれわれのホームであり、無からふるさとを創ってゆく場所である〉という意識を明確なものにするテコともなった。ナイポールの『中間航路』が発表されたのが一九六〇年、トリニダードとジャマイカが独立したのは六二年、ほんとうの意味での彼ら独自の新たな文化の創造に向かうべき機運は、やっとそのころやってきたのである。

「誰でもない」カリビアンの復権

先のナイポールの『A Bend in the River』は、やはり〈nothing＝何(で)もない〉から始まっている。「世界はかくのごとくである——何者《ノーボディ》でもない人々、何になることも許されていない人々には、この世界にはどんな場も用意されてはいない」と。

いっぽうブラスウェイトは、タイトルにナイポールの『中間航路』(The Middle Passage, 1962)

と同じ語を持つ詩集『航海の権利』(Rights of Passage, 1967)で次のような不快な疑問を呈する。「西インド諸島においては何も創造されなかったというのなら、西インド人は奴隷制の時代と同じく何者でもないはずだ。何も創られなかったということは、今に至るまで何一つ変わらなかったこと。それならニグロはどこをホームとすべきなのか?」と。

ウォルコットは長篇詩「帆船 逃避行号《スクーナー・フライト》」他で、西インド人のアイデンティティに新たな可能性を探ろうとする。この詩は一緒に寝ていた娼婦(マリア・コンセプション、マリアの処女受胎を思わせる呼名、あるいはマリアという概念)のそばを抜けだし、現代文明でスポイルされはじめたトリニダードの町を後にして、さすらいの船旅に出る海の男シャビーンの話だ。シャビーンは作者のペルソナでもある。ウォルコット詩に表れる重層的なスケールの大きさ、豊かなイマジネーションの巧みな使い方には感歎せざるを得ないが、それらをどう紹介すべきか、ここでは十一の小見出しを持つ五百行近い一篇を抜粋でつないでみた。

……おれは帆船逃避行号の船乗りになって船出しようと
マリア・コンセプションの夢無き顔の傍らの明りを消す
……駐車ランプを点けたまま　路線タクシー*が停まる
運転手はニヤッと笑い　おれのバックを値踏みする
「今度はほんとに行っちまうみてぇだな　シャビーン」
おれはバックミラーに映るおれそっくりの男を見つめる
男は泣いている　家々や通り　忌々しいこの島の全てを
イエスよ　眠っているすべてに慈悲を垂れ給え!
ライトソン道路で腐ってゆくあの犬にも

おれがあちこちの道路をほっつき歩く犬だった日々にも
おれはただ海を愛する褐色のニガーにすぎん
ちゃんとした植民地の教育を受けた男
オランダ　ニガー　それにイギリスの血を引く男だ
その上　おれは誰でもない《ノーボディ》か　さもなきゃ一人で国家《ネイション》だ
……波打つ胸みたいに上下動する海を見つめながら
おれはマリア・コンセプションのことばかり考えた
……おれが安息を得る場所はどこなのか　おれの港は？
金のかからない枕は？　人生のフレームが見える窓は？
おれは一人の国民も持ってはいないが　想像力があるさ
白人が去った後　権力の振り子はかれらのほうに揺れて
ニグロどもにはおれが不要となった
おれの手に鎖をかけた一人目はこう詫びた
　　　「これが歴史っていうもんよ」
二人目は言った　肌が褐色なところが許せねぇ　と
だが名もなき岩場の島々に　何の権力だというのだ？
（＊島ではタクシー＝マキシ・タクシーは路線ごとに相乗りする。訳は谷口、以下同）

カリブ海を漂流するシャビーンのスクーナー船はマストを立て、移動する森となって海を往く一群の艦隊とすれちがう。そこには大砲のような眼窩を持った男たちが乗っていて、ロドニー、ネルソン、デ・グラス提督のしわがれた命令が聞こえる。それは波の音か、幻聴か、夢なのか？

……次に　あらゆる国の旗を掲げた奴隷船のそばを通る
父祖たちは甲板の下でわれらの叫びを聞いているだろう
誰が誰の祖父かってどうして分かる？　ましてや名前は
明日　われらはバルバドスに着陸する……

中間航路で遠い父祖の奴隷船に遇ったシャビーンの船は、暴風雨にも遭う。そして嵐が去った明るい光のなかで、マリアが大海と結婚し、婚姻のレースの藻裾を拡げながら消えてゆくのを見る。天気雨がシャビーンの顔を濡らして夢も終わる。上空をジェット機が飛ぶドミニカ沖では、新世界の発見の後に殺された多くのカリブ族を思う。「発展は、歴史の嘆かわしいジョークなのだ」と。

ここでわたしはウォルコット詩のほんの断片に触れたにすぎない。だが奔放なイマジネーションをカリブの風光のなかに飛翔させる詩人の世界観・歴史観が見られるだろう。先の詩にあるように、「誰でもない」カリブの男は詩を通して世界と釣り合う人格を与えられ、一人も国民を持たないまま島国にもカリブ海そのものの大きさにも拡大する。これは代表作『オメロス』も含めたウォルコットの主要なテーマの一つであり、権力と歴史に翻弄されたカリビアンの復権への試みなのである。

3 カリブ海のホメーロス

「わたしは誰か？」――
そんな自問は、なにも故郷や所属するコミュニティ、文化・宗教・言語や、名前までも失ったカリビアンだけのものではない。衣食足りて余りあり、父祖につながる名で呼ばれ、頼もしい肩書きに裏書きされてコミュニティにつながっていても、〈わたしはほんとは誰なのか〉と思うことも、始原の声に呼ばれることもあるだろう。季節の風に吹かれながら、人間を形づくる細胞は自然の一部であり、まわりの事物と等位であることを無意識のうちに感じたりするかもしれない。

そして私はいつか
どこかから来て
不意にこの芝生の上に立っていた
なすべきことはすべて
私の細胞が記憶していた
だから私は人間の形をし
幸せについて語りさえしたのだ

折々に浮かんでくるこの短詩は、言わずと知れた谷川俊太郎の「芝生」である（『夜中に台所でぼくはきみに話しかけたかった』1975)。「そして私は……」と接続詞から始まる出だしは読む者に、一過性のこの生が連綿とつながる他の生命体との円環のなかにあることを感じさせ、〈今〉という一瞬を自覚させる。人間存在の正体はしょせん「何者でもない」。そんな自覚を持って自己を確立できるとしたら、たいへん魅力的なことだろう。何者でもなくなることは、原初の生命体に戻ること、つまりすべての枠組みから解放されることである。そうした世界観や自己論をふまえるならば、他者との不思議な出会いも共存も、いっきょに深みを増すにちがいない。

花咲く波浪が　寄せ波を飛沫へと爆発させる
白い蜂たちが珊瑚の頭蓋のなかでシューと音をたてる
名前もなく　藻類のオリーヴのあいだで生まれた私は
プランクトンの胎児　何も覚えてはいない……(後略)

(『デレック・ウォルコット選詩集 1948–1984』より)

シュールなイメージのジャンプが随所に見られるこちらはウォルコットの「起源《オリジン》」の冒頭だが、たとえ〈私〉が何も覚えていなくても、細胞にはすべてが刷り込まれているのであり、先の詩とのあいだに矛盾は起こらない。

生命の起源である海は、さえぎるもののないカリブの島国では日常とひとつづきの距離にある。その海はまたホメーロスが一大叙事詩の舞台としたエーゲ海あるいは地中海に、アフリカとカリブを隔てる大西洋につながっている。ウォルコットを含め、ヨーロッパ的教養を身につけた西インド諸島の知識人は、豊かなヨーロッパの遺産を吸収し、それを自分たちの自然と精神の風土へ回収しつつ、新たな創造を試みる。ウォルコットの「海は歴史である」(『カイニット王国』1979)もそんな作品の一つ。

島々をとりまく海に、失われた歴史を透視し、そこに聖書にかわるカリブの「創世記」と「編年記」を描いた詩を、引用のデコパージュとして眺めてみたい。

きみたちの記念碑はどこにある？　戦場は　殉教者たちは？
きみたちの種族の記憶はどこなのだ？
そう　あの灰色の墓場――海　その海は
かれらをずっと閉じ込めてきた　海こそが歴史なのだ
最初　そこにはカオスのように重くうねる油があった
それから　トンネルの先の明かりのような
キャラベル帆船のランタンがあったが
それが創世記だった
それからすし詰めにされた叫び　糞尿　呻き声があった
エグゾダス（出アフリカ記）……
それが箱舟――契約の箱だった
それから海床に射し込む光を　つまびく弦として
バビロンの束縛を奏でるハープの哀しい調べが聞こえた
溺死した女たちの上に
白い宝貝が手錠のようにびっしりと密集していた
それらはソロモンの歌の象牙のブレスレットだったが
海は歴史を求めて　白いページを繰り続けた……
……それがエレミヤ哀歌――

……それが新約だった……

……それが奴隷解放だった……（後略）

出身国セントルシアの三大新聞の一つ「セントルシアの声 The Voice of St. Lucia」（週二回発行）に、以前のナイポールの「カリブでは何も創造されなかった」という見解とも響きあうウォルコットの以下の一文が載ったのは一九七三年のことだ――「西インド諸国ではかなり長きにわたって、何も創造されることはないだろう。なぜならこれから先、その海域で創造されるものは、これまで人々が見てきたものとは似ても似つかないからである」と。既成の価値基準を超えたほんとの創造性をカリブの文化の根底におこうと、闘志をあらわにする詩人の心にそのときあったのは、支配国の言語で話しながらも、植民者であるヨーロッパ人から「誤用・悪用」とされるカリビアンの独特なしゃべり方であった。ジャマイカにおけるクレオール社会生成の歴史を研究していたカマウ・ブラスウェイトは、「奴隷が支配者にもっともうまく取り込まれたのは言語においてであり、彼らがもっとも効果的に反発をあらわにできたのも、おそらく誤用とされたその言語であった」ことを実証している。

しかし何を誤りとし、何を善しとするかは感覚の問題である。やがて彼らは、自分たちを取り巻く事物に一つ一つ、彼ら独自の名前をつけながらカリブの息吹をふきこんでいく。そのような文脈のなかにわたしたちは、クレオール語生成のエンジンを読みとることができる（『カイニット王国』中の「帆船・逃避行号６」、『浜辺ぶどう 1976』中の「名前」、『オメロス』1990……ほか多数）。

あの人たちがこの港に（自分たちの）名を付けたとき
港はノスタルジーだったのかアイロニーだったのか
未開の森には　整地されていない草地には

あの人たちのあざけりとは違う優美さがないか?
カスティーユの宮殿はどこにあったか?……
あの人たちの記憶は酸化しても　名前は残り
バレンシアはオレンジのランタンを点けて輝く……
人であるなら　すべてのものごとの真正さは名詞だと
思わないではいられない
アフリカ人は黙って従い　繰り返し口にし
そしてそれらの名を変えた……
聞いてごらん　わたしの子供たちが……
フレッシュな緑色の声で（新しい名を）呼ぶのを

（「名前 II」より）

（ロドニー・ベイ、ポート・オブ・スペインなど、カリブの地名にはヨーロッパの名前が多くついている）

一九九〇年に世に出た『オメロス』（ギリシャ語でホメーロスの意）は、作者が現代に生きるホメーロスとなり、カリブ海の現在と過去を世界とクロスさせ、ウォルコットの生地セントルシアに住む人々の歴史を再構築することによって、カリブおよび自国の自然の豊かさと一介の庶民ひとりひとりの持つ意味を定義しなおそうとする一大叙事詩である。七巻を一冊にした、おそらく七千行を越える長篇詩のどこをとってもいきいきとして新鮮な比喩とイマジネーションに満ちている。カリブ・アフリカ・アメリカ・イギリス……と、世紀をまたぎ大陸間を移動しながら、死者と生者が、過去と現在が、自然と人間の魂が重層的に交錯しあうスケールの大きさと柔軟性はセンセーショナルで、英国のロイヤル・シェイクスピア・カンパニーに不朽の『オデュッセイア』（英語読みでは『オデッセイ』）のシナリオ化とその上演を企画させるきっかけにもなった。古代ギリシャのホメーロス的テーマとカリブ海的テーマを対置させたウォルコットによる戯曲〝Odyssey: A Stage Version〟（1993）には、筆者自身による邦訳『オデッセイ』（国書刊行会 2008）があるが、長編詩『オメロス』の方はどのように伝えたらいいのか？　少しなりともその内容にふれて、部分的な紹介を試みたい。

——物語はセントルシアの海岸で、魂を奪い取るかのようにカメラを向ける観光客に、足首に不治の膿んだ傷をもつフィロクテートがカヌーの作り方を説明する場面から始まる。この傷は錆びた錨で引っ掻いてつくったものだが、祖先の足に巻かれていた鎖にも由来していて、呪われた過去をもつカリビアンの記憶のように決して癒えることはない。彼はヤムイモの栽培園に行き、自分の作物を植民地圧制者のようにたたき切る。しかし物語の終わりごろ、ラム・ショップ「無苦痛カフェ」を経営するオビー教の巫女マ・キルマンが、ツバメによってアフリカから運ばれてきた種を育てて収穫したハーブを煎じて治してくれる。彼の治癒は島民と島の傷痕がどのように回復されるかを暗示している。

もう一人の漁師アーシル（Achille、その命名はホメーロスによって語られたギリシャ神話に登場するAchillesアキレスに通じている）のカヌーは〈われらが信じ？神に誓って〉と命名されている。しかしスペルが間違っているのは、不信心の証でもある。カヌーを作るために木々を切り倒すことは、ただ一つの神キリストを信じる侵入者とは異なる先住民アラワク族の神々を犠牲にすることでもあるのだ。その丸太を火にくべるとパトワ語でぱちぱち弾け、灰になってアラワクの言葉は失われていった。

ヘクターはアーシルの恋敵で同じく漁師である。二人は、エーゲ海の美女ヘレンがトロイ戦争の起因となり、アキレスとヘクターの決闘を引き起こしたように、島の女ヘレンをめぐって争いを起こす。英仏間で十四回も争奪戦がくりひろげられた美しい島国セントルシアは〈カリブ海のヘレン〉と言われた。海を生活の舞台とする漁師アーシルの喪われた彼女への愛は、同時にこの美しい海にとりかこまれた島国への愛の希求に重なる。ヘクターはやがて漁師をやめて陸に上がり、座席のビニール・シートにアフリカの豹の模様のついた大型タクシー〈彗星《コメット》〉を購入して運転手になる。現代文明のシンボルであるタクシーの無謀な運転は、彼の事故死をひきおこす。

ヘレンは、白人プランケット夫妻に雇われている現地出身のメイド。派手な黄色のドレスを着たことが原因でやがて解雇され、海辺の安ホテルに再就職する。セントルシアそのものであるヘレンの美しさにひそかな思いを寄せる退役軍人で地主のプランケットは、過去の海戦から始まり、奴隷貿易の時代や第二世界大戦を含めた帝国の影につきまとわれる贖罪を担う人間として描かれる。

著者自身であるナレーターとは別にセブン・シーズ（七つの海）という盲目の島民が、変幻自在にいろいろな者に変化しながらホメーロスの役割を担っている。地中海を舞台にした物語の中心は英雄だが、ここでは彼らと同じ名を持つ一介の庶民たちが主人公なのだ。カリビアンの復権への試みとともに、全篇を通して支配者に翻訳された西インド諸島の事物のほんとの名前を聞きとろうとする作者の意図がある。

アーシルは傷心のままカヌーを漕ぎだしツバメに先導されてアフリカに辿り着く。祖先アフォラーベ（彼の元の名前でもある）に会い、祖先についての無知に不興をかわれる。西アフリカ・ヨルバの原始宗教の儀式に加わり、語り部グリオの物語を聞き、中間航路や植民地の未来、アフリカの分割を予見する。アーシルは奴隷売買人に襲いかかるが、未来の出来事を如何ともしがたく泣き出す以外に手がない。三世紀を越えて現在に戻ってくるアーシルの故郷への旅は、西インド諸国がほんとの故郷へ行きつく旅路でもある。――

以上、七巻のうち、主に三巻までを自分流に追ってみた。

4　『オメロス』と『オデッセイ』

前項でデレック・ウォルコットの『オメロス』の前半をたどったが、韻律を含めた修辞、言葉の凝縮力、行から行へわたる飛躍を伴う構成力……など、各行で韻をふんだ三行九連をベースにした三二五頁のどこをとっても詩語と詩語が響きあって光る大作に圧倒される。世界に魁偉な存在として立つ詩人(に限らないが)は、長編詩をその詩作の中心にすえ、絵画や音楽、舞踊、演劇、小説、エッセイ、歴史、文芸評論……諸々の分野を味方につける、というのが最近の自己流の定説となりつつある。歴史の宿命に書かされる衝動も、創作活動や表現行為における肺活量も、日本人とは違うのかと思わされる。

この論考を連載しはじめた二〇〇七年八月末、二十五の少数民族が住む昆明・麗江・シャングリラなど中国雲南省で行われた第十回アジア詩人会議（団長は故・秋谷豊）に、二十二年所属した現代詩創作集団「地球」の一員として参加した。良かったのは中国詩人たちとの交流だけではない。日頃なかなか近しく接することのできない日本からの参加者と、忙しい日程のあいまをぬってさまざまな詩論・各論が交わせたことも貴重であった。「今までの詩の概念をはみだした詩を書かなきゃ駄目だよなぁ……」と誰かが言った。もちろん質の問題が一番だが、重いテーマをともなう大きな必然性が詩を長大にすることもある。その場合、ストーリィの物語性や詩情を伴う楽しさは必須と思える。世界的なブームを煽った多彩な中南米の踊りとリズムは、彼らのオーディエンス創出のうまさを語っている。詩を舞台に引っ張りだして多くの聴衆を獲得しつづけたあの詩人この詩人もいる。ここでもう一度、ギリシャ神話の英雄の名を持ちながら、一介の庶民にしてカリブのオデュッセウス的位置づけを与えられた漁師たちの叙事詩に戻ってみたい。

＊　＊　＊

――漁師仲間のヘクターの元へ去ったヘレンに対する傷心を抱えて船出し、ルーツであるアフリカに着いて祖先に会った経験は夢か日射病か？　三百年を越えてアーシルは再び奴隷貿易の中間航路と交叉しつつ、キングフィッシュやカモメとともにセントルシアに帰りつく。

アメリカ原住民の騎兵隊＝バッファロー・ソルジャーをカリビアン（ラスタファリアン）になぞらえたレゲエの王様ボブ・マーリーの〈Buffalo Soldier, Dreadlock Rasta: ／There was a Buffalo Soldier in the heart of America, ／Stolen from Africa, brought to America, ／Fighting on arrival, fighting for survival.〉「……アフリカでさらわれ　アメリカに連れこまれ／着くなり戦闘さ生きのびるための戦闘さ／そうさ そいつは水牛兵　ドレッドヘアのラスタマン／アメリカの ど真ん中にいる 水牛兵……」で始まる歌の余韻を頭の中で響かせながら、植民地主義に抗して自分は何ができるのかと思う。林檎に似たポマラックという木の落葉を掻いて出てきたトーテム・ポールは消滅したアラワク族の形見であり、盲目の島民セブン・シーズは、木の名の由来とカリブ族、スー族も含めた米原住民の歴史を語る。

第四巻で作者は北米に飛ぶ。ボストン郊外のブルックラインで最近の離婚について思い悩み、太平洋の島に残され、孤独のなかで救いを待つ先の大戦の日本兵の気分になる。作者は当時、ボストン大学で教鞭を取り、実際にカリブとニュー・イングランドを往復していた。ダコタの上空を飛びながらクロー族の騎馬を見下ろし、鉄道が敷かれたことで領土を失ったインディアンと自分の離婚による喪失について考える。西部に強制移住させられたチェロキー族の記念碑「涙の道」を訪れ、複数部族のアメリカ・インディアン、ギリシャや米南部の奴隷制、スー族の酋長シッティング・ブルとともにインディアンの土地保有の権利を擁護した白人女性活動家キャサリン・ウェルドンを紹介する。

ボストン博物館を訪れ、ボート上に一人の黒人が描かれた絵画「メキシコ湾流」（ウィンスロー・ホーマー画）にアーシルの姿を見る。彼は鮫に囲まれ、ギニア海岸とカリブの間で永遠に立往生している。夕刻タクシーに手を上げるが、ウォルコットの黒い肌は闇に溶け、その肌の色のためにタクシーに乗ることはできない。

浜辺で出会った父親の亡霊は、帰国する前にヨーロッパを旅すべきだとウォルコットに進言する。大都市を移動しながら歴史を見すかす彼は、リスボンの港に立つブロンズの騎馬像を眺めながら、「スペインの港」という名を持つトリニダード&トバゴの首都ポート・オブ・スペインに思いを馳せ、過去の歴史が忘れ去られているのを感じる。

ロンドンでは浮浪者となったオメロスに出会う。彼は出版社に持ち込んで断られた叙事詩『オデッセイ』の原稿を鷲づかみにしている。ピアノのまわりで死者たちが歌っているダブリンのパブでは、『ユリシーズ』（オデュッセウスに同じ）に登場する一つ目の巨人キュクロプスならぬ、片目に眼帯をしたその著者ジェイムズ・ジョイスの亡霊にも会う。ギリシャのエーゲ海沿いでオデュッセウスを見かけるが、その乗組員はクレオールを話す黒人たちである。イスタンブール、ヴェニス、ローマを旅してウォコットはアメリカに帰ってくる。彼はふたたびウェルドンの姿を見たと思う。雪が降るなかで、平原部族の反抗的な表現行為とみなされた幽霊ダンスが始まる。ウェルドンはアメリカ陸軍騎兵連隊によるインディアンの大量虐殺（1890.12 サウスダコダ州ウーンデッド・ニーで、スー族インディアンに対して、米軍騎兵隊が行った民族浄化）を目撃する。

帰国した彼はトリニダードで自然の息吹・群島の香りを浴びてアーシルやヘクター、ヘレンのことを思う。一月は双子の片割れとして作者の生まれた月である。漁師を止めて運転手になったヘクターの猛スピードによる事故死を知り、海から遠ざかっていく島の崩壊を感じる。その葬儀でアーシルはヘクターを許し、相手からの許しも乞う。悲しみがヘレンをいっそう美しく見せているが、それはお腹の中にいる子供のせいだと見透かすオビー教の巫女マ・キルマンは、祖先に由来するフィロクテートの傷をアフリカ伝来のハーブで治す。これはエデンから追放されて故郷を失ったカリビアンの治癒の可能性をも暗示している。英国へ飛ぼうとした白人プランケットは、最後のロンドンへの旅で失望したことを思い出しセントルシアに寄せる自分の愛着に気づく。プランケットの妻の死去と葬儀。アーシルの元へ戻るヘレン。作者は元兵学校教官である白人少佐プランケットに、虚構としての役割を持たせた作意の二重性を明かす。

ホテルのバルコニーから眺める海に、ウォルコットはオメロスやセブン・シーズの胸像の幻を見る。ギリシャもアフリカも水平線の向うに霞んだ岬でセントルシアの明りを眺め、すべての傷が癒されてゆくのを感じる。ウォルコットとオメロスは、カリブとギリシャのヘレンに、セントルシアの語源である〈聖者の戦い《バトル・オブ・ザ・セインツ》〉で盲目となった聖女ルーシャのイメージを重ねながら島を讃える。一方、外国資本に自国を売り渡す投機事業者たちを、ダンテの地獄篇そっくりの硫黄の臭うマーレボルジェ（ダンテの『神曲』に登場する地獄界第八圏、悪意者の地獄）で見かける。中傷と自己愛に満ちた詩人たちにも会うが、オメロスはウォルコットの手をつかんで、その一群から引きあげてくれる。

人はそれぞれ二通りの旅をする。海が島を巡り愛が心を巡るように。ウォルコットにとって本当の旅はペンをもって内部の海へ向かうことだ。歴史はアーシルや島を単純化したが、歴史も海に単純化されてきた。英仏間の十数回に及ぶ海戦も歴史に埋もれ、子供たちがそれを学ぶことはない。観光客は魂を奪おうとするキュクロプスの目のようにカメラのシャッターを切り、海の労働で鍛えられた男の筋肉やアーシルの舟の名のスペル・ミスを容赦なく焼付ける。

ギリシャとカリブのヘレンは違う。田舎から出てきたマ・キルマンの姪は次代のヘレンになるだろう。アーシルの同意を得て、ヘレンはヘクターの子供を産もうとしている。「やがてみんな癒される」とセブン・シーズは思う。北と南・東と西も新たな一つの世界になるだろう。アーシルが一日の仕事を終え浜から引きあげた後も、海はたえまなく寄せていた。

＊　＊　＊

ひとびとが自分本来のふるさとを探りつつ、やがて個々の内部にそれを発見し回復に向かう叙事詩を、カリブ海そのものを主人公として描いた『オメロス』(1990) は、カリブのみならず欧米にも高い評価をもって迎えられた。作中、ロンドンに浮浪者として現われるオメロスは、出版を断られた『オデッセイ』の原稿を握りしめていたが、ウォルコットは逆に、『オメロス』の成功の後、ロイヤル《R》・シェイクスピア《S》・カンパニー《C》から世界の古典に冠たるホメーロスの『オデュッセイア』(『オデッセイ』は英語読み) のシナリオ化を委嘱された。作者は聖書に次ぐ影響力を持つ古代ギリシャ詩に、二十一世紀に向かって目覚めるカリブ海の血流を注ぎこみ、現在に蘇らせた。

この現代カリブ・ステージ・バージョンには『オメロス』にも共通したいくつかの特徴が見られる。作者がエーゲ海で見たオデュッセウスの黒い乗組員、クレオール語で話す登場人物、西アフリカ・ヨルバをルーツとする宗教儀式、カリブの楽器・植物・リズム、予兆の役割をになうツバメ《スイフト》、夢・幻覚・狂気および生者と死者の交錯……。戦争の後、トロイから十年がかりでイタケに帰る長い放浪《オデッセイ》(オデュッセウスは主人公名) を描いた壮大な叙事詩は初めて劇化され、シェイクスピア劇場の一つThe Other Place(他にThe Royal Shakespeare TheaterとThe Swanがある)で上演されている最中、ノーベル賞の受賞が決定した。詩語を重層的に響かせたナレーションや、会話に含まれる自在さとストーリィ展開の密度をもって二幕に仕立てた詩劇は、現代と古代ギリシャを結ぶ通路となる。ウォルコットは『オメロス』を書くに当たって、この古典からの啓示には距離を置こうとしたらしい。そんな記述が文中の詩にも (271p, 283p)、後年の会話にも表われる。そのことに鑑みてもウォルコットの『オデッセイ』(1992) は、読者に古典の世界へ出かけることを要求するのではなく、古代ギリシャの方を現在へ引き寄せる意図とともにあったことが伺える。

当時、英国ストラトフォード・アポン・エイヴォンにあるこの劇場で、歌舞伎の技法を採りいれた演出効果に思いをめぐらしながら観劇していた日本人がいた。前年度の九一年、蜷川幸雄が共同制作にかかわったＲＳＣ特別公演『ペール・ギュント』に初めて日本人キャストとして出演し、九二年劇団「座」を立ち上げた壌晴彦氏である。

ギリシャ悲劇の盲目の預言者役などに見られる抜群の演技力が印象に残っているが、渋谷のシアター・コクーンの後、アテネ・オリンピックの併催イベントとしてアクロポリスの丘の麓に立つ古代コロセウム＝ヘロデス・アティコス劇場で野村万斎とも共演した「オイディプス王」(2004)や、「オセロー」(2007, 共に演出・蜷川幸雄)にも出演している。

その壌氏が当時の舞台監督から入手した『オデッセイ』のコピーを、ウォルコットの招聘を試みた委員会のプロジェクトを通して〇二年にいただき、四ヵ月かけて読了した。招聘は双方の条件があわず頓挫したものの、五年の間を置いて三回目を読むこととなった。それが筆者が邦訳版を出版しようとするモチベーションとなったが、その後日譚は後日に回すとしても、ここで触れたいのは知将オデュッセウスの冒険譚の一つ、キュクロプスの島での逸話である。

洞窟に閉じ込められたオデュッセウスは、巨人である怪神キュクロプスに名前を尋ねられると、難をのがれるために自分の名前は「誰でもない＝ノーボディ」だと嘘をつく。仲間と力を合わせて、焼いた丸太の棒杭を巨人神の一つ目に突き刺し、めくらにして洞窟を逃げだす際、キュクロプスは他の巨人に助けを求めてこう叫ぶ。「ノーボディが逃げた。ノーボディがわしをめくらにしおった！　ノーボディを探し出せ！」。だが逃げたのは「誰でもない」から誰も相手にしない。このエピソードは図らずも、復権を計る「誰でもない」カリブのオデュッセウスたちの逆転勝利を物語っている、といえるだろう。

5 カリブ海から地中海へ

前項と前々項で、『オメロス』の流れを追った。思わず「うまい！」と声に出したくなる箇所が連続していて触発されるが、多くを取りこぼすのを承知で粗い作業をするしかなかった。ダンテの『神曲』にならった三行一連の鎖状の押韻テルツァ・リーマに至っては、日本語訳を試みたところで処理のしようもない。最終ページ近く、この叙事詩のエピローグにかわる次のような詩行がある。カリブの島を象徴する美しいヘレンは大きいお腹をお盆で隠しつつ、胸の谷間が見えるドレスを着てレストランで給仕をしている……

……彼女の瞳はトロイの腐敗を帯びることはなかった
角を生やしたメネラオスやネットに囚われたアガメムノンを裏切ることも
だがヘレンというその名は私の手首を渾身の力で摑み
これら泡立つ作品のページに押込んだ
それから三年　亡霊の声を聞くものとして私は
花瓶の喉元に響く冬のこだまのようなしわがれ声につられてさまよった
フィロクテートの傷のように　これらの言葉は治癒と
八方に散る苦悩を伝えている　アーシルの舟の如く
今は私の小船も受難に繋がれた錨の鎖を外す時

素朴に名を付され　原産の肋材で作られた船首は頷きつつ
これら当惑に満ちた最後の詩行に乗って進む
船首のリズムは同意しているのだ——一羽のツバメが
忘れていた全てを思い出させたことに
斧が大樹《ローレル》と交叉した生れたての夜明けから来し方に
その木から作られた舟は日没とともに炭色にたそがれ
やがてゆっくり残り火と化すことに……

（終章より）

作者はここで征服者だったギリシャの英雄やヘレンの物語とは異なる素朴に生きる人たちの美しさを讃えつつ、ヘレンのお腹に宿る新しい命に島の未来を重ねている。それはアーシルの恋仇だった故ヘクターが宿らせたものだが、アーシルはその子にアフリカ的な命名をしたいと思っている。長旅が終ってアーシルが舟から離れるとき、ウォルコットも長旅をともにした『オメロス』から離れる。なかなか離れられないのは私ばかりだ。考えてみれば、アーシルが乗る丸木舟も、この作品も、laurier-cannelles というクスノキ科の月桂樹らしき木を切り倒すところから始まった。作品のエンディングは作品の出だしに、円環をなしてつながっている。その冒頭——

「ある夜明け　われらは樹を伐り　こうやってカヌーを作る」
フィロクテートはカメラで彼の魂を奪おうとする観光客に
微笑みかける「風がその知らせを

月桂樹 laurier-cannelles に運んでくるや木の葉は震え出す
陽光《ひかり》の斧が杉の木に当たると
樹々はわれらの眼差しに宿る斧に気づくのだ

風が羊歯をあおる　その音はわれら漁師の生活全てを養ってきた
海の音がする　それから羊歯はこう言って頷く
『そうさ！　樹々は死なねばならぬ』　だから拳をポケットに突っ込み

皆でラムをまわし飲む　頭上は寒く吐く息は霧まがいの羽となる
ラム酒が一巡するころには
殺人鬼と化す心の準備は整っている

俺は斧を持ち上げ　一本目の杉を傷つけようと
手に力が漲ってくることを祈る　朝露が目に溢れるが
もう一度ホワイト・ラムを呷り　そうしてわれらは前進するのさ」

（一巻・序章より）

〈木を伐る〉という日常的行為が、ここでは神聖なる土地の神を冒すという意識とともに豊かなドラマ性をもってよみがえる。この後フィロクテートは足の傷を観光客に見せ、由来を語りながらお金をせびる。ヘクターも丸木舟を作ってはお金に換えることに熱心だった。彼が海を捨てた後、タクシーで事故死する筋立ては、外国資本に侵されてゆく美しい島々への警告であり哀惜である。ウォルコットは『オメロス』を仕上げた時点では、ギリシャ古典の『オデュッセイア』を読んだことがないと発言した。しかし一、二年後には英国の劇場からの委嘱を受け、そのシナリオ化に取りかかることになる。

わしは盲目のビリィ・ブルー。話の主人公（メイン・マン）は海の知将オデュッセウス。
海のシャトル（機織りの杼、波）はこのライン（海岸線、詩行）を行ったり来たり
寄せ波のように夜通し機を織り（ペネロペは、海は）眠りに落ちることはない
それから暁のバラ色の指で、夜のデザインを解いてみせるのさ。
（『オデッセイ』序章より、1993）

こちらはウォルコットの『オデッセイ』の冒頭部。ミューズを喚起する最初のナレーションを受け持つのは古代ギリシャにおけるコロスならぬ現代に生きる盲目の黒人歌手ビリィ・ブルーだ。クレオールが混ざる語りに出てくる「マイ・メイン・マン」(my main man) はレゲエ発祥の地であるジャマイカのパトワ語を思わせる。冒頭からすでに、ギリシャの古典詩を現代カリブ・ヴァージョンに翻訳しようとする作者の意図が見えるが、ともかくも比喩や掛詞などの修辞を駆使した密度の高い詩劇である。成り行きで私はこの作品を二度、三度と精読することとなったが、見逃せないのは半神半人の巨人族キュクロプスの島での逸話。キュクロプスとは英語ではサイクロプス、一つ目を持つサイクロン＝台風の語源であり、『オメロス』では夜明けとともに光を失って盲いる灯台の象徴となる。

オデュッセウスが人食い巨人族キュクロプスの島に上陸するシーンはDulce et decorum est pro patria mori.（自国のために果てるのは甘美で誉れ高いこと）という古来のラテン語のフレーズと、それをもじった「アイ（eye＝I）のために命を捧げることは最高の栄誉」という言葉から始まる。先の原文の一行はホメーロスからの引用ではなく、紀元前一世紀末のローマ詩人ホラースの言葉。初

代ローマ皇帝アウグストゥスに捧げた詩だが、これを「古代の嘘」として専制君主制に異議を唱える詩に仕立てたのは、第一次大戦中に死んだ英国詩人オーエンであった。ウォルコットの詩劇では、キュクロプス族の一つ目と、一九六〇年代にギリシャで専制政治を行ったパパドプロス大佐たちの絶対主権の「I」とを重ねて、神話のウィットに富んだ現在的な意味づけをしている。

至るところに巨人神の目を感じる肌寒い島は今や「無」だけが待機し思考も禁じられる場所である。そこがかつては哲学の温床であったギリシャだとは、とても思えない。

「消去された歴史のなかでは現在形しか存在しない」とやがて殺される哲学者に言わせるとき、ウォルコットの脳裡に浮かんでいたのは、ヨーロッパによって抹消されたカリビアンの歴史だっただろう。機知の働くオデュッセウスと、キュクロプス族の一人にして海神ポセイドンの息子ポリフェモスとの対話では、故郷を失いディアスポラとなった「誰でもない」カリビアンが彷彿としてくる。

キュクロプス「おまえの名前は何て言う？」
オデュッセウス「〈誰でもない〉と申す」
キュクロプス「どこから来たんだ？」
オデュッセウス「どこでもない」
キュクロプス「どこへ行く？」
オデュッセウス「存じない」
キュクロプス「〈誰でもない〉が〈どこでもない〉から来て
〈存じない〉へ行こうとしている。
これ普通。
違うか？」

有名な台詞だが、原典におけるノーボディに相当するのはギリシャ語のウーティスである。日本語の翻訳としては他に「誰もおらぬ」「男じゃない」など様々な表現があって笑いを誘われる。この逸話のヴァリエーションは世界中に散りばめられていて、ジョン・オズボーンの『怒りをこめてふり返れ』にもノーボディは登場する。ミヒャエル・エンデの『はてしない物語』や『鏡のなかの鏡』のニーマントはドイツ語でいう「誰でもない」、ラテン語で言えばネーモーである。『海底二万海里』に出てくる潜水艦・ノーチラス号のネモ船長がこれに当たる。このネモ船長は、『オデュッセイア』のパロディ――ジェイムズ・ジョイスがダブリンでの一日の物語に仕立てた『ユリシーズ』にもキュクロプスとともに登場する。ボルヘスやカミングスの詩も含め、古今東西の作品に現われる「誰でもない」は、人間の尊厳を奪われたカリビアンに限らず、われわれの背後に寄り添う人間存在の不確かさを証してもいる。（参考文献：椈澤厚生『無人＝ウーティス』の誕生、影書房 1989）

世界文学の源泉であるこの名作には日本にも翻訳や書きかえの例は多く、串田孫一・野上弥生子・呉茂一・松平千秋……とたくさんある。阿刀田高の『ホメロスを楽しむために』（新潮文庫）は、読まず嫌い一掃の魔術と称した漫談風の読みかえである。青少年シリーズ中の高橋睦郎著『オデュッセイア物語』（1981、三省堂）は日本語のこなれが良い愛読書だが、昨年復刻版としてよみがえっている。

知らない人はないオデッセイは読まなくても知っている気になり、ウォルコットではないが、きちんと読んでいる人は意外に少ないのかもしれない。私はと言えば、この本を通して古代地中海へカリブ側から潜入し、神話の世界を広く渉猟する結果となった。『オメロス』を繙いたのはその後のことだ。オケアノスと呼ばれた大西洋を横切り、オグンやエルズリィなどの土俗の神々の住処である西アフリカ・ギアナのヨルバランドを訪ね、ジブラルタルを通り、アドリア海・ティレニア海・エーゲ海をさまよった。ヴードゥー教の儀式によって開く地下の冥府は、ロンドンの地下鉄そっくりである。

このようにウォルコットの『オデッセイ』には、私たちの知識のいまだ及ばない遠い世界から、生活の範疇である足元まで、現実世界から虚の世界にいたるまで幾本もの通路が用意されている。

カリブ海と地中海を往来するあいだに、「誰でもない」奴隷の末裔の復権を導きだそうとするいくつかの魅力的な論考に出会った。スペインとの戦争でアメリカが勝利した十九世紀末、ニカラグアの詩人ルベン・ダリーオが書いたエッセイ「キャリバンの勝利」は、北の怪物として米大陸に君臨をはじめた合衆国をシェイクスピアの最後の劇「テンペスト」の粗暴な野人キャリバン（カリブ族と同じくcannibal＝食人の、を語源とする）に見立てたものだが、これを始まりとしてカリブの作家・詩人たちは次々、キャリバンのカリブ的解釈を試みた（今福龍太ほか）。

「主人プロスペローが既存の知識によって驚異を〈捏造〉することしかできないのに対し、奴隷であるキャリバンは未だ始原に近いところにいて世界の脅威に参画できる。しかも叛乱者でもある彼は主人よりつねに重要なのだ。なぜなら歴史をつくってきたのはいつも奴隷の側だったからである」と、フランス海外県マルティニーク出身の詩人エメ・セゼールは野人の可能性に言及する。

特に面白かったのは、『テンペスト』の種本は植民初期に北米に向かうイギリス船がアメリカ東海岸沖で出会った嵐と無人島への漂着、それを記録した「バーミューダ・パンフレット」であったこと。シェイクスピアはそれを地中海に回収して物語を創作したが、アメリカス（複数のアメリカ＝北米・南米・中米）の植民地化とともに落とされた種は、解放後の二十世紀になってカリブ海域で、被植民者だった人々のアイデンティティを探る糸口となって芽を出したという切り口であった。（参考文献：今福龍太「シェイクスピアとアメリカス」）

6　挿話・「アメリカの裏庭で」

わたしが二度目のカリブ行きでハイチに向かったのは、対イラク開戦前夜の二〇〇三年三月十五日。アメリカの最後通告にイラクはどう対応するのか、二日後の十七日に安保理に提出される新決議案の成行きで、武力行使の時期はどうずれるのか、毎日ニュースを気にしながら出発の日取りは二転三転した。

転勤先の金沢在住時代に三年間睦しく交流した心友ジョイス・ケンプは、ニューヨークで落ちあおうと言う。夫君が金沢大学外国人講師として文部省から招聘された際に、サバティカルをどう利用したのか、ニューハンプシャー州にある名門エクセター（Exeter）高校の要職にあった彼女も、子供たち二人を伴って来日したものだ。今回の現地での案内役をかってくれる横浜に住むハイチ人で日本人妻の山田カリンさんは、月初めに一歩先に母国ハイチに里帰りをして、わたしたちを待っている。

9・11の衝撃に対するトラウマ的感情はわたしにもあって、戦争直前のニューヨークはやはり不気味だった。思い切って決めたのは、ニューヨーク経由はあきらめて開戦前に戦争の余波の圏外と思われるカリブへ飛ぶこと。海外安全情報が渡航の延期をすすめているハイチ本土では、極力危険を避けて自衛すること。そのための事前の準備も怠らないこと、であった。HIV感染率十五％という情報に備えて注射針まで調達し、A・B型肝炎はじめ多種の予防接種を受け、新聞に「Bush push the War」という文字が大刷りされた十五日に成田を発った。シカゴやマイアミの空港でのセキュリティ・チェックはさすがに厳しく時間がかかった。

今になって見れば、あのとき思い切って良かったと思う。その年が明け、独立二百年の祝典ムードに湧くはずだったハイチは、史上初の民主選挙で選ばれた前アリステッド大統領が、米主導の多国籍軍による軍事介入で国外退去となり、混乱をきわめることになった。〈アメリカの裏庭〉と称されるこの地域の現状およびここに至る道のりには、古くはヨーロッパ列強の、第二次世界大戦後は、ヨーロッパ勢を斥けようとするアメリカの軍事・経済戦略の構図が縮小されている。

カリブ海諸島の人々は、主にアフリカから連れてこられた奴隷の子孫であるが、なかでも死にもの狂いで当時世界最強であったナポレオン軍を敗退させて独立をなしとげ、史上初の黒人共和国をうちたてたハイチが最も疲弊しているという事実は、皮肉なドラマだ。日本からはほぼ地球の裏側にあるカリブの国々は、日頃わたしたちには見えにくい力の論理の諸相を裏側からありありと見せてくれる。ハイチに行く前に参考にした『目覚めたカリブの黒人共和国』の著者でフォト・ジャーナリストの佐藤文則さんは、クーデターが起こる数日前にハイチに向かったと聞いた。わたしたちが滞在中、近づくことを憚られた巨大スラム街「シテ・ソレイユ」に多くの友人がいる佐藤さんは、生活に喘ぐ彼らが夢見た〈自分たちのためのハイチ〉が、反古にされる憤懣と痛みを彼らと分かち合っていたのだろうか？

二〇〇四年二月末、国外退去となった前大統領は「強制的に出国させられた」と記者団の取材に答えた。その裏には〈ハイチの二十世紀は米国による占領で始まった〉とされる歴史、および現在の米州自由貿易圏構想がある。

元神父だったアリステッドは、「パパ・ドック」「ベベ・ドック」と呼ばれた父子二代約二十年にわたるデュバリエ独裁政権時代とその後の混乱を経て大統領に就任した。しかし半年後、軍部のクーデターによって失脚してアメリカに亡命。軍事政権がふたたび取ってかわり、それは国連による全面経済封鎖につながった。

軍事政権に代わって、米国亡命中のアリステッドを条件付きで復帰させたのは、ブッシュ父につぐクリントンのとき、これ以上の難民を米国に上陸させないためだった。

ハイチの不幸の元凶は独裁政権と上層部、および後ろ盾のアメリカだとする最貧民の味方だったはずなのに、米国に押しつけられた「構造修正プログラム」に沿って当初の志を骨抜きにされた大統領は、もう救世主とはいえず、様々な腐敗が噴き出すようになり、経済破綻や選挙が不正だとする反アリステッド派との衝突で情勢は不安定となった。

わたしたちがハイチを訪れたのは、そんな時期だ。かつての、エイズや麻薬の密売の中継地としての風評があった国には、お金を落としていく観光客もいない。

三月十六日、他の二人とともに現地の空港に降り立ったとたん、獲物にでもとびつくようにタクシー・ドライバーたちに囲まれた。迎えにきてくれたMs.山田カリンの機転で救われたものの、ハイチ大学で講演するために来たという機内で一緒だったベルギー人が、まるで拉致されたように数人の男にひっぱっていかれるのを見た。夕方、メモを便りに滞在先を訪ねて彼の安否を確認したが、かくべつ何が起きたわけでもない。秩序だった社会生活に慣れているわたしたちには失業率が70パーセントを超え、一日百円で暮さなければならない人たちの先を争う光景が異様に見えただけだ。

入国前に空から見た禿げ山の連なりも忘れられない。隣国ドミニカやジャマイカが緑豊かなだけに、周辺国とも一線を画した窮状を上空から見た。丸裸の山脈の尾根を走る車道がくっきりと見え、プランテーション用地や燃料源として、木々を伐採し尽くし砂漠化したハイチは、すこし郊外に出るとどこも土埃に覆われて白かった。目立っているのは、ラケットの形をした葉をもつ樹木型のサボテンばかりだ。

歴史的快挙であった独立をなしとげたのに貧困に苦しまなければならなかった大きな理由は、十九世紀初頭、独立承認を得るために元首国フランスと結んだ多額の賠償金による。当時のハイチの国力には不可能な負担額は財政の逼迫をひきおこし、完済されたのは実に七十年後、しかも完済後も多額の負債を背負うことになった。金融市場も外国資本に握られて、その後も機会さえあれば欧米大国による経済介入の餌食になってきた。

世界の不正に軍事力と経済力にものをいわせて睨みをきかせるアメリカの中南米への外交戦略は、モンロー宣言に端を発するヨーロッパの不干渉を求めた「自国の裏庭化」である。そのためコロンビアからパナマを分離させて運河の利権を守り、スペインからプエルトリコを獲得し、キューバを独立させた。社会主義国となったキューバへの経済制裁は冷戦後さらに強まった。旧英領が中心となって組織されたカリビアン・コミュニティ、つまりカリコム諸国は、アリステッド追放後のアメリカ介入による暫定政権を認めてはいない。

世界の警察を自認したいアメリカは、ブッシュ・ブッシュの単独行動で国際社会の良識を無視して暴走した。その前年に、わたしがフロリダを経由してハイチに出発する日に見た報道番組では、フセイン政権の高官と思われる人が「この国はひ弱な力のない国なんだ。何にも隠してなんかいない。ほんとだよ」と情けない表情で話していたのを思い出す。二元論的に「悪の枢軸」「世界の秩序」と決めつけるアメリカの論理に狼狽していたあの素顔は、生きのびることができただろうか？

色々なタイプのアメリカ人に接すると、良識を旨とする開かれた精神風土を感じることも多いのに、一国の外交政策となると力にものをいわせる独善となるのはなぜなのか？

さまざまな外交精鋭集団の考えが結集する国家安全保障会議の方針が、決定権を持つ大統領に作用する一方で、アメリカには独立宣言のなかにも盛り込まれた「市民による不服従」の精神がある。ガンジーやキング牧師の思想のベースにも影響を与えたヘンリー・ソローの『市民的不服従』の考えでもある。

人間が生まれながらに持っているさまざまな権利を守るためにこそ政府や法はつくられたとする伝

統は、市民の自負にも非暴力の抵抗活動にもなってきたことを考えると、アメリカに何をどう問えばいいか、個々の米国民も、対峙する日本や周辺国も、コトは単純ではないにしても、試される時なのだと思う。

前述した心友ジョイスはわたしと同年齢のユダヤ人で、彼女たち家族が日本滞在中にはさまざまな影響を受けた。その彼女と東松山市の丸木美術館に行ったことがある。迫力ある原爆の図を通して何をシェアできるかは未知数だったが、「日本が間違っていたから」と一蹴する横顔に、世界の不正を裁く自国への自負を持つアメリカ人を見た。

大きすぎるアメリカを背伸びせずにとらえようと思ったら、身の丈で足元を見つめるしかない。一年前、行けるなら行きたいとハイチ行きを決めたのは、一連のカリブ・フェスティバルに参加した後の静かな興奮があったからだ。最初はエクアドルから届いた一通のメールが機縁となってバナナ・ペーパー・プロジェクトが発足し、外務省の支援でハイチに二つの紙漉工房ができた。同時に学研からバナナでできた絵本『ミラクル・バナナ』が発売された。バナナの廃棄物で作る紙は森林資源を守り、未開発国への経済援助・雇用促進・教育の資材提供につながるという夢のような理念に立っていた。あの日訪ねた工房で作業をしていたハイチの人たちの、小さな希望の灯がかき消されないことを祈っていたが、願いも空しく、現在は活動は停止していると聞いた。

7 フランス語圏カリブ／ハイチとの出会い

これまでにホメーロスとウォルコットを通し、コロンブス以前の旧世界と、カリブを含めた新世界がクロスする視点に触れた。ここではシェイクスピアを通し、フランス海外県マルティニーク出身の詩人（にして劇作家・政治家）エメ・セゼールが新・旧両世界を交叉させつつ、どのように黒人性（ネグリチュード）を擁護する視点を打ち出したかを見てみたい。前者のテキストは『オメロス』と『オデッセイ』だった。後者は前項の最後で触れた『テンペスト』（1611）である。

作品を読むかぎり『テンペスト』の舞台はミラノとナポリおよび絶海の、といっても地中海のどこかに浮かぶ孤島と思える。しかしシェイクスピアは、アメリカ初期の定住植民地ジェームズタウン（現在のヴァージニア州東海岸南部）に向かうイギリス船を一六〇七年に襲った嵐、並びに東海岸沖のバーミューダ島への漂着を記した「バーミューダ・パンフレット」からヒントを得て、それをヨーロッパ世界に回収しつつ物語を創ったという。そして島に先住していた、まだ何物とも分からない蛮性と可能性を合わせ持つ不気味な存在＝侵入者の奴隷となった怪物キャリバンを描いた。バーミューダ島という言葉は劇中、この無人島にやってきて魔術を身につけた元ミラノ王・プロスペローに隷属する空気の精＝エアリエルの台詞にも表われる――「ほらいつか／真夜中に、嵐のたえないバーミューダ島から／露をとってこいと言われたでしょう、……」

エメ・セゼールによるこの劇の改作『もうひとつのテンペスト』（1969，邦訳は2007 インスクリプトより共著として刊行）では、シェイクスピアの三世紀後を生きるスワヒリ語を話すキャリバンは、未開だった陸地で権力を振るいはじめた支配者プロスペロー、つまり米国から抑圧を受ける黒人奴隷として描かれる。大西洋で落とされた種を秘めて地中海で展いた物語は、二十世紀になってカリブを含む複数のアメリカ＝アメリカスという本来の土地で、表層の下に隠されたもう一つの物語を展開する。劇中のキャリバンのモデルは誰か？　それは「俺をXと呼んでくれ、そのほうがいい。いわば名前のない人間だ。もっと正確に言えば、名前を奪われた人間だ。……あんたが俺を呼ぶたびに、俺は根本的な事実を思い出すだろう。あんたが俺からすべてを奪い、果ては俺のアイデンティティまでも奪ったということを、な！　ウフル（＝自由）！」という台詞からも分かるように、父親に続き一九六〇年代のアメリカで急進的な黒人解放指導者であったマルコムXである。牧師だったマルコムの父は人種差別によって惨殺され、線路上で礫死体となって発見された。警察と保険会社による工作で自殺とされて保険金も下りなかった。白人に強姦された祖母から生まれた出自を持つ母は精神を病んだが、原因のわからないまま精神病院で死亡した。一時は闇の世界に入り服役もしたマルコムXは、獄中でブラック・イスラム教に出会い改宗する。釈放後、教団から「X」という姓を授かるが、指導者の犯した事件をきっかけに教団に失望し、内部の異分子となって暗殺される。

作者であるエメ・セゼール（1913―2008）は奨学生としてフランス本土で学びながら、そこで出会ったサンゴールらと学生新聞「黒人学生」を創刊し、黒人性を評価するネグリチュードという言葉をはじめて唱えた。詩人サンゴールとは、一九六〇年から二十年間セネガルの大統領であったレオポルド・サンゴールのことである。エメ・セゼールは心身の不調にみまわれて『帰郷ノート』を書いた後、故郷マルティニークに帰って高等中学の教師になったが、教え子にはアルジェリア独立運動で指導的な役割を果たしたポスト・コロニアル理論の先駆者フランツ・ファノンがいた。

〇四年三月、早稲田小講堂でエメ・セゼールの戯曲『クリストフ王の悲劇』を見た。日本における第二回フランコフォニー・フェスティバルの催しとして、在日のフランス語圏の人たちが共同でつくりあげ、自主出演したものだ。

私も出席することに決めたのは、その前年にあたる〇三年にハイチに行ったときにお世話になった横浜在住のハイチ人で日本人妻の山田カリンさんが複数の役で出演することになっていたからだ。一八〇四年に独立したハイチの二百年祭にちなんで同国がテーマとなったと思われるが、関係者の人たちの思いは複雑で、お祭り気分ではいられなかったことだろう。その年の一月、ハイチでは大統領アリステッドの支持派と反支持派の内紛が極まり、記念祭どころではなかった。十三年間も駐日ハイチ共和国特命全権大使を勤めたマルセル・デュレ氏は、〇二年の日本での国際カリブ年を成功させ、〇四年初頭の本国での独立記念祭をとりしきる任務を負って帰国した、はずだった。しかしハイチにはいないという噂だった。同年二月、アメリカの介入によりアリステッド大統領は国外に脱出、ハイチの混乱ぶりは国際社会の注目を集めた。

「そういえば……」と思い出すのは、ハイチの空港に降りたって以来、ずっと足になってくれたカリンの従弟レナルドを頼みとして、世界遺産に指定された宮殿サン＝スーシと城塞シタデル遺跡を目指し、北の町カパイシャンに行ったときのことだ。レナルドの家に着いてほどなく、暗くなるには間があるのに、みんな家に駆け込んで、家をロックし、通りがしんと静まりかえったことがある。反アリステッド派のデモがある前触れだったが、かの国ではたんなる示威運動がいつ暴徒化し、流血事件に発展するか分からない。ハイチの家庭料理を楽しんでいる間もとつじょ電気がとまって真っ暗になり、その度にハッとした。が、電気の普及率が低く自家発電にたよるしかない生活の恒常的な不具合だった。点いたり消えたりするテレビは「ブッシュ・プッシュ・ウォー」という新聞の見出しに呼応して、イラクへの戦争突入不可避が報じられていた。日本を発つという決断自体、国連での新決議案の行方をはかりかねて揺れつづけた。遠い出来事とばかり言っていられない、日本の人心にも及んだ9・11後遺症である。経由したシカゴとマイアミの空港でのセキュリティ・チェックも前代未聞。わたしの靴は別室に運ばれたまま、なかなか戻ってこなかった。

現在の首都ポルトープランスに次ぐ北県の大都市カパイシャンは、フランス植民地時代には首都だった。それだけに二世紀前にハイチを独立に導いた奴隷上がりの軍人の像ばかりが目立っていた。私たちを乗せたロバ泣かせの急坂の上にそびえるシタデルは、独立後にこの地に君臨したアンリ・クリストフが、宮殿は八つ・城塞は六つ築いたといわれるものの一つだ。十九世紀初頭、独立戦争を率いたデサリーヌの後を受け、南部で共和国の大統領となったペションと対立しつつ、北部を王国としたクリストフは、奴隷から身をおこし最後は病気と衰弱・四面楚歌に苦しみながら難攻不落といわれたシタデルで銃弾を放って自害した。フランスからの植民者の再襲来を斥けるために築かれた要塞の壁の厚さは五メートル、三百六十五門の大砲を備え、ヒスパニオラ島の北辺で海を睥睨している。屋上いっぱい幾何学的に積み上げられた弾丸が奇異な景観を示しているが、当時の奴隷たちの過酷な労働と時代の困難を彷彿とさせて余りある。

そこで思いがけず、ペン画のイラスト付きの英語で書かれた短歌・俳句集に出会った。タイトルとなっている『俳句とシタデル』という二つの組み合わせはいかにもちぐはぐで、ギアン・カソーネという名のこの作者は誰なのか……と疑問をはさんだまま持ち帰った。それが判明したのは、後述する現在詩人クリストフ（・シャルル）がアメリカとモンゴルを経由して〇六年秋に来日した後である。

・殺戮の時代に生きて　丘の上　アンリと一万の奴隷　そを建てり
・山巓の　気を乱してシタデル　そこにあり
・内なる悲劇を見つめて黙す　シタデルの壁
・鉄の目もてカノン砲　フランス艦隊探る　虚ろな海に

ハイチには〇二年の国際カリブ年の行事を通じて知り合ったバナナ・ペーパー・プロジェクトの支援団体の高岡美智子さん他と出かけた。高岡さんは帰国後、カリンのお姉さんが経営するセスラ校を舞台に、学校運営や教育を支援する「ハイチの会セスラ」を立ち上げた。信州をメインの舞台としたカリブ・フェスタの余波として翌年、カリブのノーベル賞詩人デレック・ウォルコットを招聘しようという動きがあったが、その実行委員会でもご一緒だった。目的はすこし異なるものの、単独では乗り込めないハイチを知ろうと思えば、この機会を置いては他にないのかも知れなかった。

バナナ・ペーパー・プロジェクトとは、従来の森林資源に変わるものとして、バナナの茎の繊維を紙や布をはじめとする製品を作りだすために再利用し、バナナを産する発展途上国の雇用促進・経済支援・教育資材の提供に役立てようとする試みである。一九九八年、エクアドル大使館から名古屋市立大学大学院芸術工学研究科に舞い込んだ一通の手紙がスタートだった。年二回、収穫後に大量の廃棄物となる(世界の廃棄物の総量は、一年で十億トン以上とされる)バナナで何かできないかと問う手紙だった。あくまでもエコにこだわり石臼で繊維をつぶし、ネリにおくらを使い、日本の伝統和紙の技術で紙を漉く日本支援の工房が二つ、〇一年にハイチに誕生した。このプロジェクトを根づかせるため、カリブ各地で製造セミナーが開催された。同年、その工房でできたバナナ繊維を輸入し、三島製紙と学研が、すべてバナナでできた本を作った。ハイチ人画家が絵を、かこさとしが文を書いてバナナ・ペーパーを紹介した『ミラクル・バナナ』である。

大きな夢を担った計画だったが、厳しい現実の前ではときに夢もうまく育たない。原材料は支払い額の半分しか届かず、製品はひどくコスト高となり事業は壁にぶつかった。しかしハイチを舞台とした紙製造の物語は後に映画化され、そこにはミセス・カリンも出演している。プロジェクトは地球環境保全に貢献するデザインシステムとして評価され、「エコロジー・デザイン特別賞」を、愛知博では「愛・地球賞」を受賞した。〇四年にはジャマイカにも工房ができ、〇五年、プロジェクトの創始者・森島紘史著『バナナ・ペーパー　—持続する地球環境への提案—』が出版され、夢は未来へ託された。バナナ生産の分布はなぜか貧しい国に集中している。フルに活用されれば、現在の森林資源の半分をカバーできるという日本発のこのバナナ・ペーパーが、世界で認知される時が、いつかは来るのを心待ちにしたい。

ハイチでの日程は、安全確保のために泊まった五つ星ホテルから駐ハイチ日本大使館を訪ね、防弾ガラス付きの車で日本が支援しているカザールのバナナ・ペーパー工房を視察することから始まった。翌日はミセス・カリンのお姉さんが、公立学校からあぶれた子供たちを集めて経営する学校「セスラ」を訪ねた後、レナルドの車で一日かけてカパイシャンへ移動した。カパイシャンからは己が五体だけが頼りの一人旅。自分らしい手づかみの旅は、心細いほど小さな飛行機で首都ポルトープランスに戻り、翌日ジャマイカに飛んだ後で始まった。ハイチ名物である極彩色の乗合いバス・タプタプに乗ることもなく、頭にのせて物を運ぶ女たちの器用さや、首を垂れた鶏と色彩豊かな野菜が並ぶ山の上のマーケットを車越しに眺め、人々の厳しい現実は遠景として触れた旅。振り返ってみれば、そのことこそがもっとも印象的な余韻なのである。そう年を経ずして、今度はハイチの方が近づいてくるとは思ってもいなかった。

8 漂流するハイチ文学／その背景

二百年前、死闘の末に独立した世界初の黒人共和国ハイチは、クリストファー・コロンブスの初めての航海で発見され、新世界幕開けの舞台となった海域である。西周りの航海に出た二ヵ月後に、一団はカリブ海バハマ諸島のサン・サルバドル島（聖なる救世主の意）に到着。さらに二ヵ月後の十二月、キューバ島経由で現在はハイチとドミニカ共和国が国土を分けるヒスパニオラ島に上陸した。小まわりがきいて探検に適している二艘の小型帆船と大型のサンタ・マリア号でスペインを出航したのは一四九二年八月、カリブの〈創世記〉を描いたウォルコットの「海は歴史である」（前出、「カリブ海のホメーロス」参照）に出てくるキャラベル船とは、前者の俊足帆船ニーニャ号とピンタ号のことである。

だが十七世紀末からフランスの植民地として島の西方三分の一を占めるサンドマング（ハイチの旧名）、および独立後のハイチはフィクションより数奇な運命をたどることになる。もともと三角貿易以外に経済基盤がないところへ独立と引替えに課せられた多額の賠償金・その他の原因による経済的困窮、小作農の没落、北のアンリ・クリストフ王と南のアレクサンドル・ペションらに始まる指導者の割拠や交代にともなう内紛・国家分裂。これらが列強の、特にアメリカの占領や介入を許すことになった。

最も困難な時代は、元ドクターのフランソワ・デュバリエが、二十世紀半ばに親子二代にわたる軍事独裁政権を敷いたパパ・ドク（Papa Doc）およびベベ・ドク（Bébé Doc）時代。一族と軍部はアメリカ資本と結びつき、コカインなどの密輸で多額な富をひとりじめする一方で、トントン・マクートという秘密警察を設けて反対派をしらみ潰しにし、民衆への弾圧と虐殺を繰りかえした。暗黒社会のホラーまがいの現実は、サスペンスに満ちたフィクションともなった。英米でかなりの間、ベスト・セラーに挙げられたグレアム・グリーンの『喜劇役者』(1966 邦訳・田中西二郎 1967)である。喜劇役者(コメディアンズ)とは、過酷な現実に押しつぶされた信念喪失者が、正当な行動をする代わりに〈演技〉を通してリアリティから逃げる自己韜晦を示した言葉だ。『おとなしいアメリカ人』のベトナム、『ハバナの男』のキューバ、『燃えつきた人間』のコンゴ共和国につづいて発展途上国を舞台としたこの作品は、おのずからアメリカの世界政策に対する批判と、カトリックの立場からの共産主義への接近というテーマをも追求することになる。作品が書かれたのは、デュバリエが独裁色を強めて憲法を停止し、終身大統領を宣言するとともに、自らをヴードゥー教の神性を帯びた魔術師と称して圧政を行った時代と重なっている。続く何十年でライターを含む百万を上回るハイチ人が国外脱出したと言われる。これは実に当時の人口の二十%に当たる。

八〇年代後半のデュバリエなきデュバリエ体制と言われた軍部の独裁。米CIAも暗躍したトントン・マクートの後をつぐアタシェ。九〇年代にアメリカが後ろ盾となって、民政派アリステッドの支持層の切り崩しをはかった準軍組織フラップ(ハイチの進歩と発展のための戦線)。貧民層の強力な支持を集めたアリステッドが〇四年に退陣・国外退去に追い込まれる前後に生まれた支持派残党の無法集団シメール……。この国の困難は救いようもなくエンドレスだ。だが文学がそれを生んだ社会諸相と切れないものであるとしても、ここでそれを追いかけるのは本義ではない。それは二十数回も現地を踏みつつルポした、フォト・ジャーナリスト佐藤文則氏の複数の著作に委ねたい。危なっかしい情報ばかり聞くハイチに出かける以前、わたしたちが参考意見を聞き参考書としたのは、佐藤氏とその著書『ハイチ 目覚めたカリブの黒人共和国』(初版 1999、改訂版 2007 凱風社)であった。ついでに各種の予防注射も念入りにした。同年『ダンシング・ヴードゥー―ハイチを彩る精霊たち』(2003.8 凱風社）の直後に出版された岩波フォト・ドキュメンタリー『ハイチ 圧政を生き抜く人びと』(2003.10 岩波書店）にはコンパクトにまとめられた時代背景とともに、リアルで豊富な写真が収められている。これは報道写真家たちによる〈世界の戦場から〉シリーズの一巻。同年末にはそのグループが主催する写真展・年次報告会に行き、世界の戦場の呼吸をありありと感じた。『目覚めた……』につづく九九年以後の激動するハイチ情勢を追補改訂した『慟哭のハイチ』(2007.7 凱風社）も出版されている。

ところで、先に触れた中南米における悪政の代名詞トントン・マクートとは、口から口へ伝わったオラル・トラディション＝ハイチの民間伝説である〈子供の誘拐魔〉と同義で〈南京袋＝ナップサックおじさん〉という意味らしい。極まった人為的混乱も権力を持たない一般民衆にとっては、自然の脅威と同じく如何ともしがたい。自由にあやつれるのは自分の想像力や創造力ばかりだ。民話の宝庫と言われるカリブには、お化けの種類も話も多いが、人間の本性はときとして、それらお化けやもののけ以上に恐ろしい。主に西アフリカのギニア海岸から連れてこられた奴隷の子孫たちは、カリブ海域にアフリカの伝統である数々の民話やストーリィ・テリングをもたらした。

――「さぁ、お話を始めるよ、いいかい！　クリック？」

――「うん、始めて！　クラック！」

どこでもいつでも人が集れば始まる物語はハイチでは「クリック」という語り部の呼びかけと「クラック」という聞き手の応答から始まる。（参考：『魔法のオレンジの木』ウォルクスタイン採話・清水真砂子訳　岩波書店 1984）

……そうさ　昔は月夜の晩には
お話を聞こうと　みんな庭に集ったもんだ
そして遅かれ早かれ　誰かがおばけの話を始めたさ
それからは　次から次へと話はつづいた
みんな怖がったが誰も動かなかった
……………そうさ　おばけや人魂の話抜きには
西インド諸島は語れない
おばけたちもここでは市民権を持った大事な存在だ
……………いくつかの島では利権は色んな国の手に
なんども移り変わったので　文化は色々ミックスされ
あらゆる種類の奇怪な霊魂がそこらを歩き回っている
フランス語やスペイン語や英語やオランダ語でしゃべり
ながら……

（『P・K・ダグラス詩集』より、訳は谷口）

右はトリニダードの詩人でストーリィ・テラーのポール・キーンズ・ダグラスの作品だが、この一篇だけで三十種近くのおばけ、つまりジャンビィが登場する。ハイチ出身の英語で書くアメリカ移民二世、六九年生れのエドウィッジ・ダンティカは、何度か来日したこともあるキラ星だが、先に紹介した『息吹、まなざし、記憶』後の二作目は、現代創作短編集『クリック？　クラック！』（1996　邦訳：山本伸　五月書房）。ダンティカが「クリック？」と始めるお話は収められた九篇のナレーターを通して、ハイチの不安定な政情や貧困をバックに、辛く悲しい運命を生きる女たちの衝撃的な物語として展開する。エピローグで著者は、母や女系の祖先と自分との類似性を述べる。違いは、彼女らは料理で自己表現し自分は書くことで表現すること。しかし母は書くことを是認しはしなかった。ハイチでは物書きは殺されることが多いからである。処女作『息吹、まなざし、記憶』でも、十二歳からアメリカに住む著者のハイチへのまなざしと痛みが女性性を通して語られる——生まれてすぐに別れ、少女になってから一緒に住むことになった母親は、ボーイフレンドができた主人公ソフィアに指で日々、処女検査を施す。それはレイプによってソフィアを生んだ母の後遺症なのか。ソフィアは母親を卒業するため自らの手で処女喪失を行う。が、子供を設けたあと性交渉に対する恐怖を抱くようになる、というストーリィはショッキングだ。

「クリストフ王の悲劇」が上演された〇四年のフランコフォニー・フェスティバルでは、このダンティカやフランケチェンヌ他の短編を集めた『月光浴』(2003)に出会った。これもまたハイチの独立二百周年を記念し、前駐日ハイチ大使のすすめと協力があって刊行されたようだ。七人の訳者による十三篇が収録されているが、早大仏文教授の立花英裕氏の「ハイチ現代文学の歴史的背景」という七十ページ近いエッセイが抱き合わせになっていて貴重である。氏とは会場をともにしたはずだが、面識を得たのは二年半後。来日したハイチ詩人クリストフ・シャルル氏が、アメリカ経由で帰国する日の成田空港だった。前日の日本現代詩人会国際交流の通訳・講師にお願いしていた立花氏の飛行機は、コペンハーゲンで足止めされ、当日のシャルル氏の訳と、立花氏の講演内容は夜半やりとりしたホテルからのメールで間に合わせた。ご紹介のお手伝いをした一人として、ハイチとシャルル氏の日本での一週間は『詩人会議 八月号 特集・いのち』(2007 第二部 追補版参照)にエッセイとして書く機会をいただいたが、クリストフ・シャルルご本人のレクチャーをご紹介する機会がなかった。原稿用紙三十枚近い内容はわれわれに馴染みのない作者名の多くを省略しつつ、ここにその概要のみを記したい。

〈一八〇四年から今日までのハイチ文学と詩の諸傾向〉

ハイチは一八〇四年に十四年間の革命の動乱を経て独立した。世界史上初めての植民地主義・奴隷制度・人種差別に反対する革命だった。自然にその時代を生きた人々の苦悩にあふれた政治色の濃い文学になった。独立宣言を書いたボワロン＝トネールやヴァステー男爵らの先駆者たちだ。

フランスがハイチの独立を承認した二十年後、ハイチには安心感がただよい、フランスのロマン主義や歴史学の影響が現われる。エムリック・ベルジョの『ステラ』など。

十九世紀末には国が三つの共和国に分裂するなど内戦による混乱が生じ無法集団や盗賊が暗躍するようになる。諸外国の嘲笑の的になる大げさな大統領就任式や、武器に訴えた党派間の争いもあった。作家たちは進歩をめざし、国や人種を守ろうとする姿勢が闘争の文学を生む。詩人たちは骨肉相食む戦いを断罪し、平和と結合を人々に訴えたが、小説家たちは、エグゾティスムに浸っていた。

十九世紀末から二十世紀初めの文芸誌「ラ・ロンド」(1898〜1915)に拠った第四期。〈ラ・ロンドの世代〉(Génération de la Ronde)はもっとも重要な文学運動の時期で、夢と低劣な生活実態との落差が多く描かれた。

一九一五年、アメリカによる占領の年。アングロ・サクソンの文化の押しつけに抗し、フランス文化の伝統を、さらにマルス博士の『おじさんはかく語りき』のようなアフリカ的伝統や土着主義＝インディジェニズム(仏語ではアンディジェニスム indigénisme)を重んじる動きが顕著に見られた。

五〇年代、土着主義に距離をおこうとするシュルレアリスト(マグロワール・サントードら)の詩が現れる。歴史・社会学も発達し、文学潮流を論じる最初の試み『ハイチ文学史、あるいは黒人の魂』

（ヴァヴァル作）が著される。

六〇年代から、独裁政権の反知性主義にもかかわらず、新しい世代が過去との断絶の意志を明確に示し、現代芸術に新しい血を注ぎ込もうとした。今日、ハイチ文学は音楽や絵画同様、海外での評価がますます高くなりつつある反面、国内では独裁政権下で詩は質的に低下した。ただ文盲率七十五％、年間所得平均三百ドルという状況の中で、七〇〜八〇年代には八百万人中二百人が詩集を刊行するという「詩のインフレ」現象があった。七〇年代の「眩暈の世代」、八〇年代のクリストフ（講演者本人）のシュクン出版社等に拠った時代。ここ二十年間の詩の豊かさ・多様性・深さ・空想力・新たな詩の完璧さには見るべきものがあるが、読者の認識は六〇年代でとまっていて、その位置づけは未知数である。

9　来日したハイチ詩人

前回触れた五十代半ばのハイチ詩人クリストフ・シャルル（Christophe Philippe Charles, 1951～）には、『美しい日本語（Les Belles Japonaises）―俳句と短歌』という六十篇近くを集めたブックレットがある。男性韻と女性韻を交互に踏んだ五行からなるフランス詩法クィンティルをも取り入れた言葉の錬金術にも、序文の短歌論にも驚いたが、氏は若いころからこの形式にこだわり、二十歳ですでに敬愛していた詩人マグロワール・サントードの死に捧げる九篇の俳諧をハイチで最もメジャーな日刊紙『ル・ヌーヴェリスト Le Nouvelliste』に発表している。同年の冬には同じくサントードに捧げた四十八篇からなる『永遠の砂浜』を、三年後には俳諧集『叫ぶ』を発刊した。初期のhai-kaiというのは、〈俳句〉とほぼ同義で使われているものと思われる。マグロワール・サントードとは、二十世紀半ばに活躍したシュールレアリスム詩人。当初はジャック・ルーマンの批判を受けたものの、アンドレ・ブルトンらの訪問によってシュールレアリスムは一躍、脚光を浴びることになった。ジャック・ルーマンとは、米軍占領下、ハイチ人の本当の魂のありどころを探る土着主義＝インディジェニズム（indigénisme）の思想を推進してきた先達の一人だが、アメリカの十九年におよぶ占領が終る一九三四年には共産党を結成している。

クリストフ・シャルルの『美しい日本語』の素材には、まだ見ぬ日本を幻視したものも数多くあり、著者はずっと日の昇る島・日本への訪問を夢見ていたに違いない。

〈短歌は各行がそれぞれ5および7音節5行からなる日本の短詩であり韻を踏む必要はない。だが私は難易度の高い技に挑戦してそれを試みた。……私はさらにそこに（女性韻と男性韻を交互に踏む）交韻を取り入れた。よく切れる抜き身の刀の鞘当てのような交韻行、そして非交韻行。決闘（中略）……武術のように素早く正確な一撃。合気道。不可視で強烈な不運への反抗……〉と続く序文にはいささか戸惑い、おぼつかないまま日本の短歌的抒情や俳句と俳諧の違いを語ったりしたが、口数の少ない氏の反論は帰国後のオンライン版『Le Nouvelliste』で読むことになった――

〈シャルルの短歌・俳句は熟考された上での名人芸であり、日本のモデルへ接近すると同時に、違う方向性を持って離れる。新しい形式にのっとった彼の詩は、存在を通して人間ドラマが演じられる土地に留まることを提案している。……彼の創造性は自身の詩的生命力を短歌という型に流し込んだところにある。これはデサリーヌやクリストフ王やペチョンの国、ハイチの短歌なのである〉と。

そこではわたしが北の町カパイシャンの世界遺産シタデルを訪ねたときに持ち帰った『俳句とシタデル』、その著者に関する質問への答えも示されていた。作者は日系のアメリカ人ギアン・カソーネで、ハイチ北部のラ・フェリエール山頂に築かれた巨大な要塞シタデル・ラフェリエール（後のハイチ国王アンリ・クリストフ一世によって築かれたため、シタデル・アンリ・クリストフとも、単にシタデルとも呼ばれる）は、〈同じくシンプルな輪郭をもつ俳句という構造物と婚姻の契りを結び、今までに建てられたもっとも印象的な自由のモニュメント、沈黙しつつも表現力豊かなその石や壁の言葉は、日本の詩形を通して、訪問者に語りかける〉と。

以下はシャルルの短歌集からの抜粋。本文は五行から成り、例えば二番目は末尾が〈デコール、ジョリィ、ドール、フォリィ、マタドール〉と、交韻で結ばれている。

［広島］
電光に　世界は爆ぜる　おぉ芭蕉！（Oh, God に相当）

死　その御しがたき逃亡
否応なく諸人を　彼岸へと運び

［三島《ミシ・マ》タドール（闘牛士《マタドール》 三島）］
素晴しき光景！
あぁ　金閣寺に死す佳麗！
抜き身の刀　美しき狂気　三島タドール

［広島《ヒロシ・マ》ジック］
広島ジック！
見よ！　由紀夫　太陽は溶けて　ほとばしる夢幻劇
きみの三島《ミシ・マ》ラソンをひた走れ　この比類なき狂乱の絵巻

［三島《ミシ・マ》カベル（死神《マカベル》 三島）］
おぉ　由紀夫　きみのサーベルは虚無の糸を絶つ
運命は身を起こす
あぁ　神を畏れないサムライ　死のシナリオ

［三島《ミシ・マ》スク（仮面《マスク》の三島）］
狭い世界で　腹切りの静かな朝
猫よ　鋭く笑え

栄光の預言者のあいまいな眼差し

（『美しい日本語』より、訳は谷口）

シタデルで自殺したクリストフ王ではなく、同国のクリストフ・シャルルを迎えたのは〇六年九月のことである。その折りに複数の団体が発表の場を提供してくださったことは幸いだった（日本現代詩人会および日本ペンクラブ）。ハイチと日本両国では国民一人当たりのGDPは百倍近くも違う。物価の高い日本への旅は尋常ではないはずで、今回の旅費は自動車一台分……だと聞いた。日本人にとって想像しにくい「一日百円の生活」がお茶の間に届けられたのは、ハイチから帰国して月日も流れたのにいまだ余韻の醒めない一年後。「エリック＆エリクソン、ハイチのストリート・チルドレンの10年」というBSドキュメンタリーだった。テレビの画面に、ハイチにいた時には近寄れなかった巨大スラム街「シテ・ソレイユ＝太陽の街」の暮らしが映る。その場面を少したどってみよう――〈やっとバスの運転手という仕事にありつけたのに、エリックは暴漢に襲われて足に弾丸をうちこまれた。傷が治っても、体内に弾をかかえたままだ。だから双子の兄弟のエリクソンみたいに、重いものを持ち運ぶ仕事にはつけない。一日の仕事はまず、その日の食事にどうやってありつくかということだ。仕事を持っている友だちのところに出かけていって、なんとか手伝う方法を探す。一日一食ありつくことができれば、まぁ良い。それでも夢だけは捨てない。困った人には、親切にする。だって、いつ自分が助けてもらう立場になるか分からないからね。二人とも良い青年だ。

母親が小さいときに死んでから、二人はストリート・チルドレンになった。木彫り細工で生計をたてる父親がいるにはいるが、何番目かの奥さんと子供が十数人もいて、寄っても虫けらみたいに邪険にされる。怒って鑿を腹にぶちこまれたこともある。それでもときどき仕事場をのぞきに行く。ハイチでの失業率は七十％。しかも富裕層は白人と混血したムラートに多い。ハイチでは仕事がなくて当たり前、貧民の年間所得は一万円くらいだ。少しは仕事があるエリクソンには妻がいて、ベビーも誕生する予定だが、仕事からあぶれた日にはお腹をすかした家族が待つ家に帰る勇気はなかなか持てない。父親とエリクソンが仲直りしたのは、ベビィの洗礼式の日。ゴッドファーザー役の友人が時間になっても現れなくて、父親が代わりをやってくれたのだ。これからはうまくやろうと思う、ベビィのためにも〉。

テレビに貧民の味方として初めての民主選挙で選ばれたアリステッド大統領の五年間の任期を主張するデモ隊が映る。選挙の不正を主張しながら、大統領を政権の座からおろしたいムラートや武装した反政府派のデモが映る。銃声が鳴り、火の手があがる。道に放置された死体には、どこからともなく野犬が群がってくる。腰から上を全部食いちぎられた死体が転がっていたこともある。

もみあいとなった独立二百年祭の後、大統領がアメリカの軍事介入で国外追放となったのは、世界の目がイラクに向いている〇四年三月。ドキュメンタリーの日本での放映はその翌月であった。極まる混乱の原因は単に外圧のためだけでもない。派閥闘争・政治腐敗を通して希望の星は失墜し、理想が簡単にその脆弱さをさらす国で、人はどうしたら希望の灯を消さずにすむのだろうか？

多作のクリストフ・シャルルには実にたくさんの恋愛詩があり〈愛の詩人〉と呼ばれている。けれどわたしが手放せなかったのは、『ガスネル・レイモン、ジャック・ロシェ他の自由の殉教者たち』という四十頁あまりのブックレットだった。先のドキュメンタリーのエリックに限らない。そこには、氏の十七歳当時の経験がこう記されている。

〈……一九六八年五月、爆弾の破片でずたずたになった体を横たえ、私は病院のベッドで死にかけていた。ハイジャック犯によって王宮に投下された爆弾と爆風が、通りかかった王宮前広場シャン・ド・マルスで弾けたのだ。朝の八時だった。それは十七歳の終わり頃、私は何の罪もない学生で勉強にいそしもうとしていた。私の肉体には今でもまだ、いくつもの小さな破片が埋まっている〉

その数年後には心の友であった有能な若いライター仲間を失う。その友の死に寄せる一文には悲痛さが漂うが、ハイチではこんな例は枚挙にいとまがない。

〈ガスネル・レイモンは空想の人物ではない。あなたやわたしのように生きていた……彼は闊達だった。みんな彼のことが忘れられない……その彼が虐殺された。誰がそれをあえて否定するだろう。彼は去った、永遠に。彼はもう戻らない……誰かが彼の口を封じたのだ。誰かが彼の目を閉じたのだ。何故か。ほんとうに愛を語ることは、真実の言葉は破壊的なのか？　……六月のある夜、ぼくはとても受け入れがたいニュースに接した……家に帰ってぼくはペンと紙を握りしめ、詩を書きはじめた。けれど異常な昂奮は強すぎた。詩はコントロールされた感情の表現である。ぼくの詩は未完成のままである。ぼくの貧しい詩は感じたよりずっと弱くしか表現されなかった。彼の死は一篇の詩ではなく、ドラマであり悪夢であり、惨劇であった！〉

来日する前年には若きジャーナリストのジャック・ロシェが誘拐され、舌を抜かれ目を潰された後、殺されている。

前述した立花英裕（1949～2021）早大教授に「フランス本国の文学を超えたハイチへのこだわりとは？」とお聞きしたことがある。以下はその答えともなる講義内容前半の要約である。

＊　　＊　　＊

私がこの国を深く愛しているのは、長いユダヤ・キリスト教の伝統を背景としたフランス文学にはない生命力や想像力を、人々や文学や芸術を通して感じるからです。しかしハイチは地上のパラダイスからは遠く、その多重構造ゆえに幾層もの分裂を抱え、たえざる国家的・社会的危機の中で形成されてきたのです。ハイチは世界初の黒人共和国といわれますが、それはアフリカではなく、新世界と言われたアメリカ地域に忽然と現れた国なのです。まだ小規模だった合衆国が独立した三十年後に出現した最先端の政治理念を看板として掲げる黒人共和国——黒人も人間だという彼らの主張は、当時の西欧諸国の世界観・価値観に真っ向から対立する不遜極まりないものでした。合衆国におけるリンカーンによる奴隷解放は史上最大の金字塔であるかのように扱われますが、奴隷たちが自らの手で自らを解放した国のことは、ヴードゥー教のイメージが歪められて喧伝されるなど、排他的に扱われてきました（十七〜十九世紀にかけて連れてこられたアフリカ人奴隷のうち、北米に渡ったのは五・四%、しかし解放時には六倍強になっていた——谷口）。独立による西欧社会からの孤立と、伝統社会の上に立脚しないプランテーション経済が特徴でした。

10 カリブの座標軸

初めてカリブを意識し、その三年後に訪れることになったのは、日本のバブル経済が崩壊して何年も経つのにいまだ先行きの見えないころだった。ハイテクと高度成長経済のなかで逆に閉塞感がつのり、先進国の現代文明は何をとりこぼして今に至ったのかと思うようになり、アフリカ的なプリミティブなもののなかに本来の人間らしい声があるのではないかという声も聞いた。カリブでは最もリッチな産油国トリニダード&トバゴにカーニバルの最中に出かけることになったが、現地では極めつけのカルチャー・ショックを感じた。物質文明とバブル経済の挫折の果てで、生命力の躍動感そのものの人間讃歌に触れたのだ。

翌年、西半球一の貧乏国と言われるハイチに出かけ、事前準備を通して知った不幸な歴史とともに人々の暗い表情が気になった。奴隷たちが死闘の末に人間の尊厳を奪回し、世界初の黒人共和国を築いた輝かしい歴史を持ちながら、この国はなぜ国民同士が殺し合う図式にはまっていくのか、意気高いはずのこの国の誇りはほんとうに信じるに足るものなのか？　自分を守るためには自国を売り渡さんばかりに外国の仲介を許すエリート層や、前後のヴィジョンもないまま、その場かぎりの暴徒と化す貧民層の情報にもときどき接した。少し前の例としては上陸したアメリカ軍に対する一様ではない国民感情にしろ、近年では国外退去させられた元大統領アリステッドの反対派や賛成派の行動にしろ、外国との関係や国内の派閥闘争において特にハイチは分かりにくかった。前回の最後部にあげた立花氏の語り口は、あくまでも静かに以下のように続く（要約）。

＊　＊　＊

プランテーションとは、外部（アフリカ）から運び込んだ黒人奴隷を使って、もともとカリブ海の産物ではないものを生産するヨーロッパ宗主国とのみつながった閉鎖空間でした。奴隷は個別の主人によって所有される財産であり、自分一人がいきのびるだけで精一杯でしたから共同体意識など持てるはずもありません。将来の目標を持ちえず、まっすぐ進むことのできない彼らの精神構造を、マルティニーク（一九四六年からグアドループとともにカリブのフランス海外県）生まれの詩人・作家・思想家のエドゥアール・グリッサンは「迂回の精神」と呼んでいます（クレオール化というコンセプトを打ち出したのもグリッサンである）。しかしサンドマング（独立前のハイチの呼称）の奴隷たちは、過酷な現実社会においては不可能だった共同意識を、自己救済の宗教として打ち立てます。それが主に西・中央アフリカの地域に起源を持つとされる多神教に、キリスト教や他のさまざまな土俗宗教をとりいれたヴードゥー教です。（参照：佐藤文則著『ダンシング・ヴードゥー──ハイチを彩る精霊たち』凱風社）

ハイチ社会は当時から今に至るまで極めて多重的な構造のもとにありました。独立時からフランス革命の理念をフランス本国以上に額面通り実現しようとするエリート階級がいる一方で、他の近代国家のような伝統的共同体の基盤をもたない「前近代的」ともいえる社会構造があったのです。

それは端的にいえば、教育を受けた黒人中産階級や混血ムラートら上流階級が暮らす都市と、大部分の黒人奴隷が零細な農民に変貌して住みついた、国家組織の外にある世界としての閉鎖的な農村部とに別れ、これら社会層の利害が対立するままに国家としての内部分裂を深めていったのです。

＊　＊　＊

一八〇四年に独立を勝ち取ったハイチに比べ、わたしがこだわってきた英語圏カリブのジャマイカやトリニダード・トバゴは半世紀前の一九六二年に英国女王エリザベスⅡ世の宣言によって独立した国だ（イギリスから自治権を獲得し、イギリス連邦内で独立）。独自の文化的覚醒を通して国家のアイデンティティを築こうとする勢いはホットで、アフリカ的でありながら現在につながるトレンディな魅力を感じた。といってもそれは、第一次大戦後からすでに世界的な潮流であったことを知る。

一九一二年にパナマ運河が完成した。一九一四年にはヨーロッパで大戦が勃発した。これらの出来事がヨーロッパとの結びつきを弱め、アメリカとカリブ海域との政治的・軍事的結びつきの強化をうながすことになった。第一次大戦が終結した後で、ヨーロッパやアメリカに都市文化がもたらされ、いわゆる「現代社会」が始まった。一九二〇年代直前にニューヨークでおこったハーレム・ルネッサンスや、少し遅れてパリで学んでいた仏語圏カリブ出身のエメ・セゼール（マルティニーク）やセネガルのサンゴールらが提唱したネグリチュード（黒人性）運動は、人種差別に対する挑戦であったが、多くの白人たちを魅了しつつ、同時にカリブ諸国にナショナリズムの機運をもたらす呼び水となった。

触発を受けた世代がジャズ・エイジとして大恐慌時代を生き、第二次世界大戦後のポストモダンにつながる二つの大戦のあいだ、西欧世界にはパリとニューヨークという二つのメトロポリタンがあるかのようだった。これら二つの首都は同時に異国的なものを求めて発達した。後年、〈第三世界〉として意識される国の芸術文化は、窮屈になった旧世界が欲していた新しい文化の息吹であった。明治以降西欧文化から触発されてきた日本では、その文化のこんなエスニックな側面からの影響は文学からは遠く、やがて戦後の若者を中心とした音楽やファッションにすりかわっていったかのようだ。第三世界の文学は、ますます強大化する帝国主義のなかで、本質的に自己発見を求める渇きを動機としていたが、日本の関心が多少なりともそこに触れていくのは、近年のグローバリズムの中でのポスト・コロニアル論を待つことになった。一方、異国情緒を求めていたパリは、自らの西欧文化を取り囲んでいる地平に気づき、第一次大戦後のパリでは〈黒人性〉はファッショナブルなものにさえなった。実際に異国的であったニューヨーク・マンハッタンの黒人たちは、自身のなかに「アフリカ」を発見し、これら二つの進歩と相互作用はカリブに深い影響を及ぼした。

この文脈において、西インド詩の発展に特別関連が深かった具体例がいくつか考えられる。一九二〇年から三〇年代のハイチの土着主義の詩、同じ時期のキューバのネグリスタ、それからマルティニークから集中的に起こったネグリチュード運動の始まりと、三〇〜四〇年代にかけてのパリでの先に挙げたアフリカ人学生による運動の昂まりである。第一次大戦の終了後、人種偏見の少ないヨーロッパの空気を吸った多くの黒人兵がニューヨークや中南米へ帰還した頃から急激に芽吹いたのが、ハーレム・ルネッサンスであった。


カリブの作品や文献を読みながら、その総体を汲み取るのは至難の技だと感じるのは、カリブ文学の源泉になっているアフリカ→カリブ/ヨーロッパ→アメリカへと伸びる歴史と地理の座標軸のためだ。カリブが五大陸の交差点だと言われるゆえんだが、それは地理的な意味合いに限らない。そこは旧大陸と新大陸がもたらした新旧文化の交差点でもあった。ここでは、「ニグロが人間になった場所、黒人のメッカ」(Hannibal Price の言葉)と言われるハイチの詩が、パリのネグリチュード運動に先がけて、土着主義(indigénisme)の運動を起こした時代を追ってみたい。

独立を成しとげたにもかかわらず、謀反を起こした黒人奴隷の国としてハイチは十九世紀、一九六〇年以降のカストロのキューバ同様、その領域で活動的な脅威とみなされて孤立した。アフリカを知らず、自国の文化の本質と力に生半可な知識しか持たず、運動体として機能する明確な方向性も社会的な結合力も不足したまま、自分たちのローカルで自然な息吹に気づくほどハイチ人の注意力を内部に向けさせる媒体となったのは、一九一五年から十九年にわたった合衆国の軍事的占領だった。先に触れたジャン・プライス・マルスが『おじさんはかく語りき』(1927)を出したのはこの頃である——「加速していくスピードと乾きの中で、それ以外の世界に属するわれわれはまだ、詩と喜びと愛の貴重な宝庫として、世界に提示できる何かを持っているのではないだろうか？」と思いつつ、ハイチの民間伝承を尊重し、フランス文化とアフリカの祖先からの遺産を共にとりいれ、ハイチの文化に生気を取りもどそうとしたのだ。

社会を大きく変化させた戦争の後、ヨーロッパが自らの文化的仮説を否定して、その伝統を変えるのを見たジャック・ルーマン、エミル・ルーマー、シルヴァンら五人のパリ帰りの若いハイチ人がプライス・マルスの呼びかけに呼応した。当時のハイチ人にとって良いフランス人になることと、フランス人自らが行っていたように、その文化的仮説に対向することは不可分だった。このような過程を経て彼らは、親世代の考え方、特にフランス人の文化的リーダーシップに不本意ながら従っていたことを拒否する準備ができたのだ。ここに後にセネガルの大統領になるネグリチュード詩人レオポルド・サンゴールのアンソロジーに掲載されて以来、よく引用される保守的伝統主義者レオン・ラルーの「裏切り」という一篇がある。（邦訳は谷口、以下同）

つきまとうこの心は一致しない
わたしの言葉に　わたしの服に
鉤釘のように　噛まれたままの
借りものの感情　欧羅巴の慣習
君にはこの苦しみが分かるか？
フランスの言葉に飼い馴された
誰のものとも違う　この悲嘆が
この心　それはセネガルのもの

Ce Coeur obsédant, qui ne correspond
Pas avec mon langage et mes costumes,
Et sur lequel mordent, comme un crampon,
Des sentiments d'emprunt et des coutumes
D'Europe, sentez-vous cette souffrance
Et ce désespoir à nul autre égal
D'apprivoiser, avec des mots de France,
Ce Coeur qui m'est venu du Sénégal?

この原文を〈詩の言葉が境界域をつきやぶりそうにアフリカの心を主張する一方で、アフリカ的あるいはハイチ的心髄は伝統的かつ古いスタイルのレトリックの境界域のなかに完全に閉じ込められている〉と説明するのはボストン大学のカリブ研究家ローレンス・ブレイナーだ。〈ラルーの努力は土着主義の素材がいつも都市の形式によって押しつぶされることを暗示している〉と述べる一方で彼は、それを乗り越えた例としてハーレム・ルネッサンスの一翼を担ったジャマイカのクロード・マッケイの詩や、同一テーマながら手法の選択が伝統的形式を拒否している例として、土着主義のハイチ詩人ジャック・ルーマンの自由詩「タムタム（セネガルの太鼓）を打ち鳴らすとき」を紹介する。

きみのハートは影のなかで震えている
揺れる水に投影した顔のように
昔の幻影が夜のくぼみから立ち上がり
きみは甘い過去の呪詛をかぎわける

川はきみを土手からはるか遠くへ引き離し
きみを祖先の光景へと近づけて――
聞こえるか？　愛の哀しみを歌うあれらの声が
聞いてごらん　タムタムの響きを　それは
若い黒人の少女の胸のように鼓動を刻む
きみの魂　それはつぶやく水に映る影
そこでは父祖たちが暗い顔を屈めていた
あなたを混血のムラートにした白　それは
唾のように岸辺に打ち上げられたわずかな水泡

フランスのモダニズム詩人にとって自由詩は改革であったが、ハイチ詩人にとってそれは、フランス文化の制圧に抗する国家的アイデンティティ発見の手段だったのだ。

11 私流 読書のルーツ

「専門は××でしょう?」と言われて戸惑ったことがある。二十歳前後の四年間で何により多くの時間を割いたかが「専門」に結びつく訳もなく、その頃必要、あるいは必要悪のように集中的エネルギーを注いだのは、やはり詩だったことが思い返される。それだけ内部にとどこおって膨張する思念なり情緒(の欠乏)なりに出口を見つける必然性があったのだ。しかし系統だった学習をするのでも、散発的な部活を除外すれば、どこかのグループに所属するのでもなく、飯塚書店発行の月刊誌「現代詩」や「詩学」を毎月講読し、当時ポピュラーだったボードレールやランボー、ヘルダーリン、マヤコフスキーやエフトゥシェンコを手当たりしだいに自己流で読んだ。そのころトレンディだった刺激的な詩の言葉を身近に引き寄せたかったからだが、思想誌や哲学書などの乱読を含めて、何をどこまで読みとれたかは別問題で、「あの頃の自分とは何だったのか」、いつかそれらを読み返してみたい。

それとは別に、すっと胸に落ちない現代詩の言葉に煙に巻かれたような消化不良を感じて、月刊「現代詩」に広告の出ていた〈詩の教室〉にも何回か顔を出した。会場は大学から歩いていける矢来町の神楽坂幼稚園、もっと熱心に通えばよかったと思う。四ヵ月を一期として週二回開かれた「詩の教室」は、これまでの詩壇を引っ張ってきた第一線の詩人たちのオン・パレード。大岡信・鮎川信夫・三木卓・飯島耕一・茨木のり子・片桐ユズル・山本太郎・長谷川龍生・安西均・新川和江・入沢康夫・谷川俊太郎……など二十七名が名をつらねていて、雑誌には〈詩の教室に申込殺到〉の記事もある。長田弘・関根弘・吉野弘・岩田宏などヒロシさんが多いと思ったことを覚えている。すでに存在しないその会場はフロアに椅子を並べただけのシンプルなものだったが、そこは以前、所属団体の（一社）日本詩人クラブが〈詩の学校〉を開いている天神町の事務所から三百メートルほどの距離にあった。先代の飯塚書店の社主は、外国詩の翻訳・紹介に意を注ぎ、「禁じられた遊び」「牧場の小道（ストドラパンパ）」「ホルディリディア」などの訳詞をしていた飯塚広氏であることを後で知った。

当時のわたしは比較文学が漠然としたあこがれで、英語とはちがう、独学では進展しそうもない他の外国語をやっておこう……と生意気なことを考えた。物事の枠組みのもう一歩外から対象を検証する行為に意味を見出したかったのは、当時与えられた個人的な家庭環境にもがいていたためだったかもしれない。それが一番妥当な選択だったとは今は思わないが、多言語のカリブ地域に関しては英語圏にしてもフランス語の影響も強く、当時の欲求が多少なりとも投影されているから面白い。

いつか……と思っていた英語と深くつきあうことになったのは、転勤族だったわたしたちが金沢市に住んだ三十代だった。兼六園に近い社宅の数軒先に、金沢大学の英米文学外人講師宅があった。小京都と言われる金沢は、日本古来の伝統文化が尊重される品格ある人口四十万都市だ。金沢在住のほとんど全ての外国人と、異文化交流の中心になって活動する若い日本人のコミュニティが自然発生し、わたしも直ぐそこに連なった。自然と文化の融合した魅力とともに、因習の深さも感じられる土地に住む外国人にはありがたいグループだっただろうが、転勤をくりかえす「よそ者」のわたしにとっても、現在に至るまで市の国際的な文化を担う彼女たちと行動をともにした数年は、暗い十代に替わる青春時代でもあった気がする。

若いアメリカ人と組んだ金沢の英文ガイドブックの出版をきっかけに「金沢を世界にひらく市民の会」を設立し、機関誌「カナザワ・コミュニケ」を出版した松田園子氏や、後に国際会議通訳者になって、世界井戸端会議的なコラムのあるミニ・コミ誌「石川のたまご」を出しつづけた早川芳子氏もいた。そのコミュニティの面々で文化センターの英語部門を担当したこともあったが、三十年も経った今ごろになって認識を新たにしているのは、カナダ・オンタリオ州出身の女子短大で教える俊才J・ゲルブラム氏を囲んで読んだ何冊かの本のことだ。それらはドリス・レッシングの『草は歌っている』(1950)、『暮れなずむ女』(The summer before the dark 1973)、ゲイル・シーヒィの『パッセージ 人生の危機』(1976)、アレックス・ヘイリーの『ルーツ』(1976)などだった。だがそんな読書の最中、わたしたちは東京へ舞いもどり、何を読み損ね、何が途中になったか、よく覚えていない。

ドリス・レッシングは、二〇〇七年度のノーベル賞受賞作家である。英国人の父親の仕事の関係で旧ペルシャ(現イラン)で生まれ、六歳から三十歳過ぎまでアパルトヘイトに関わる人種差別の激しいアフリカの旧南ローデシア(現ジンバブエ)で過ごした後、離婚した夫との間にできた息子と処女作『草は歌っている』(邦訳 1970, 2007 山崎勉ほか)を携えて、父母の出身地であるイギリスに渡って作家活動を続けた。八十八歳での受賞は史上最年長なのだそうだ。この作品は――農園主の妻ミセス・ターナーが下男によって殺された――という新聞記事から始まる。タイトルと同じ詩句 the grass is singing が含まれたT・S・エリオットの『荒地』および〈一つの文明がもっている弱点は、その落伍者、それに適応できなかった者を通じてもっともよく判断できる〉という作者不詳の文の引用が扉となっていて、功利的な資本主義つまり植民地支配を通した弱者からの搾取という自分の側の社会構造に素直についていけなかった白人の主人公が落伍者となり、その結果、被支配者にもっとも早く狙われ、亡ぼされるという過程を描ききっている。

『ルーツ』は十八世紀半ばすぎに、セネガルに囲まれたアフリカ西海岸の小国ガンビアから、アメリカ合衆国に奴隷として売られてきたクンタ・キンテとその子孫の物語。祖先の来歴を書きながら自らの〈ルーツ〉を探るノンフィクションとフィクションの中間をゆく描写は、ピューリッツァー賞を獲得、アメリカでテレビドラマ化されると視聴率五十一・一%を記録、計算すると全米で一億三千万の人が見たことになる。日本でもオン・エアされて、〈ルーツ〉という言葉は以来日本語になった。同じ作者の著書にタイムズ誌の「二十世紀で最も重要なノンフィクション二十冊」に列挙された『マルコムX自伝』（既出）もある。こんなヒットはやはり商業主義の米国ならでは、なのだろう。

その頃の読書をたどって気づくのは、故郷を喪失し困難な歴史をくぐりぬけながら自己のアイデンティティを探るカリブ的意識とその文化を享受する用意は、私自身が引揚者だったことに加え、三十代のこのような経験や、それ以前の読書歴から準備されていたのかもしれないということだ。

初めてカリブを訪れた年の暮れ、当地の詩人にして語り部のポール・キーンズ・ダグラス訳詩集をまとめる際、カリブ特有のクレオールを読み解く手助けをしてくれた一人にカナダ・ケベックから来て日本で働くジャマールという青年がいた。カリブ海は小アンティル諸島のセント・ヴィンセント&グレナディーン諸島にルーツを持つ陽気なレゲエ・ヘアーのカナダ移民三世で、先々代の故郷の話に触れられて楽しそうだった。セント・ヴィンセントは、〇三年制作の「パイレーツ・オブ・カリビアン」のロケ地になったところ。原住民だったカリブ族、および原住民と黒人との混血であるガリフナがイギリス人の入植後、メキシコ半島の一角にあるベリーズに強制移動させられたところだ。スペインの財宝船団を襲うフランス・オランダ・イングランドの海賊バッカニアは、実際は「新世界のソドム」とまで名づけられた悪徳の町、ジャマイカのポート・ロイヤルを主な舞台としたらしい。十七～十八世紀のことだが、先の映画の筋立てもアニメーション動画のようで、カリブ＝海賊という連想はわたしには現実味を帯びて迫ってこない。彼らはヨーロッパの宗教改革を契機にしてカリブ海にあぶれてきた改革派の一部、国家公認のアウトローで、スペインはくりかえし金銀財宝を積んだガリオン船を襲撃され、侵略をくりかえされた。しかしそのスペインはフェルナンド・コルテスを先頭にアステカ文明を、その後を受けたフランシスコ・ピサロはペルーのマヤ文明を滅亡させたわけで、これがコロンブスに始まる世界のグローバル化のハシリ、新世界におけるヨーロッパ勢力の新旧交代劇であった。

こうしてみると、デレック・ウォルコットが「帆船《スクーナー》逃避行号《フライト》」（『カイニット王国』、1979）において、

「発展は歴史の嘆かわしいジョーク」だと言った意味がくっきりと浮かび上がってくる。

12 脱植民地主義あれこれ

先に、第一次大戦後のパリやニューヨークで新たな文化の息吹が芽生え、ネグリチュードやハーレム・ルネッサンスの運動が起こったことに触れた。進取の気質に富み、エスニックな文化にも目を向けたパリの「現代社会」の担い手たちは、黒人性だけでなくオリエンタリズムやジャポニスムにも意識的であった。日本発の絵画や工芸品がゴーギャン、ゴッホ、モネ、ドガらの印象派画家やアール・ヌーヴォーおよびアール・デコの作家たちに影響を与え、マラルメも和歌からの影響が見られる四行詩を作った。それは日本に欧米の近代主義がどっと流入した大正ロマンの時代と重なっている。

そんな潮流のなかで、外部からの影響を受けないままローカルな土地で独自に芽生えたハイチの土着主義＝インディジェニズムもやがて、思ってもみなかった地域からの感化を受けることになる。合衆国で奴隷制や南北戦争後の混乱を生き抜いた人たち、およびカリブからの移民が多い南部の人種階層社会から中西部に移っていった人たちのあいだで生まれたニグロ・ルネッサンスの影響である。

二十世紀初頭、西インド諸島の知識人たちは合衆国を、魂のない一枚岩のようなもので実利主義・物質主義的だと非難していた。一八九八年の米西戦争における勝利によって、スペインに代わって米国がラテン・アメリカ諸地域にとっての脅威となった。キューバがスペインからの独立を勝ち取ったにもかかわらず、米国占領軍の軍政下におかれたのも同じ年。モデルニスモを代表するニカラグア出身のルベン・ダリーオはエッセイ「キャリバンの勝利」(1898)で、功利的な物質文明に向かって巨大化してゆく米国のイメージを食人種キャリバンとして表現した。キャリバン(カリバン)とは、シェイクスピア最後の戯曲『テンペスト』に出てくる無人島に住む粗暴な野人のことだが、カリブあるいはカリブ族と同じく、人肉食（共食い）の習性カニバリズム、あるいはそのような風習を持つ者（動物）カニバルを語源としている。

ハイチが、自分たちと同じ圧制者に苦しむアメリカ本土のブラック文化を進んで受容したのは、アメリカ海兵隊の占領下にあった時代（1915～34）である。それはハイチの土着主義に確信を与えることとなり、ハイチの首都ポルトープランスとハーレムの相互関係は密接なものとなった。この時期、ニューヨークのマンハッタンからラングストン・ヒューズを含む何人かのライターがハイチを訪れている。

土着主義の旗手であったジャック・ルーマンはラングストン・ヒューズと親交を結び、二人の関係は米国とハイチの二つの運動体の重要な経路となった。ヒューズの初めてのハイチへの訪問（1931）がきっかけとなって、翌年からジャン・プライス・マルスはアメリカの黒人文学についての記事を雑誌に連載する。ヒューズについての『新しき歌』（1940）もハイチで翻訳・出版された。

ハイチのこのような潮流に相当するキューバのネグリスタ運動の中で、黒人の間につたわるリズムやフォークロアに題材をもとめた作品を発表したのは、「キューバの民族詩人」と呼ばれたニコラス・ギリェン（1902～89）であった。ソンというキューバの音楽形式を詩のモティーフとして取り入れたり、「混血黒人詩」としての新しい言語表現をおしすすめて土語や俗語が多数含まれる詩集『ソンゴロ・コソンゴ』（1931）を著したりしたギリェンは、キューバを訪れたラングストン・ヒューズに会い、彼の詩における音楽の重要性について特筆している（「ヒューズとの会話」1929）。詩によるソンを試みた連作詩「ソンのモティーフ」が含まれるこの詩集には、当時の他のカリブ圏同様、合衆国の巨大資本に対する反抗や批判が多く含まれていた。

英語圏カリブへ関心を寄せれば、同時に近隣諸国を視野に入れざるを得なくなる。とは言っても、フランス語・スペイン語……など多言語の国に共通する背景と違いを同時に俯瞰するのはなかなか大変なことだ。そんな中、このところ楽しんでいるのは、セピア色に変色した頒価一五〇円、昭和三十八年発行の「現代詩」と、特に二十一世紀になって、顕著なクレオール主義やポスト・コロニアル論を展開されている文化人類学者・今福龍太氏の一連の著作との関係と無関係である。この二つの間には半世紀近い隔たりがあるにもかかわらず、意外なつながりがあることを知った。

前項でわたしは、自分の若い頃の読書歴について書いた。中でも二十歳過ぎに手にした飯塚書店の「現代詩10月号」(1963)はこの項とも直結していて手放せない一冊である。その号では〈フランスの新しい詩人たち〉とともにアフリカやベトナム、キューバを含む〈北回帰線の詩〉が特集されている。今では北回帰線という接続のさせ方も馴染みが薄くなったが、ポスト・コロニアルという言葉や定義もまだ流通していなかった時代だろう。筆頭の特集では〈今世紀後半の激動の眼〉として、一九三〇年代のネグリチュードの運動を経て本土で独立運動が起こった時代のアフリカの詩、ベトナム戦争(1959~75)中のホー・チミンの詩、共和政と軍政が入れ替わり、再び革命前夜の海鳴りが聞こえていた南朝鮮、米州機構が制裁を決めてキューバ危機(1962)が起きた時代のギリェンの詩などが紹介されている。本の裏表紙は、〇一年に第一回日本詩人クラブ詩界賞を受賞された秋吉久紀夫編著による『アジア・アフリカ詩集』(飯塚書店、1963初版)の全面広告だが、この詩集は六〇年代のうちに三版を重ねたのだそうである。半世紀まえの実質的な国際情勢の動きにシンクロナイズした詩人の意識や活動の進歩性にいまさらながら驚かされる。

ここで触れたいのは、この号の筆頭に置かれた「ネグリチュード前後——アフリカ詩をめぐる思想的状況」である。なぜネグリチュードの運動はアフリカでなくパリが発信地となったのか?　なぜカリブのフランス語圏は一九七〇年代にピークを迎える英語圏カリブに先がけて脱植民地主義がブームとなったのか?　なぜパリにおいては芸術家に大きな影響を与え、黒人性がファッショナブルでさえある風潮が生まれたのか？　それらの疑問に答えるように、山口昌男氏による一文は次のように始まる。

〈……フランスの（植民地）政策はフランス化した少数のエリートを育てる事により、植民地人の違和感を和らげ、併せて植民地政策を有効に進めようとする事にあつた。そこで旧仏領においては数多くの、自由にフランス語を話す知識人が輩出するに至つた。例えばそのような一人であるルネ・マランは中央アフリカ・ウバンギ地方に題材をとつた小説「バトウアラ」によつて一九二一年度ゴンクール賞を獲得した。マランは実はアフリカ人ではない。カリブ海のマルティニック島出身である。フランス化政策の落し子のような人で、中央アフリカの植民地行政当局に使われていたのである。この小説は大正一二年に日本訳が出ている。

このルネ・マランの執つた道は、その後のパリを中心とする黒人の創作活動に一つの原型を賦与する事になつた〉（表記は原文に沿った。以下同）

続いてエッセイは、北米の「ニグロ・ルネッサンス」を、ダンバーやジョンソンなどのアフロ・アメリカン民謡・民話を素材とした民俗詩的でスピリチュアルな語り手を、ラングストン・ヒューズやジャマイカ出身のクロード・マッケイのような二〇年代の担い手を、「ネグリチュード」の思想を唱えたマルティニーク出身のエメ・セゼールや、セネガルのサンゴール、仏領ギアナのレオン・ダマらを紹介する。〈……四〇年代の終りから五〇年代の初めころがこの「ネグリチュード」の最盛期であつた。サルトルはサンゴール編の「黒人・マダガスカル島民新詩華集」に「黒いオルフェ」と題した序文を寄せ、「黒人の詩は我々の時代における真の革新的な詩である」と絶賛した……〉。このような呼びかけは旧仏領出身のパリ在住知識人および西インド諸島の詩人たちに多くの共鳴者を見出したものの、英語系のアフリカ知識人のあいだでは期待した反響があまり得られなかったばかりか、その論調に反旗をひるがえすものもいた。パリ在住の亡命エリートやアメリカに移住したカリビアンの望郷賦は、例えばある程度の自治がみとめられたアフリカ定住者にとっては頭でっかちに思えたのだ。しかし種族的・伝統的なアフリカの土語の世界を簡単に共有するのも難しい。同化政策の落し子である仏系アフリカンとは異なり、英語圏カリブでは七〇年代前後をピークとした詩運動は、ジャマイカを中心としたアフリカ回帰の思想と同時に、カリビアンとしての新たな地平を探るものとなっていった。

この特集記事を書かれた山口氏は東京外語大で教え、後に札幌大のトップを務められる文化人類学の権威、当時は麻布中学で教鞭を取る三十代初めの学究の徒だった。近年わたしは、八〇年代よりメキシコ・キューバ・ブラジルで人類学的調査に従事し、米国での現地体験も長い今福龍太氏のポスト・コロニアル論に触発されることが多々あった。吉増剛造氏との対話・書簡集『アーキペラゴ――群島としての世界へ』(2006.6) を出版された氏は、帰国してからは札幌大と東京外語大で文化人類学にたずさわり、『山口昌男著作集全五巻』を発刊するなど、山口氏から大きな影響を受けてこられたことを知った。改めて「現代詩」を手に取って、それぞれの背景となっている昭和三十年代と二十一世紀の現在を同時に感じ、この二つの時間の推移のなかで劇的に変化したグローバル化を思った。この稿を書いた当時も、アジア・アフリカ首脳会議、中国の資源外交、日本の人道支援倍増、アフリカ首脳四十人とのマラソン会談、アフリカ開発会議などの言葉が紙面や画面を賑わしている。先進国の影の中にあって少し前まで「第三世界」と呼ばれた地域が明るみに引き出され、われわれの世界観はこれからどう変化するのか、今は大事な転換点なのかもしれない。

この項でも先述し、以前にも触れたキャリバンに付された意味の変遷は、端的にこの海域の歴史に対峙した主体性の変化を物語っていて興味深い。新大陸へのイギリス人入植者にとっては、粗暴な野人キャリバンは未開の土地に先住するインディアン（インディオ）であった。時代が下ってアメリカが君臨しはじめると、近隣諸国にとってアメリカ合衆国こそ野蛮なキャリバンだと言える存在となった。パリで学び、『帰郷ノート』を書いて故郷マルティニークに帰ったエメ・セゼールは、キャリバンどころか支配者プロスペローと化したアメリカに抑圧を受ける植民地解放後の西インド人をキャリバンに見立て、いまだ形が整わないまま未知数の可能性をもつカリブの人びとに未分化ゆえに多義的で力強い複数の方向性を付与してみせた。

シェイクスピアに『テンペスト』を書かせた種本は、北米大陸ジェームズタウンに向かう植民初期のイギリス船を襲った嵐と無人島への漂着を報告した「バーミューダ・パンフレット」であること。『テンペスト』はその話を地中海の物語としたが、それは二十世紀後半には西インド諸島の作家・詩人・思想家たちが主体性を探る種として再び大西洋に回収されカリブで芽を出したこと――わたしがこれらの論考に初めて触れたのは今福氏のエッセイだった。

私事ながら、以前にも触れたデレック・ウォルコットの現代カリブ・ヴァージョンの詩劇『オデッセイ』(訳と解説、国書刊行会、2008.5)を船出させた。ウォルコットがロイヤル・シェイクスピア劇場から委嘱を受けてシナリオ化した故郷を探る古代ギリシャ劇は、行間に故郷を喪失したカリビアンの種を宿しつつ、読む人たちにいささかでも自分の物語として回収されることができるだろうか?

13 汎カリブ海 詩の祭典＝カリフェスタ

カーニバルで有名なカリブ最南端の島国トリニダードからフラワー・アーティストとその関係者が日本にやってきたのは、二〇〇五年の四月末。〈みなとみらい〉で催される世界フラワー・ショーに参加するためだった。数ヵ月前に「日本に行くクロエをよろしく」とわたしに頼んできたのは、アメリカで大学を出た後、日本で英語教師をしていた利発で魅力的なトリニダード出身の若者だった。彼女の友人がやってくるのかと思ったら、その母親のヘビィ・スモーカーの友だちが巨体を揺らしてやってきた。成田の出迎えはもちろん、彼女たちのために横浜・関内のウィークリー・マンションを確保し、イベントの終了後は京都・愛知万博・富士方面へ同行し、その間にはわが家にもお連れした。以下は怒濤の二週間が過ぎた後の日記の一部である。

……私より何時間も前に起き出したクロエは、ベランダの椅子で煙草をふかしながら、私に置き手紙を書いている。〈トリニダードにあなたの泊まる宿は、今後いろいろあるわよ。カーニバルのときは私は九人もの客を泊めるのよ。だけど、ちけぇ（ちかえ、の意）、あなたのエネルギーは私を殺しそうになるから、カーニバルには一人でお行き。私は家で待っている〉……

クロエが帰ったあとには、ビデオが二本・CDが二枚・さまざまなパンフや詩集が五冊、それにカーニバル速報のマガジンが二冊残った。迷惑がられもし、感心もされたわたしのエネルギーは放出されつくし、まずはこの疲労を回復させてからじっくり手に取ろうと思っている。夜も昼もない四日連続のトリニダードのカーニバルほど疲れたポスト・ツアーだったことに気づかされている。

カリブからのお客なら……と、やってくる前から楽しみにしていたのは、わたしがその海域に行ったときには見つからなかった、言語圏を越えてカリブ全体の詩文芸を包括するアンソロジーだった。

だが「探したけど無かった。ここにあるのは三十年以上も前の一九七二年、ガイアナでカリフェスタ（カリビアン・フェスティバル）が行われた時のもの。大事にしている本だから、見せてあげるけど、あ、げ、ら、れ、な、い」とクロエは、ボロボロになりかけている黄ばんだ一冊を取り出した。「カリブ海域で詩が一番盛んだったのはやっぱり七〇年頃、その時期と比べたら今は下火……」とクロエから聞くまでもなく、三〇〜四〇年代にピークを迎えたフランス語圏あるいはキューバの詩運動より遅れて、英語圏では七一年にジャマイカでＡＣＬＡＬＳ（英連邦文学言語研究協会）会議がセンセーショナルな興奮とともに催されたが、翌年にはラテン・アメリカとカリブ海全域を巻きこんだカリフェスタが、英語圏ガイアナを主催国として、首都のジョージタウンで開催された。

カリブ海でもっとも多くの島を領有していたイギリスの植民地では、三八年頃から中米の英領ホンジュラス（現ベリーズ）や南米の英領ギアナ（現ガイアナ）も含め、西インド連邦（カリブ連邦）として独立しようという動きがあった。四五年、英国もこれらの地域を統合させる具体案を打ち出し、五八年に外交・防衛以外の権限を持つ英連邦内の自治国として西インド連邦が成立、首都をトリニダードのポート・オブ・スペインにおいた。しかしこの連邦国家は各国の足並みが揃わず、たった四年間（1958〜62）で消え去ってしまう。七〇年初頭とは、連邦国家の夢がついえた後で、環カリブ海域の人々がアイデンティティを探りながら、違う形で互いの結びつきをはかった時期に当たる。

地図上の位置関係のためか、遠く感じていたガイアナはクロエとのおしゃべりを通してぐっと近くなった。典型的なカリビアン気質のおしゃべり好きは現地事情を知ろうとする者にはありがたい。文学談義も含めて根ほり葉ほり食いさがるほどにクロエはますます燃えてくる。トリニダード出身だとばかり思っていたが、結婚してトリニダードに移住したガイアナ人だとは初めて知った。オランダに統治された歴史を背景に、土地の人が「オランダ人」と呼ぶのは、やたらに種類の多い「おばけ」や霊魂のこと、アマゾンの一画だけあって信じられないほど大きな蚊のいる国――そんなイメージは何年か前に訳し、出版に先立って現地に行ったカリブの語り部『ポール・キーンズ・ダグラス詩集』(2002, 書肆 青樹社　世界詩人叢書11）に依るものだ。左はその一部、「おばけと人魂」からの抜粋である。

今宵は幽霊　おばけ　霊魂　人魂の話をしようと思う
きみたちみんなを怖がらせたいっていうんじゃないよ
しかしそれらだって　この国のだいじな民話の一部だ
信じない人がいたって　ちっとも構わない
おばけの一つが出るまで　待っていればいい

……………………

そうさ　おばけや人魂の話抜きには西インド諸島は語れない
おばけたちもここでは　市民権を持った大事な存在だ
「背中合わせに腹合わせ　おいらはちっとも構わない
おいらはとうに死んでいる」という歌を聴いたことがあるかい？
そうだ　幽霊が出てくるときには
そのおばけたちは全力投球で顕れる

……………………

ガイアナに行ってみてごらん
ほんとにたくさんのお化けがいるよ
ガイアナには　どんなにたくさんブッシュ《藪》があるか知ってるよね

幽霊はそんなところが一番好きさ
ガイアナで幽霊よりおいらが怖いものが一つある　それは蚊だ
まったく　ガイアナの蚊はふつうじゃない
蚊を見かけたら「おはよう」って言わなくちゃならない
ほんとだよ　蚊に敬意を表さなくちゃならないほどだ
ある男が
この蚊は「飛ばないでタクシーに乗る」って言ってたよ

……………………

ガイアナはジャマイカ、トリニダード（&トバゴ）、バルバドスとともに英語圏カリブ文学の重要な発信地である。なかでも〈カリブ文学の父〉の一人であるA・J・セイモアが始めた詩誌「キック・オーバー・オール」（Kyk-Over-Al 1945～1961）の発刊は、ジャマイカの「フォーカス」やトリニダードの「ザ・ビーコン」、バルバドスの「ビム」などと時期を同じくしており、批評の分野でも先駆的な役割を果たした。民俗的リズムやテーマを詩のなかに取り入れて自国の文学を打ち立てようとしたセイモアは、自分たちのアイデンティティと連帯をさぐる磁場の創造を目指し、終刊までの十六年間で二十八号までを発刊した。原住民の神話などを詩に取り入れたウィルソン・ハリスやマーティン・カーターなども、詩作品に高い質を誇るこの詩誌に寄稿したガイアナの詩人である。

「キック・オーバー・オール」は、西インド連邦の構想が打ち出された年に創刊され、それが崩壊するころに終刊した。詩誌のタイトルとなっている「Kyk-Over-Al」とは、「see over all ＝ぐるりと見渡す」の意、内陸部で三つの大河が合流する地点の島にあるオランダ統治時代の要塞の名前である。編集ノートでセイモアは、「Kykoveral は廃墟だけれど、われわれにアメリンディアンとオランダの遺産を思い出させ、ライターたちに敏捷で広い目配りと表現を求めている」と述べている。

　クロエがはるばる携えてきたカリフェスタ（カリブ芸術祭）発行時のアンソロジー『カリブ海域の新しい著作』(New Writing in the Caribbean) もセイモアによって編集されたもので、その序論には――このアンソロジーが英語・フランス語・スペイン語・オランダ語の四つの言語域をおおうカリブ海域とラテン・アメリカを含むこと、小説の抜粋・連作詩・戯曲の一部など、ジャンルを越えた集成であること、ヨーロッパ言語域によって分断された表層の下では互いに同胞であることに鑑み、出来るだけ土俗の言葉を取り入れることが望まれることが明記されている。しかしこのアンソロジーは販路を得て、一般化したのかどうかは分からない。英語圏のほか仏領ギアナ・ハイチ、ポルトガル語圏のブラジルに、スペイン語圏のチリ・キューバ・ペルー・プエルトリコ・ベネズエラまで含まれ、詩人の名前がデザイン化された表紙には、英語圏のウォルコット、ブラスウェイト、デニス・ウィリアムズ、ウィルソン・ハリス、セイモア、マーティン・カーター、E・M・ローチ、アンドリュー・サルキィ……らの他に、チリのパブロ・ネルーダ、キューバのニコラス・ギリェンらが配置されている。散文詩の項には、ウォルコットの双子の兄弟ロデリックの戯曲の抜粋も掲載されている。

　なかなか出会わなかったこの種のアンソロジーも、世界の目がこの海域に向くようになって文献の種類も一挙に増え、やっと手にすることができた。二〇〇五年にオックスフォード大学出版から出された『カリブの詩』(スチュアート・ブラウン&マーク・マクワット編）には、フランス語圏・スペイン語圏を含んだ汎カリブ海域の百五十を越える詩人の作品が載せられているが、やはり初めてにして唯一の試みだと記されている。

　日本語の文献が極端に少ない地域の概観を試みるのはそう簡単なことではないが、ほんとうは実際の作品に触れて感じるものこそ、もっと大事なのだと思われる。ここではカリフェスタを組織・運営する中心的存在だったセイモアの作品を当時のアンソロジーから、魅力的なキューバのギェリンの数篇を『カリブの詩』から部分引用した。

「わが来歴」　A・J・セイモア（谷口訳、以下同）

1

ぼくは肉の前に座る／と　とつぜん
ぼくのアリスのテーブルは
描かれた夢の領域へと広がりはじめる

ぼくとともに肉の食卓につこうと
輪郭を帯びて立ちあらわれる
ぼくにつらなる父祖たちの一団

染色体に宿る同じ血脈の
彼らの血は　ぼくの下半身に眠っている

セントキッツからやってきた祖父　バルバドス出の
ミス・ヴリィーズ　その孫がぼくの父となった

それから荒れ狂った　あるいは穏やかな奴隷たち

彼らの命は　陽に焼けた種族に焦がれるのだ
愛を渇望する者は　下半身を沸騰させ
引き継いでゆく／レイプと配慮の歴史（中略）

ぼくたちがパンを渡すと
食卓はふたたびゆっくり縮んでゆく（2、3は略）

「**サイクロン**」　ニコラス・ギリェン
（ロバート・マルケス英訳より　谷口訳）

毛並みのよい　サラブレッド種のサイクロンが
最近　バハマ諸島からキューバにやってきた
バーミューダで育てられたが　バルバドスに親戚がいる
プエルトリコにも行ってきて
大きなジャマイカ椰子を根こそぎにした
グアドループを荒そうとして

マルティニークを破壊した

年齢は——たった二日

「居酒屋」

ぼくは　これらのバーや海のそばの居酒屋が好きだ
そこで人はただ喋るために喋り　飲むために飲む
〈誰でもジョン〉が好きな飲物を求めて出かけるところ
騒々しいジョンやかみそりジョン　詮索好きなジョンに
単細胞ジョン　に会うだろう　みんなただのジョンなのさ

そこでは白い波が友情のなかで泡を立てる
理屈抜きの人々の友情
「やぁ」とか「どうかね?」とかいう波だ
そこでは魚の　マングローブの　ラムの　塩の
陽に干されて乾いた汗くさいシャツの匂いがする

きみ　ぼくを探してごらん
そしたらきっと見つけるさ
(ハバナやオポルト　ジャクメルや上海で)
海辺のバーや居酒屋を満たし
ただ飲んで喋っている普通の人たちといるぼくを

14 七〇年初頭 もう一つの詩の祭典

こいつが飢えだ
牙と目ばかりの動物さ
気を紛らわすことも　だますこともできやしない
一食だけでは事足りず
昼飯だけでも　夕飯だけでも満たされず
いつも血を脅かす
ライオンのように唸り　ボア《大蛇》のように搾り取り
ひとのように考える

きみがいま目の前にしている飢えは
インドのボンベイ郊外で捕獲された
だが多少なりとも未開の国になら
どこにだっているものさ

どうか　一線を引いていてほしい

（ニコラス・ギリェン「飢え」谷口訳、以下同　ロバート・マルケス英訳より）

ここは白人の土地じゃない
なのにここには　ゲットーがあるのさ
ひとがまともに生きるなんてできないところ
汗水たらして働かなければならないところ
涙も干あがって死ぬところだ……

おれはチビのころから　この世界に泳ぎ出た
けど　どこにも港は見えず
船はパイロット・ランプを見つけらりゃぁしない
おれは　この沈黙の壁を必死に通りぬけようとする
ドレッド・ロックの髪《ヘア》でマリワナふかして……

（エドワード・カマウ・ブラスウェイト「飢餓」より）

彼の手を見てみてよ
ひび割れたサボテン　トゲに刺され
鍬で均された石灰岩の土の色だ
水車小屋で居眠りをして　指三本をうしなった
ギーネップ山のサトウキビを砕いている鉄の歯
その粉砕機の黒い笑いが彼を食べたのさ
なのに誰も咎めらりゃしない

鉄にとっては　噛み砕かれた骨はジューシィで
指関節も古株から芽を出したキビも変わらないのだ……
＊ギーネップはアキーに似た木の実
（E・カマウ・ブラスウェイト「労働者」より）

前回の続きとして引用したスペイン語圏混血黒人詩の代表格とされるキューバのニコラス・ギリェン（Nicolas Guillen, 1902～1989）の一連の作品も、バルバドス出身のカマウ・ブラスウェイト（E. Kamau Brathwaite, 1930～2020）の数多い詩篇も、クレオール化した民衆の言葉を多用しつつ、お仕着せの文化や言語とは異なる自分たちのアイデンティティを探ろうとした代表例である。ギリェンの第二詩集『ソンゴロ・コソンゴ』（1931）は、キューバの音楽ソンと詩とを組み合わせたものだが、アフリカの記憶と新世界への到来、官能的な詩や踊りの陶酔を含み、同名の人気バンドが結成されるなど世界的に知られるところとなった。日本でもギリェンの音楽性を視覚表現した「キューバの国民詩人　ニコラス・ギリェンに捧ぐ」という展覧会が以前、表参道のギャラリーで催されていたのを記憶しているが、その現代性は今に至っていよいよ刺激的なのである。

「カリブでは、何といっても一番人気はブラスウェイトよ」と、クロエに言わせたエドワード・カマウ・ブラスウェイトも、カリブ海を代表する民族詩人で、同時に劇作家・文芸批評家・教育者。人々からは一線を画しつつ自らを頼みとして「一人でネイション＝国家」を唱えたウォルコットと双璧をなしつつ、ブラスウェイトはもっと民衆寄りの視点からカリブ文学を牽引してきた。自分たちの文化に内在するアフリカ性に注目しつつ、植民地時代が終わった西インド諸島に新たな国民文化を創り出そうとクレオール詩の普及に努めるなど、草の根の活動に熱心だったブラスウェイトがお国の人たちから高い評価を受けるのは当然だろう。七八年に政府からバルバドス文化に対する包括的な調査を依頼されたことも強い推進力となったはずだ。

東インドにルーツを持つナイポールは、生地カリブを突き放した視点から書きつづけたが、奨学金を得て英国のオックスフォード大学に学び、やがて英国人になった。カリブを代表するライターたちのそれぞれに異なる立脚点自体、カリブの多面的な特質をよく語っているといえる。

ブラスウェイトは〇六年、『鈍な馬に生まれて』(Born to Slow Horses 2005) で日本円に換算して五百万余を授与するカナダの国際グリフィン詩賞をこれまでの数多い受賞歴に加えているが、その朗読は今のところ、ウエブ上でも聞くことができる (Poet Kamau Brathwaite reads from Born to Slow Horses—youtube.com)。そこでは政治的現実は音楽的な複雑さに変化し、歴史は神話となり、精神は写真のなかに立ち現れる。9・11の大惨事を初めて不朽の作品にしあげた一篇では、マンハッタンはこの詩人の住む群島の一つの島と化す。史上初のジャズ・サックス奏者コールマン・ホーキンスの音が、言葉に目撃者に生存者に変化するように、この一冊を通して著者はまさしく自身のテーマに沿った新しい言語音楽を見いだしたのだ——と、興味をそそるコメントが付されている。紙面上の効果を考えた特殊書体の字面とともに、ドラムと踊りを伴うアフリカ伝来の祖霊憑依の信仰〈クミナ〉の詩が、本人によって朗読される。ギリェンに通底する詩人の作意を感じて興味つきないが、実際この「クミナ」と同じく表記上の工夫を多数ほどこした第十六詩集『中間航路』(Middle Passage 1992, 1993) 冒頭の詩「言葉を創る男」には〈ジャマイカのニコラス・ギリェンへ捧げる詩〉という副題が付けられている。ギリェンの詩を引用しながら詩人への賛辞とともに、ジャマイカの現在と未来が画かれる。〈中間航路〉とは、言わずと知れたプランテーション経営のためにヨーロッパ・アフリカ・新世界を結ぶ三角貿易を通して奴隷となった人たちが連れてこられた大西洋横断航路のことだ。デューク・エリントンやベッシー・スミスなどの音楽家、詩人たち、抵抗運動の旗手、ガーナの初代大統領クワメ・エンクルマやネルソン・マンデラなどの第三世界の指導者たちを書いた一冊は、ブラスウェイトのたくさんの著作の中でもはじめてアメリカの出版社から刊行された。

ブラスウェイトはまた、六六年にロンドンで始まったカリブ文化運動「カム」（CAM＝the Caribbean Artists Movement）の先導者の一人であり、ジャマイカの首都キングストンの西インド諸島大学モナ校に勤務するようになってから、「カム」のジャーナル誌「サバクー Savacou」（1970）を発刊して、文芸を含む幅広い批評活動を展開した。ケンブリッジ大学やサセックス大学（英国）で学業を積み、ガーナ政府の教育官を務め、西インド諸島大学他、南イリノイ・ナイロビ・ボストン・イエール各大学で教鞭を取り、ニューヨーク大学の比較文学の教授として、ニューヨークとバルバドスを住み分けて暮らしてきた。

前項で七二年にガイアナで催されたカリフェスタについて書いたが、その前年の七一年にも、英語圏カリブの文学史上で特記されるべき会議が催された。六四年に英国のリーズ大学を舞台にして始まったACLALS（Association for Commonwealth Literature and Language Studies 英連邦文学言語研究協会）の会議が、カリブ文学におけるナショナル・アイデンティティの制定をテーマに、ジャマイカの首都キングストンの西インド諸島大学モナ校で催されたことだ。その基調講演でブラスウェイトは、「奴隷の歴史、植民地気風、不確かな独立を背景にした共同体にあって、いかにして作家は多角的文化を目指す一体感を醸成できるか」を問いかけ、地方に根づき過去を背景にした個々の民族・集団の文化（リトル・トラディション）の発見と継続こそ重要であることを説いた。一方、ナイポールは作家の主要な役割は「自己育成」だと主張し、カリブのような社会における作家の役割遂行の可能性そのものを否定した。

三人目のパネリストはインド南部出身、カンナダ語を母国語としながらも英語で書く国際派の小説家ラジャ・ラオ（1908～2006）だった。彼は当時、テキサス大学オースティン校名誉教授としてマルクス主義からガンジー主義・インド哲学・仏教などを教えていたが、学業のためにフランスで過ごしたこともあり、自国から離れて海外を本拠に漂流しつづけるライターたちは、イギリスへの移民船の中で出世作『この膚の砦の中で』(1953) を書いたバルバドスのジョージ・ラミングを例にあげるまでもなく、亡命者的な宙吊りの立場から自己を発見しつづけるしかないのだろう。

カリブには奴隷制が廃止された後、年期奉公制を通して多数のインド人が流入し、トリニダードやガイアナのインド人の人口は四十~五十パーセントにも及ぶ。そんな歴史の背景を通してはるかに遠い大西洋の群島と東洋のインドとを結ぶ通路があることに、わたしは意識的にならざるを得ない。

七〇年初頭とはカリブにおいて、これら互いに異なる視点の相克が主題として可能となった時期であり、ACLALS会議は彼らにとって最初の、批判的な立場をも明らかにした包括的なカリブ文学の提示の場となった。それが「カム=CAM」の運動のように、ロンドンの西インド学生センターでも、「カリブの声 Caribbean Voices」のようにBBC放送のスタジオでもなく、スピーカーと聴衆との相互作用を可能にするジャマイカの西インド諸島大学であったことが重要である。それは同時にカリブから世界に向かって発信する文学の「新生の日」ともなったのだ。前年に機関誌「サバクー」が創刊され、翌年には汎カリブ海域の国際会議カリフェスタが初めて催されたわけで、クロエが言うカリブにおける詩のブームとはこの時期のことである。

七二年に三週間もの長い会期でガイアナにおいて行われたカリフェスタの後はほぼ三年周期をめどに引き継がれてきた。しかしほんとの始まりは、それに先立つ二十年前の五二年、プエルトリコで行われたが、当時の英領カリブからはトリニダード・トバゴとジャマイカのみが参加するに留まった。(編年順にたどるのは資料が少ない分、難しいのではあるが) 七二年のガイアナの後は、ジャマイカ (1976)、キューバ (1979)、バルバドス (1981)、その後は間が少し空いて、トリニダードで再開された第五回は新たな転機となった (1992, 続いて第六回 1995)。セントキッツ&ネイビス (2000)、スリナム（2003）と続き、〇六年は再びトリニダード、そして第十回のカリフェスタが初回と同じガイアナで「一つのカリブ・一つの目的――わたしたちの生活へ・文化へ」をテーマに催された（2008）。

＊　＊　＊

【追記】

その後の流れをこの度、少し追ってみたが、二〇一三年のスリナムの後は、二〇一五年に第十二回カリフェスタ（carifesta xii – CARICOM）がハイチで行われるという情報に接し、一挙にさまざまな思いに駆られた。来日以来、ときどき連絡をいただいたのに最近は疎遠にしているクリストフ・シャルル氏はどうしているか？　二〇一〇年のハイチ地震で倒壊した高級ホテル・モンタナはどうなったか？　第十二回にハイチの他の三都市とともに会場となる首都ポルトープランスを〇三年に訪れたときは、けっこう冒険好きなわたしにして、身に危険が及ばないことを第一に、在ハイチ日本大使館の車を移動手段に、五つ星のホテル・モンタナを拠点にしたことを思い出している。

ＡＣＬＡＬＳも健在で、六四年イギリスでスタートしてから三年毎に世界の英連邦各国で開催され、二〇〇七年八月はカナダ、ヴァンクーバーで「我々の時代の文学」をテーマに六日間の会議となった。二〇一〇年六月はキプロスが、二〇一三年はウォルコットの生地セントルシアが会場となった。現在、この機関の支局は広く、カナダ・西インド諸島・アフリカ・ヨーロッパ（ベルギー）・インド・マレーシア・スリランカ・南太平洋・米国にあり、それぞれ独自の活動も展開している。

右の数年前には在日ジャマイカンから、キングストンで五月に行われる恒例の「国際文学祭　カラバッシュ08」、そこにはウォルコットも招かれているらしいという情報も得た。カラバッシュとはご当地産の大木で、二つ切りにするとコップやボウル状の容れ物になる大きなナッツをつける樹だ。それ以前にネットで気づいてそそられたのは、七月初旬の西インド諸島大学を会場とした「ＡＣＳクロスロード08」。日本で初めてカリブ・フェアが行われた二〇〇二年に来日した屈指の歴史家レックス・

ネトルフォードも、他にブラスウェイトも講演者に上げられていて、二〇〇八年当時には、当大学の図書館に勤務するクロエの妹が構内の宿を確保すると言ってくれた。ロンドン留学中の若いウォルコット戯曲研究家の松田智穂子氏からはウォルコットの誕生日にセントルシアで開催されるノーベル賞週間のニュース……あふれるばかりの国際会議の活動は新しい時代の胎動なのか？　何度もその気になって実現しなかった機運は、遠からずふたたび巡ってくるだろう。

＊日本におけるカリブ・フェアは、二〇〇〇年十一月、東京において日本とカリコム諸国間で閣僚レベルの会合が開かれ、〇二年に両国間の貿易・観光を促進する「カリブ・フェア」を日本で開催することが決定した。カリコム諸国とは、旧英植民地の十二ヵ国（アンティグア・バーブーダ、ガイアナ、グレナダ、ジャマイカ、セント・ヴィンセント及びグレナディーン諸島、セント・クリストファー・ネイヴィス、セントルシア、トリニダード・トバゴ、ドミニカ国、バハマ、バルバトス、ベリーズ）、旧仏領ハイチ及び旧オランダ領スリナムの計十四ヵ国で、一九七三年にカリブ共同体を結成したものである。（20頁、「カリブとの出会い」参照）

15 西インド詩の広がり、そして東インド

一年をひとくぎりとして書きはじめたこの項も、今回で十四回目となる（「6」は別項で、今回一冊をまとめるに当って、挿入した）。連載で書いてみよう、と思い立ったときには七、八年の間に触れて読んで考え感じたさまざまな経験と思いがたまっていた。小出しにしてもカバーしつくせないと思いつつ、「柵」のページをお借りすることにしたが、一年余が経ってみれば、手探りの作業はふくらんでゆくばかりで、ひとくぎりにはほど遠い。

仕残していることの一つは具体的な作品の紹介である。なかでもアフリカをルーツとする口承詩＝オラル・トラディションについては、たえず意識にありながらあまり触れることもなかった。カリブでは文学としての詩＝リタラリィ・トラディションと口承詩とは一体として扱われる。文字を知らない民衆に愛唱されつつ消えていったものも多いだろうが、西インド諸島の文学として確立された後までも、その一翼を担いながら文芸としての詩に大きな影響を与えてきた。前号で書いたギリェンやブラスウェイトの試みは、この二つの流れの双方を視野に入れた挑戦である。カリブはもちろん、カナダ・アメリカ・アフリカ・イギリスで舞台を湧かせたルイーズ・ベネットやポール・キーンズ・ダグラスのようにパフォーマーとして人気を博した詩人・語り部も、二つの潮流に架橋を築いた。この海域には詩人でありながら小説家・評論家・画家・音楽家・教育者・政治家・ジャーナリスト……と一人で何役もこなす強者詩人が多いが、ウォルコットやブラスウェイトなどの代表的詩人も戯曲家であった。戯曲はもちろん口承の流れの上にある。

熱狂的なオーディエンスを獲得しつづけるカリブ発のレゲエやカリプソ、それに北米への移民の間で発達したラップも歌詞の意味に重きをおく音楽ジャンルで、世界に強い影響を及ぼした。カリブに残るアフリカ詩に触れて感じることは、リズムを重視したリピートを多用していること。ギリェンの詩にもその特徴は現われる。以下、いくつかの例をアトランダムに拾ってみた。

ねぇ　もしきみが俺のことが好きで　でも文字に書くこともないのなら
俺はどうやってそれを知ればいい？
（くりかえし）
ねぇ　きみが俺を好きだと字に書いて　俺にはそれが読めないならば
どうやってそれを知ればいい？
だから口を使おう
口で言おうよ（くりかえし）

——作者不詳

I
天上には神がいると思うかい
ボス　おいらを酷使しないでよ
おいらは馬じゃ　ラバじゃない
ボス　ひどい扱いをしないでよ

II
おいらがエボ族としてやっていくのなら
おいらはあそこにゃ行けやしない
やつらはギニアからおいらを強奪してきたのだから

おいらはあそこにゃ行けやしない
…………（中略）

――ジャマイカの労働歌　作者不詳

これら作者不詳の労働歌やダンス歌の多くは、十八世紀の末にジャマイカのＪ・Ｂ・モレトンによって、書きとめられテキスト化された。モレトンは「イギリス本国の田畑で働く家畜のほうが、西インド諸島の奴隷たちよりよほど法律的に守られている」として奴隷制度に反対した。特に女性の尊厳は主人や監督官やその友人たちの意のままで、性的暴力に対して法的に何も守られていないことをバラードのテーマにもしている。

陽は沈んで　またのぼる
たくさんの暗い暮らしの上に
手をこまねいて　ある人たちは言うだろう
「ここには良いことなんて　何も起こらない」
「がんばってみたって何になる
暮らしは辛くて味けない」
彼らがそんなニュースを運んできたら
きみはこうするがいい
なにも思いわずらうことはない
キープ・クール　キープ・クール
誰かのように頭に血をのぼらせることはない

キープ・クール　キープ・クール
世界が静かにほほえんで過ぎるとき
意気高く　猛るだけが能じゃない
努力すれば勝利がほほえむこともある
キープ・クール　キープ・クール
（「心鎮めて」マーカス・ガーヴェイ）

この詩の作者マーカス・ガーヴェイ（Marcus Garvey 1887～1940）とは、一九三〇年代に活躍したジャマイカ出身の黒人解放運動家で、詩・歌詞を思想を普及させる手段として重要視した。一九一四年に創設した世界黒人地位改善協会（UNIA）の拠点を二年後にアメリカに移し、ハーレムにおいて週刊紙「ニグロ・ワールド」を発刊して人気を博した。アメリカのブラック社会とカリブを結ぶ海運会社を興し、一時はアフリカ共和国の暫定的大統領にも選ばれたが、海運業で失敗、投獄の憂き目も見た。故国ジャマイカに追放されてからはさらなる運動を続け、後に拠点をロンドンに移してその地で生涯を終えた。彼の死後、彼が提唱した運動はさらに評価されて、六〇年代のブラック・パワーから今日におけるアフリカ回帰思想を唱えるラスタファリズムまで、二十世紀におけるすべての黒人解放運動のベースとなった。

ところで、少し前のある時期から日本人のファッションがずいぶん変わったことは衆知の通りだ。そんな中でレゲエ・ファッションもいまだ最前衛の一つで、ちぢれた長髪が房状となるドレッド・ロックやたくさんの細い三つ編みのヘア＝ブレイドはもう日本の若者のスタイルの一部として定着した。しかし、ご本人はそれがカリビアンの真似ごとだと分かっていないことが多い。ジャマイカで生まれたレゲエはレベル・ミュージック（Rebel Music 反抗の音楽）と言われ、社会批判・物質主義への批判・

反植民地主義などを含んだ歌詞に重きをおく。菜食主義も、髪に鋏を入れないヘア・スタイルも自然主義の現われだが、日本人の髪質では自然に逆らわなければドレッド・ロックは装えない。

レゲエはラスタファリズムの影響のもとにつくられたが、ラスタとはこの思想の信奉者のこと、語源はラスタたちが神と仰いだ初めての黒人の皇帝＝エチオピアのハイロ・セラシエの幼少名である。マーカス・ガーヴェイの思想を歌にのせたレゲエの王様ボブ・マーリー（「トレンチタウン・ロック」など　1945～81）やジミィ・クリフ（「ザ・ハーダー・ゼイ・カム」など　1948～）の声は世界中をかけめぐった。五〇年世代のダブ詩人としてルワンダ語やイボ語などのアフリカ的な芸名を持つムタバルカ（Mutabaruka 1952～）やオク・オヌオラ（Oku Onuora 1952～）もセンセーショナルな存在である。投獄された経験を持つオヌオラの獄中で書いた詩は、ジャマイカのライターたちの注目を得た。特に西インド諸島大学で教えながら、若者のオラル・トラディションを擁護しつつアンソロジーも出版したマーヴィン・モリスは、請願運動を起こして彼を釈放に導いた。

牢獄に入ったことがあるかって？
殺しと盗みの　憎しみと嫉妬のこの世界
なのに　牢獄に入ったことがあるかって？
もちろんさ
俺は今でもそこにいる　必死に逃れようとして……

（ムタバルカの「きみは訊く」より）

レゲエがジャマイカを中心とした音楽ジャンルなら、同じく歌詞を重くみるカリプソは、日本でこそ一時的なブームで終わったものの、トリニダード＆トバゴを中心に盛んになったものだ。現地に足を踏み入れたときは、全国戦を勝ち抜いたファイナルのカリプソ・モナーク（王位決定戦）が行われていたし、カーニバルのメイン・イベントでは上位入賞者のカリプソ歌手が歌詞の内容にそったコントとともに声量に充ちた声をたっぷりと披露した。

何度もチャンピオンになり、レコード化とともにカリプソの普及に貢献したガイアナのマイティ・スパロウ（Mighty Sparrow, 1935〜）や、教師をやりながら他のカリプソニアンのために歌詞を書き、カリプソの歴史をまとめたトリニダード&トバゴのマイティ・チョークダスト（Mighty Chalkdust, 1941〜）は代表格だ。その芸名は「超能力雀」「全能チョークの粉」といったところか？　滞在中にはP・K・ダグラスに連れられて舞台裏でカーニバル委員会の仲間と歓談しているブラザー・レジスタンス（＝反逆仲間）に会ったし、旅行エージェントに丘の上のマイティ・ボマー（＝超能力爆弾）の家に引っぱって行かれたりしたが、みんな気の良い存在感のある実力者たちだった。会場に飾られていた歴代のカリプソ歌手の写真には「吠える獅子」「世界戦争」「巨大破壊力」「超大恐怖」「黒いスターリン」「王位請求」「狙撃手」などというド迫力の名前が添えられていて思わず笑ってしまった。

えっ　奴隷制の時代がもどってきたのか！
ポート・オブ・スペインにまで及ばなきゃいいが
ヤンキーたちがやってきて
まるごとポイント・ア・ピエールを買いしめるとさ
金が大手を振り　ひとびとはわめき出す
ポイント・ア・ピエールは何でも売り渡す
働き手もだ
　グラナダ人は五十セント高い

トリニダード人は一ドル高い
体の大きさにかかわらず　トバゴ人はタダ働きだが
バルバドス人なんて要らないとヤツらはのたまう
トリニダードの石油精油所を売るなんて
狂っているとしか思えない

（マイティ・スパロウ「帰ってきたヤンキー」より）

右の詩のなかのポート・オブ・スペインはトリニダードの首都、ポイント・ア・ピエールは英国がアメリカに駆逐艦基地を貸与した時代を経て、米資本テキサコが買い取った南の町である。

口伝いで受け継がれたオラル・トラディションは島ごとに固有な方言があり複雑だが、それは口承文学だけに限らない。例えば早くから英国で学び、「エグザイル」や「ディアスポラ」をテーマにしたインド系ガイアナ出身のデイヴィッド・ダビディーン（David Dabydeen 1955～）の「奴隷の歌」は〈Tie me haan up./Juk out me eye./Haal me teet out/So me na go bite./…/Set yu daag fo gyaad/Maan till nite/…〉と始まる。英語らしからぬピジン・イングリッシュの具体例である。このような環境にあって多種のヨーロッパ言語をも吸収したウォルコットの詩形は、ハイブリッドゆえに豊富な語彙から言っても、エリオットを含む欧米の才能の何倍も有利なはずなのだ。

どこまで行ってもひとくぎりつかない西インド詩の広がりを編年史的に眺め、加えて詩活動の中心となった数ヵ国の詩史もそのうち辿ってみたい。未だ漠として摑めないアフリカとの関係性も気になるが、それにも増して現在の関心事は、トリニダードやガイアナで人口の半分近くを占めるインド系ライターの存在である。それらはナイポールであり、先のダビディーンであり、ボンベイ生れのインド詩人ラジ・ラオだが、彼が英国の大学でリサーチしたという西インド詩についてのエッセイには未だ触れ得ていない。

九月の下旬から三週間ほど、インドのデリー経由でロンドン・オックスフォード・コッズウォルズ他に出かけることになった。先のテーマに沿った手探りも少しはできるかと期待している。たまった読書をすすめつつ、遠からず再開するために、ここでしばらく筆をおきたいと思う。

16　別項1　西インド諸島発見の光と闇
――コロンブス以前から現在まで

＊五大陸の交差点としての特異性

二〇〇五年の夏、ロンドンのロック・グループ「Queen」の曲をミュージカルに仕立てた「We will Rock You」を新宿コマ劇場で観た。グローバル・ソフトという大企業がライフスタイルの全てをとりしきる「Ga Ga World」という仮想の未来世界が舞台で、若者たちが人間的に生きるためのクイーン全盛時代の音楽を取り戻すというストーリィだ。ロック時代に育って中年になった観客の、舞台と一体となって足を踏み鳴らしスイングする乗りも、ミモノの一つだった。

満席となった会場の、半数に近いそんな観客層とは遠からぬ世代でありながら、わたしはロックの世界をほとんど知らない。リズム＆ブルースなど、元々は黒人の音楽から発生しただけあって、無数のヴァリエーションを生んだカリブのビートに通底する余韻を感じながら劇場を後にしたが、ルーツを同じくするこれらのビートが、白人の音楽となって初めてブレイクしたのは、唯にメディアや流通などの経済的・政治的な力の関係からくるのだと思えた。

ロックが既成の社会に対する屈折した反抗心を解放する息吹であったとすれば、カリブのビートからは、草の根に根ざした解放感を、あるいは困難ながらも生活をエネルギッシュな謳歌に転換しようとする生命力を感じる。

同年の夏はまた、日本でも急に人気が広がっているカリブの民族楽器、スティールパン・オーケストラ「エグゾダス」と、「レネゲイズ」の海外遠征隊がはるばる海の向こうからやってきた。もともとは石油のドラム缶を廃物利用してつくった同種八ヴァリエーションのドラムで、オーケストラ並みの音域を奏でることができる。舞台で弾みながら演奏する乗りの良さと、DNAが違うと思わせるリズム感に触れると、この地域から無数のビートが生まれた理由が分かってくる。

「カリブ」という言葉でとらえられる西インド諸島は、歴史の特異性や文化の多様性において、世界のどこより多くのエレメントをはらんでいる。この地域の言語も宗教も様々だが、それらは肌の色と社会的階層にかなり一致している。たとえば、西インド諸島在住のヨーロッパ系人口の多くが標準的な母国語を使用しているのに対して、黒人のあいだでは多くのクレオールが使われる。クレオールにはこの地域を支配した英国・フランス・スペインなどの各国語クレオールがあるが、その他にプエルトリコ他、国境付近や二国間共同体で生じたスパングリッシュ（英語まじりのスペイン語）が話され、オランダ語圏ではパピアメントゥと呼ばれる複雑な混淆語もあり、さらにヒンディ語やウルドゥ語も話されている。

宗教への帰属の傾向もまた、これら言語とよく似たパターンを持っている。上流階級の白人やムラートと呼ばれる混血の褐色人種はたいてい英国国教徒で聖公会に所属しており、下層階級の黒人たちは多くがプロテスタントでバプティスト教会に所属している。その上、カソリシズムとプロテスタンティズムにアフリカ的な要素が混ざりあった複数の流派も普及している。民間信仰として今も一部で信じられているヴードゥー教（主にハイチ）やオビー教、それにヒンズー教やイスラム教など、やはり多様である。

＊　＊　＊

西インド諸島にはおよそ六百万人の先住民が住んでいたといわれる。かれらは南アメリカからやってきたシボネイ族やアラワク族、およびカリブ族と呼ばれるアメリカ・インディアンであった。アラワク族の社会構造にみられるように、カシークと呼ばれる世襲制に家父長制を取り、シャーマンがその最高責任者として、アラワク族全体の複雑な宗教社会の活動を統治していた。彼らは魚を捕り、狩猟をし、カリブ族にも見られる「コヌコ」という名の、従来とは違う耕作方法を発達させていた。

しかし、一四九二年のコロンブスによる陸地発見以来、カリブ海はスペインの湖と化してしまった。スペイン人たちは、現在のハイチとドミニカ共和国にあるヒスパニオラ島にサントドミンゴという町を作ったが、そこはラテン・アメリカにおける「植民の母」となり、エルナン・コルテスによるメキシコ発見の、フランシスコ・ピサロによるペルー発見の足がかりとなった。

サントドミンゴは「スパニッシュ・メイン」と彼らが呼ぶカリブにおける貿易の中心となり、イベリア半島に金の延べ棒を運ぶガリオン船団の足場ともなった。

スペイン大使バルトロメ・デ・ラス・カサスは原住民の皆殺しをやめさせようとしたが、それはアラワク族を救済するには遅すぎた。その結果、ラス・カサスの提案によって、十六世紀初頭からアフリカ人が連れてこられることになった。

それに続く十七・十八世紀の間も、大アンティル諸島ではスペイン人、小アンティル諸島ではフランス人によって、先住民の人口は激減させられた。そのころはまた、イギリス・オランダ・デンマークを加えて、カリブ諸国における土地の分割が続いた時代である。キューバやサントドミンゴ、プエルトリコにできた小さな砂糖工場は十六世紀末には消えてしまったが、一六四〇年代になってスペインやポルトガル系のユダヤ人によって、ブラジルから大規模農園《プランテーション》が紹介され、大量の労働力が必要となった。十九世紀になると、大アンティル諸島へのアメリカの内政干渉が始まった。一八九八年にはキューバを占領、プエルトリコを併合、一九一七年にはオランダ領ヴァージン諸島を買い取るに至った。一九五九年に起きたフィデラル・カストロによる革命後のキューバに対するソビエトの肩入れは、西インド諸島における大国の介入を長引かせることになった。

＊圧政と解放、独立への流れ

植民地主義

北西ヨーロッパ諸国のうち、スペインの領有地を略奪するのにもっとも成功したのは、なんといってもイギリスだった。一六二三年にはセントクリストファー島（セントキッツ島）を、一六二五年にはバルバドスを占有した。ジャマイカをスペインの小部隊から奪った一六五五年頃にはイギリスの植民地がネイビス島、アンティグア島、モントセラト島に築かれていた（これらに限らず、カリブの国家はほとんどが島国である）。フランスは一六三五年にグアドループとマルティニークを統治下に置き、一六九七年には、半世紀にわたって海賊とフランス人入植者が占拠していたヒスパニオラ島の西三分の一にあたるサントドミンゴ（現ハイチ）を正式に併合した。ベネズエラ沖のアルーバ（Aruba)、ボネール(Bonaire)、キュラソー(Curaçao　上の三国で頭文字をとってABC諸島とも呼ばれる）と、小アンティル諸島北部のサバ(Saba)、セント・ユースタティウス（St. Eustatius)、セント・マーティン（St. Martin）の南半分（こちらの三国は別称SSS諸島とも）は、一六三〇年にオランダの領有下に入った。豊かな農業の収穫を期待したためというよりも、スペインに対して独立を図るオランダの軍事的戦略のためだった。スペインから奪い取ったこれらの国々は、スペインの守りが弱く、カリブ側に任されていた地域だ（これらオランダ領アンティル諸島の島国は、後の二〇一〇年には解体され、オランダ王国構成国あるいは特別自治体となった）。

大アンティル諸島のスペイン統治国では、ジャマイカとヒスパニオラ島の一部だけは力ずくで奪われたが、ハバナ（キューバの首都）とサンファン（プエルトリコの州都）は、スペインが一八二〇年代の植民地の独立（メキシコ、ペルー、グァテマラ、ボリビアなど）を通じて、中南米に置ける主要な土地を失うまで、ラテン・アメリカとイベリア半島の貿易の要所になった。

フランスとイギリスは十八世紀の間ずっと、小アンティル諸島の奪いあいをつづけ、十九世紀初頭には、ドミニカ、セントルシア、セント・ヴィンセント、（トリニダード・トバゴ共和国の）トバゴ、そしてグラナダがイギリスの手にわたった。一方、トリニダードは一八〇二年に正式にスペインからイギリスに引き渡されている。

大農園の奴隷制

十七世紀後半、植民地主義は重商主義（金銀の備蓄と有利な貿易収支を図ることが目的）と結びついていた。特にイギリスとフランスの領有地では、西アフリカから輸入された奴隷の労働力を使った砂糖のプランテーションに直結した。それぞれの帝国の目的は、もちろん砂糖と奴隷と工業製品の取引を通して、最大の利益を上げることだ。

重商主義は、三角貿易・四角貿易に端的に示されていた。もっとも入り組んだ形でいえば、ヨーロッパ・西アフリカ・西インド諸島と、現在のアメリカ合衆国の東海岸を結び、英国・フランス・オランダの利益を上げるために相互取引を行うものだった。重商主義は、そこから発生した産業資本主義に置き換わるまでの十八世紀に、絶頂期を迎えた。

だが西インド諸島における白人植民地のきわだった特徴は、それが移ろいやすい現象だったことだ。特にイギリスの、白人冒険家たちの目的は、ずっと西インド諸島の植民地に留まることではなく、そこで得た富をヨーロッパに持ち帰ることだった。不在地主制度が十八世紀初頭に整えられたが、その当時、植民地で成功した人たちの多くは、自分たちの資産を守る代理人をたてて英国本国に戻っていった。これら不在地主たちは「West Indian Interest」の主要構成メンバーで、主な港湾からやってきた商人や植民者、国会議員を含む勢力を構成した。十八世紀前半において、サトウキビの蜜と砂糖に関する法令を牛耳っていたのは、この圧力団体だった。これらの法令は英国市場において、英国領西インド諸島の砂糖を保護し植民者たちの富を増加させるものであった。

大農園の勢力は、経済の範疇にとどまらず、人種差別に基づいた社会階級制や法律を生み出した。十七世紀には主な社会層は、自由な白人と黒人奴隷とに分かれた。十八世紀半ばまでには、人種の混淆がより進み、白人と黒人の混血であるムラートが、エリート層である白人の嫡出子として認められるようになった。けれど法律上では、充分な市民権は白人だけが持つものであり、解放されたムラートは、所属するところなく増えるばかりの黒人同様、制限付きの市民権を行使できるにとどまった。社会的な地位と力は、階層の人口規模とは逆比例して——例えば十九世紀初めのジャマイカでは、二・五万人の支配者層の白人に対して、四万人のムラートと三十四万人のブラックが存在した。

十九世紀以降——奴隷解放

西インド諸島のクレオール社会は、一七九〇年代にサントドミンゴで奴隷たちの反乱が成功したことで揺さぶられていた。それは一八〇四年にハイチが独立するという結果につながったが、この独立はアメリカス（南北アメリカと中南米諸国）で初めての黒人共和国が出現したことを意味する。

その後、一八〇七年にはイギリスが奴隷貿易を廃止。一八三三年には、西インド諸島における奴隷制そのものも廃止された。フランスは一八四八年に、オランダは一八六三年に奴隷解放を法令化したが、スペイン領キューバでは奴隷の労働力による砂糖の大農園生産が増加しつつあった。

イギリス海軍の妨害をかいくぐったキューバへの奴隷輸入は、十九世紀後半には、この島を黒人とムラートが圧倒的多数を占める国に変えていた。キューバが完全な奴隷解放を決めたのは、一八八六年になってから。タバコの生産が砂糖より重要で、奴隷は人口の五％以下というプエルトリコが奴隷解放をするより、十三年後のことであった。しかしそれに続く二十世紀初めには、主にプランテーションでの仕事を求めて白人の移民があったから、キューバはふたたびラテン・アメリカ文化を背景にした白人社会へと変遷していった。

十九世紀の奴隷解放は、奴隷所有者たちが恐れるほどの変化をもたらしたわけではない。というのも、良い土地の大半は大農園内にあり、それらの土地に特権を持つ者たちは――特に西インド諸島では――既成の秩序を固持しようとしたからだ。にもかかわらず、解放された奴隷たちは、労働力を売ること、移住すること、開拓した土地に定住すること、土地を買うことができるようになった。

新しい社会機構のもとで貧困層は、ハイチやジャマイカやウィンドワード諸島（小アンティル諸島の南部）の国々に移民していった。奴隷あがりの人たちにとって、リーワード諸島（小アンティル諸島の北部）の比較的大きい島々とバルバドスでは、内陸部に山地があまりないために土地を手に入れるのは不可能だった。他の島の山間の土地はぜんぶ元奴隷たちが手に入れていたから、彼らは大農園の労働者としてとどまるか、中央アメリカや合衆国に移っていくしかなかった。キューバの解放ブラックたちは、すぐにスペインとの独立戦争に巻き込まれた――彼らの子孫は後に、アメリカ資本によって進展した砂糖生産に従事することになった。ドミニカ共和国におけるムラートが、やがてプエルトリコにおける白人もそうなったように。

植民地主義によって強化されたプランテーションの構造と白人エリート主義の持続は、奴隷解放後も西インド諸島の不平等社会の構図を持続させることになった。肌の色と文化レベルの相関関係は――十九世紀末期以降のフランス領西インド諸島をのぞいて――民主主義が社会構造上、否定される状態を続行させた。

白人・褐色人種《ムラート》・黒人による階層制度の複雑さは、島によっては他民族の流入により、さらに度を増した。キューバへの中国人季節労働者。トリニダードおよび、それより小規模ではあるもののジャマイカ、マルティニーク、グアドループへ広がるインド人季節労働者。そして、トリニダードと大アンティル諸島への（主に二十世紀）中国人・ポルトガル人・シリア人・レバノン人の自然流入などが、少数民族が社会の流動性をもたらす可能性を生んだ。しかし、ポルトガル人・シリア人・レバノン人たちが（それ以前のユダヤ人のように）貿易をきっかけとして移動したのに対し、インド人は、人口の四十％以上を占めることになるトリニダードにおいてさえ、ローカルな異種文化圏を形成しながら定住した。

非植民地化

白人種ではない人たちの社会的位置づけの急激な変化は、奴隷解放よりも非植民地化によって起こった。一八〇四年に自らの手で自由を勝ち取ったハイチ人たちは、一八二〇年代にはサントドミンゴを侵略し、ほとんど忘れられていた以前のスペイン領植民地を併合して、ヒスパニオラ島全土を包括するに至った。一八四四年、ドミニカ人はハイチの主導権を拒否し、自分たちの主権を宣言した（ドミニカ独立戦争、一八四四年から一八五六年まで）。後にドミニカは短期間、元君主国のスペインの統治に逆戻りしたが、一八六五年ついに独立をなしとげた。

アメリカの約三十年後に独立したハイチに続き、ヨーロッパから三番目に独立を果たしたのは、一八九八年のキューバである。キューバはスペインとの独立戦争を二度経験したが、その上、合衆国の介入とも闘わなければならなかった。キューバがアメリカから正式に独立したのは一九〇二年だが、アメリカ合衆国憲法修正条項が廃棄される一九三四年までは、その後も北の隣国アメリカへの代償である奉仕義務を残すこととなった。この頃には労働者たちの暴動があちこちで起こりはじめていたが、それは世界的な経済不況や民主的な異議を要求する手段が欠如していたために起こったものだ。当時、発展と非植民地化への要請は、ジャマイカからトリニダードにかけて拡がっていた。

西インド諸島の多くは、第二次世界大戦後、宗主国である帝国の同意を得て、非植民地化をなしとげた。英国領だった多くの領土のように完全独立の許可を取り付けた国もあり、フランス領だったアンティル諸国のように、本国と合併して海外準県という形をとったものもあり（マルティニーク、グアドループ、サン・マルタン Saint-Martin ＝英語名でセント・マーティン島の北部）、元オランダ領のアンティル諸国（ボネール、キュラソー、シント・マールテン Sint Maarten 島＝英語名セント・マーティン島の南部）や、いくつかの元英国領のように、かつての宗主国と提携関係を結んだ国もある。これらさまざまな非植民地化の方法は、いずれも国連に後押しされたものだった。にもかかわらず、英国は独立にあまり関心のなかったいくつかの西インド諸島の小国を所有しつづけている――モントセラト、アンギラ、英国領ヴァージン諸島、ケイマン諸島、タークス＆ケイコス諸島である。

第二次世界大戦が終結した当時、独立していた西インド諸島の国はたった三つ――ハイチ、ドミニカ共和国、キューバで、そのどれもが独裁制をとっていたか、とろうとしていた国であった。英国、フランス、オランダが、解放あるいは併合によって非植民地化を推し進めようとして、最も意を払ったのは、民主主義の確立だった。この目標を達成しようとしたイギリスは、中央集権の下で可能だった管理体制よりもっと綿密なシステムを取り入れ、小さな島々の非植民地化のために有効な手段を提供し、島と島との連合体を作り上げようとした。この政策はその連合体「西インド諸島連邦 Caribbean Community」（＝CARICOM, 1958～1962）の崩壊という失敗を招いた。それは反面、独立への第一段階となり（1973～83）、ついにはその他の国の独立をも持続的に英国に認めさせる最終局面に至った。

独立

西インド諸島の政治的組織の大半がもはや植民地のものではないなら、独立はカリブ海地域の経済を保証するものとなっていいはずである。だが例えば貿易条件を取ってみても、それは数十年にわたって西インド諸島の生産者側には不利なものであった。トリニダードの石油を例外とすれば、この地域には、物価を安定させるキーとなる重要な産物は充分にとれない。その上、貿易条件以上に痛手だったのは、外国企業が島の経済を圧迫してきたことだ。新植民地主義がほとんどの島に拡がり、西インド諸島の人たち——特に仏領の人たちは、外国資本と決議権をもつ権力者、および科学技術に、自分たちが頼りすぎていることを急に気づきはじめた。

西インド経済で重きをなす外国企業は、ジャマイカやハイチ、ドミニカ共和国のボーキサイトや、トリニダードの石油に関連するアメリカ企業、砂糖の生産と精製に従事するイギリス資本の会社「Tate and Lyle」、ジャマイカとウィンドワード諸島産のバナナ市場における英米の独占的位置づけなどである。

これら統治権力からの制約にもかかわらず、一九七〇年代および八〇年代には、政府の圧力があって、西インド諸島にあるかなりの外国企業を国有化する動きが見られた。共和国では、外国企業は不振の操業を積極的に引き渡し、その補償金で他の場所に新たな活動を展開させるという結果となった。「Take and Lyle」の子会社である西インド砂糖会社はまずサトウキビ畑を放棄し、次にジャマイカとトリニダードにある工場を放棄した。ジャマイカやトリニダードの人たちの興味は、今や外国銀行にあった。トリニダード・トバゴは主要な北米石油会社を買い取り、ジャマイカは一九七〇年代に、北米アルミニウム会社の何社かと提携を結んだ。マンレイ首相（Michael Norman Manley, 1924～1997）の社会主義政策についての、アメリカの新聞での否定的報道に続いて、一九七六年以降には、北米からの観光客が激減したため、ジャマイカのホテル業の約半分が不渡りを出して政府のものになった。

ジャマイカに限らず、大アンティル諸島のどこの国も、マルクス主義イデオロギー体制のなかで、一九五九年以降に大規模国有化政策をとったキューバには近づこうとしなかった。それとは正反対に、小アンティル諸島の国民は、人民革命政府下のグラナダ（1979～1983）を除けば、国家や主な経済団体の所有権に関しては、何ごとにも譲歩しようとはしなかった。

一九五〇年代、植民地からの解放は、保守エリート層のもとでの進まない独立経済の発展以上のものを実現すると思われていた。けれど、ハイチにおけるデュバリエ政権と、その後の三十年の圧政と貧困の事例と比べれば、英国・仏国・オランダのかつての植民地は、民主的政府のもとで、かなりな社会的・経済的な発展をなしとげたといえる。非植民地化の目標の一つである民主化のプロセスは、だいたい成功裡に推移したとみなされている。特にジャマイカなどいくつかの国では、元宗主国への依存度の強い結びつきを壊して、かなりな発展をしてきたところもあるが、政府が民主自決の利点を、草の根の経済発展と社会変化にまで及ぼすことができたとは明言できない。

17 別項2 西インド諸島と東インドの詩
――国際交流最前線

前項でも述べたので、改めて……ということにはなるが、二十一世紀に入った頃から地縁があって触れたカリブに対するカルチャー・ショックは、立て続けに現地を訪れた数回の機会を通して、わたしのなかで好奇心の広がりを持って定着した。数年をおいて大阪で発行されてきた月刊誌「柵」の紙面をお借りして、エッセイの連載をすることとなったが、それら数回の機会とは、①二〇〇二年のカーニバル期間中のトリニダード訪問、②帰国直後にふたたびカリブの息吹に触れることになったルイジアナ州ニューオーリンズへの旅、③同年九月に長野県および東京を中心に行われたカリブ・フェスタへの参加、④翌二〇〇三年日本での行事を通して知り合ったバナナ・ペーパー・プロジェクトのグループに便乗して訪れたハイチ、そこから単独飛行でジャマイカのモンテゴベイへ飛び、キングストンへは一日バス・ツアーを利用して訪れた一連の旅である。

ジャマイカでは首都キングストンへの女性の一人旅は危険だと聞いていたので、北部の観光都市モンテゴベイを拠点としたが、日本から予約した民宿の女主人・ウォルコット美世子さんはジャマイカンと結婚した日本人で、私にはうってつけのガイドだった。庭先で大きく枝を広げるカラバッシュを教えてくれたのも彼女だが、翌朝はドクター・ケーブ・ビーチの岩場に魚たちにパンくずの朝食をあげに行こうと誘われた。透明度の高いコバルトブルーの岩場によってくるのは、なんとチョウチョウウオやエンジェルフィッシュなどの熱帯魚。熱帯ではこんなに身近な魚だったのかと改めて驚いた。

モンテゴベイでは行き合わせた多国籍のツアー客と大人数で手をつないで滝登りをするダンズリ

バーでウォーター・アドヴェンチャーを体験した。キングストンへはオプショナル・ツアーを利用し、コーヒーの生産地として名高いブルーマウンテン山脈の標高千メートルほどの中腹、コーヒー農園が広がる地帯を通過してから、人口百万ほどの大都会でレゲエの故郷として知られるキングストンを目指した。コーヒー豆を選別している工場ではイギリスに輸出される極上品を除けば（現在、日本へのシェアの方が大きいらしい）、ほんとに安くおいしい豆を買うことができる。山岳自動車道沿いの野辺に咲く色鮮やかな花が、日本では園芸種のインパーチェンスなんて、ビーチの岩場に群がってくる熱帯魚同様こちらの意表をついてきて、そんな驚きが異色な旅のリッチな楽しさとなった。

宿泊していたモンテゴベイからは地図で見るとかなり遠回りのように感じたが、ジャマイカ自体、日本の岐阜県ほどの面積なのだそうだ。キングストンに近づくとやはり、ライブの看板が軒をつらねて、ボブ・マーリー博物館の周辺では日本の若者の姿もちらほら見かけた。

＊　＊　＊

大阪の志賀英夫氏の力で一九八六年十二月の復刊から二〇一三年三月の終刊まで三一五号が出された「柵」に、わたしは二〇〇七年九月の二四九号から二六二号までの一年余、寄稿させていただいた。連載で書いてみよう、と思い立ったときには七、八年の間に触れて読んで考え感じたさまざまな経験と思いがたまっていた。しばらく休んでまたすぐ再開する予定だったが、そのころから（一社）日本詩人クラブの国際交流担当として、タゴール生誕百五十周年を迎えようとするインドとの交流の手探りが始まり、集中力をもってカリブ関連を進めることが出来なくなった。

成り行きで降ってわいたインド・バージョンの国際交流に対する公務、というこんな機会でもなければ、なぜカリブにおいてインド人作家や詩人が顕著な存在感をしめしているのか、ときどき水と油のように分離するアフリカ系とインド系の人たちの国民感情は何に基因しているのか、いつになってもきっと分からない、そんなひそかな思いがモチベーションとなった。奴隷制廃止後の年季奉公制で、インド人を中心とする中国・シリア・レバノンなど多くのアジア人がカリブ海地域へ渡った。とくに印象的なのは、一九四七年のインドの独立とともに政府のお達しで、当時海外に在住していたインド人ディアスポラが帰国できなくなった、ということだ。同じアジア大陸にあって中国とともに詩のオリジンと意識されてきたインドにわたしは、このようにカリブ側から近づいた。

漠として摑めないアフリカとの関係性も気になるが、それにも増して現在の関心事は、トリニダードやガイアナで人口の半分近くを占めるインド系ライターの存在である。それらは両親が東インド出身のサミュエル・セルボン（Samuel Selvon, 1923～94）、および東インドにルーツを持ちトリニダードで生まれ、オックスフォード大を出て英国籍を持つにいたったナイポール（V.S.Naipaul）らの小説家であり、〈カリブのなかのインド〉を探ったガイアナのデイヴィッド・ダビディーン（David Dabydeen）や、ボンベイ生れのインド詩人ラジ・ラオ（R. Raj Rao, 1955～）だが、彼が英国の大学でリサーチした西インド詩に関するエッセイは、一度は手探りしたものの未だ触れ得ていない。所属団体の国際交流インドを推進しながら、デリーを訪ね、その勢いでカリブでキャリアをスタートさせたことが地縁となった下の息子たちが住むロンドン、オックスフォード、コッズウォルズ他に出かけることにしたのも、そんなきっかけからだった。

当地ではイギリスでの初体験を楽しみながら、デレック・ウォルコットの『オデッセイ』がかつて上演されたというストラトフォード・アポン・エイヴォンの複数のシェイクスピア劇場を訪ね、シェイクスピアゆかりのスポットや、結果的には大きな収穫はなかったものの、カリブのカーニバルが行われるノッティング・ヒルの古本屋を漁って歩いた。

＊　＊　＊

先の「柵」のエッセイの終盤（「14 七〇年初頭 もう一つの詩の祭典」）は、——あふれるばかりの（当地の）国際会議の活動は新しい時代の胎動なのか？　何度もその気になって実現しなかった機運は、遠からずふたたび巡ってくるだろう——と結ばれている。三年ごとのACLALS、カラバッシュ・フェスティバル、ジャマイカの西インド諸島大学本校を会場とするACSクロスロード08、セントルシアで行われたノーベル賞週間などが言及されている。しかし「機運」とは、何もなさないまま巡ってくるものではないにちがいない。こちらがカリブへの好奇心と探求心をちょっと横においていた間、その海域はわたしからは距離を置いて静まっていた。ふたたび読書を始め、古い糸をたぐり寄せると、カリブとの細いパイプにはまた血が流れはじめた。右のカラバッシュとは、グレープフルーツを大きくしたような形やひょうたんを楕円形にしたような大きなナッツをつける大木で、ジャマイカではどこでもよく見受けられる。二つ割りにしてよくコップなどの容器に使うのだと聞いた。

長野県の田中康夫元知事が手をあげて信州飯縄高原を舞台にした講演会や演奏会で構成する三日間の「山でカリブる」カリブ・フェスタが、二〇〇二年に行われた。わたしはその情報を、はからずもカーニバルに遭遇したトリニダードの日本大使館で聞いたが、その時からちょうど干支が一回り（今回の出版からは二回り）したことになる。本年二〇一四年は、旧英領カリブ諸国を中心にカリブ海域の十四ヵ国一地域が加わっているカリコム（Caribbean Community）諸国との事務レベルの協議開始二〇年、ジャマイカとトリニダード・トバゴとの国交樹立五十周年を記念する日・カリブ交流年だ。

詩界でも（一社）日本詩人クラブが、カリブの知性が集まる西インド諸島大学三校の内、ジャマイカの首都キングストン東部にある本校から英文学名誉教授・詩人・文芸評論家・ノーベル賞桂冠詩人デレック・ウォルコットの研究・紹介の第一人者エドワード・ボゥ氏をお招きして講演会「英語圏カリブの詩——原動力となる文化の力」と、カリブが産んだスティールパンの演奏、在日カリビアン詩人たちの朗読が行われる。専修大学人文研も相乗りしたこれら一連の行事にわたしたちは「文化の復興力——その逆転のダイナミズム」という総合タイトルをつけた。

四世紀にわたる過酷な奴隷制の歴史を通し、アフリカから拉致されてきた人々は、自分の故郷や文化、自分への尊厳もアイデンティティも失った。しかし何もないところから出発した〈誰でもない〉カリビアンが故郷や文化を再発見・再創造したのは、人間の内に秘められている文化力だった。そのような意識と歴史認識は彼らの文芸に、レゲエやカリプソを生んだ文化に、廃物を再利用して創ったスティールパンという民族楽器に如実に表れる。カリブの負の遺産から発せられるメッセージ性は、乗り越えるのに困難な現実の壁が厚いほど、内実を伴って作用するにちがいない。

事業の組み立て方を探っている間、知り合いを通して西インド諸島大学の英文学部とつながり、複数の詩人教授を紹介された。カリブの知識人たちはアメリカナイズされているのか、英国ナイズされているのか、お会いしたことのない何者か分からない東洋の一介のわたしにたいへん洗練された応対をしてくださり、シャープな現代性と重層的な精神性の厚みを感じたことが多々あった。来日するE・ボゥ氏には①ヨーロッパ↓（カナリア海流で繊維製品・武器など）↓②西アフリカ↓（南赤道海流で黒い積み荷＝奴隷）↓③西インド諸島など↓（メキシコ湾流および北大西洋流で白い積み荷＝砂糖・綿花）↓ヨーロッパという三角貿易（奴隷貿易）のうち、②の大西洋を横断する中間航路を描いたすぐれた作品がある。

ときに話の途中で――中間航路で溺死したアフリカ人に

ときに物語りのさなか
家の外で何かが動く
風のようだが　風ではない
語り部は　みんなが気づかないほどかすかな
戸惑いを見せ　子供たちは息を詰めて

たがいの顔を見つめあう
老人たちは呟く　トゥサンが過ぎていくと
（中略）
だが　その音には何かがこもっている
深い水の　塩辛い水の　海がある
海の床で寝返りを打つ
溺れて死んだアフリカ人の寝息がこもる
（中略）
しかし死者たちの魂は今なお　海原の森の小径を
往きつ戻りつ　それでも連綿と続く潮の流れで
われわれを結びつける　それは開かれた回路
疲れを知らないメッセンジャー
失われたアトランティスの漆黒の王子たち
海からはいあがってきた黒人たちの力だ

文中のトゥサンとは、歴史上初めての黒人奴隷による宗主国からの独立運動を推進したハイチ革命の指導者トゥサン・ルーヴェルチュール。四十五歳まで奴隷だったダホメ王の末裔であるその人の背中には黒人法典でも合法化された鞭打ち百回の刑の跡が残っていたという。ナポレオン軍を破り（実際はナポレオンが派遣した義弟・ルクレール率いる三・五万の遠征軍だった）、血で血を洗う闘いの末に一時は国を統治するも捕らえられ、パリで処刑された。が、後を引き継いだデサリーヌが世界初の黒人共和国を築いた。アメリカ独立のわずか三〇年後のことだ。Ｅ・ボゥ氏のこの詩は一九八八年刊行の第一詩集『熱帯雨林の話』に収められ、日本招聘の前年の二〇一三年に出版された新・選詩集『黒い砂』にも再掲された。

詩篇の最終連には「……死者たちの魂は今なお　海原の森の小径を往きつ戻りつ　それでも連綿と続く潮の流れでわれわれを結びつける……」という詩句がある。アフリカから引き離されて以来、彼らの幾世紀にもわたる記憶は「海は隔てるもの」「文化の封じ込めを誘うもの」であった。しかし、ボゥ氏は、「〈海〉の絶え間ない流れに重きを置き」、植民地体験のトラウマを、中間航路が生みだした文化的つながりの未来へ向けた再創造という方向へ舵を切る。祖国と自分たちを切り離した残酷な「海洋の道」は、アフリカ・アジア・ヨーロッパとカリブ原産の文化間の、あるいはそれを超越してわれわれを結びつけるのだ。

先述したＡＣＬＡＬＳ（英連邦文学言語研究協会）の第十六回大会は、ウォルコットの生まれ故郷セントルシアで昨年二〇一三年八月初旬、五日間の会期で催された。先に挙げたボゥ氏の詩に出てくる〈連綿と続く潮の流れ〉〈それはわれわれを結びつける開かれた回路〉という主張は、文化と国同士を結ぶものとして大会の、論文提出のテーマとなった。それに続いて、設問の具体例が上げられていた。曰く、〈権力や影響力を持つ世界のどんな国が世界主義的でリベラルな文化交流の対話に悩ましい影を落とすのか?〉〈どの文化的潮流が絶えない潮流となり、どの国の文化的回路が外に向かって開かれているか?〉〈土着の言葉の価値および言語上の遺産とはどんなことか?〉〈文学や言語について学ぶことは、国同士の文化的なつながりを理解するのに、どんな助けとなるか?〉などなどであった。わたしたちは今回の催しを通して、どんな回路を認識・知覚し、そこに関わっていけるのだろうか?

＊　　＊　　＊

本年度の「日本詩人クラブ国際交流二〇一四カリブ」は、台風十九号が近づく十月十一日（土）、それでも一六〇名近い聴衆を集めて催され、好評だった。前述したカリブ・フェスタから十二年目。その当時関わった外務省カリブ室のお一人、NPO団体代表の方も協力・出席してくださった。翌年その方たちとTBSや劇団を巻き込んでウォルコットを招聘しようと実行委員会が立ち上がったが、結局条件が合わずお流れとなった。劇団が歌舞伎バージョンで上演しようとしたシナリオ『オデッセイ』だけは残ったが、今回ウォルコット研究第一人者および横浜在住のパン奏者を迎え、やっと皆さまと広くカリブを共有することができた。

〈カリブ〉と聞くと「カリブの海賊」しか思い浮かばない人もいるから、経済力のある先進国にはない、国力ともなる文化力は今たいへんトレンディだと確信する。

エドワード・ボゥ博士
（長谷川忍氏撮影）

マイケル・マニッシュ

第二部　カリブの余波

——追補版として

1　今なぜ、カリブか？

はじめに

人々の肌の色や顔つきだけではない。魚や鳥の顔も、花々や果物も、海の色も、日本とはおよそ違うカリブ。十五世紀末、黄金の国ジパングをめざしてスペインを出発したコロンブスがアジアのインドと錯覚し、そこで遭遇したカリブ族やアラワク族などの原住民をインディアンと、その新天地を西インド諸島と命名したカリブ[*1]は、ほんとに豊かな自然に恵まれたところだ。そしてそこはまた五大陸の異質な文化がドラマチックに出会い、ハイブリッドな文化を生成してきた、世界でも他に例をみない地域である。

関東平野をつっきる経度百四十度の真反対は、カナダのトロント・米国のマイアミの近くを、それからカリブ海に浮かぶキューバやジャマイカ沖を通る。日頃、太平洋の向こうに北アメリカを、アジア大陸の向こうにヨーロッパを感じている視点を少しずらし、大西洋を中心に世界地図を展開してみると、十五世紀以来その覇権を思うままにふるってきたヨーロッパ列強とアフリカとの関係が、十九世紀の終わりごろに端を発して裏庭化をすすめるアメリカとカリブ諸国との距離が、思うより近いことに気づかされる。

十五世紀半ばから十九世紀にかけてスペイン・ポルトガル、それからフランス・イギリス・オランダが領有した土地には、主にプランテーションの労働力として千二百万とも二千万ともいわれるアフリカ人奴隷が連れてこられたが、その数は「ゲルマン民族の大移動」よりはるかに大規模だったといわれている。奴隷市場の中心になったのは南大西洋につきでるように位置する西アフリカだった。そこで競売にかけられ、持ち主が決まると焼き印を押され、天井の低い船倉に二人一組で鎖につながれて、屎尿の処理もままならないまま病気のはびこる船で運ばれた地獄の航海。そのときのカリブへの中間航路は、メキシコ湾に、米国・ルイジアナ州のニューオーリンズのあるミシシッピ河口域につながっている。

多いときには航海の途上で四分の一の奴隷が死んだというが、なんとか生きのびて上陸しても、待っていたのはただ過酷な労働と厳しい拘束。私有も外出も許されず、約百六十円にあたる一シリングを盗むと死刑、という罰則もあったというのだ。

十九世紀半ばになって奴隷貿易は廃止されたが、そのかわりにインドや中国・シリアやレバノンから奴隷同様の厳しい年季奉公のために連れてこられた大勢の人たちがいた。西インド諸島南端のトリニダード・トバゴや南米アマゾン北部のガイアナやスリナムでは、このようなインド系住民がアフリカ系と拮抗するほど多い。世界各国に離散していたインド人は、本国の独立時、それぞれの土地を離れないよう母国から勧告されたが、彼らもそのときから故郷喪失者《ディアスポラ》となったのである。

奴隷制が禁止されても、彼らが独立を勝ち取るには二十世紀後半を待たなければならなかった。その時期は世界史的にみれば、米ソ冷戦が終わりをつげ、周辺諸国の共産化の脅威が薄れたことで、米国の外交政策が軍事独裁政権を「反共の砦」として支援することから反転して民主的な親米政権を樹立させようとする方向に変わった時期と重なっている。カリブ海地域にはいまだ植民地の国も多いし、なんとか独立したにしても、多くの国はその時からまだ半世紀どころか四半世紀しか経っていない。

例外的なのはかつてナポレオン軍を撃墜して世界初の黒人共和国を築いたハイチだが、今では西半球一の貧乏国として貧困と政治腐敗にあえいでいる。二〇〇四年の年明けには、独立二百年を祝うはずだったのに、九〇年、軍事政権にかわる初めての民主選挙で選ばれたアリステッド大統領はさまざまな曲折を経て国外追放となり、アメリカの軍事介入もあって血腥かった。国外の力にあやつられて国民同士が殺し合う図式は、これまでの困難な歴史を顧みれば、なおのこと哀れに思える。*2

このようにカリブ諸国は、西欧の経済原理の暴力で故郷を失った人たちの子孫が、少数の土着民やヨーロッパ人と混血しながら作った国である。かれらは偏見と搾取の限界状況を生きながら、宗教や*3音楽や踊りや言語文化を通して自らを表現し、必死で喜びを勝ちとろうとした。そんななかから文化の力を国の力としていったところも多い。だとしたら、それはとりもなおさず非暴力の戦いと言えるのだろう。かれらの全身全霊で打ち込むパフォーマンスを見て胸が熱くなるのは、このような無言のメッセージに心動かされるからに他ならない。

わたしがカリブ詩とはじめて出会ったのは、バブルが崩壊して何年も経つのに、日本経済は立ち直るどころかいっそう閉塞感を強めているころだった。テレビや新聞を通してわたしたちは連日、リストラや倒産の事例に接し、続出する自殺者のニュースに、文明とは何なのか、人間の生きる条件とは何かを考えさせられた。「世界から見ればそれでも日本は豊かだ」と言われた金融破綻は個人的にもきわめて身近な事件だったが、そんなときに触れたカリブの息吹と、その後現地で経験した彼らの人間賛歌は、〈目からうろこ〉の出来事だった。

二度目に、カリブの国々を訪れたのはイラク戦争勃発前夜。大国の裏庭であえぐ弱小国の暗い表情や、それとは反対に、ローカルな土地が生みおとしたアイデンティティの中に、活き活きとして本源的な人間の声を聞いた。

カリブにはオラル・トラディションと言われる口承文芸の伝統がある。奴隷の歌や労働歌から始まり、レゲエやカリプソなどのポップな歌い語りを生んだのもこの土地であった。アフリカに起源をもつ豊富な民話や語りは、文字と疎遠なひとびとをも熱狂させながら、常に民衆とともにあった。――グローバリズムが超大国の理論で推し進められるとどうなるか、先ごろ目の当たりにしたばかりだが、その事実に照らしても、真のグローバル化はローカリズムのアイデンティティに支えられなければならないという考えは、今もっともトレンディに思える。

＊1　カリブとは、原住民を野蛮な人種だと勘違いしたスペイン人が、人食い人種を表わすCan-ni-balから名づけたのが語源だが、かれらは逆に虐殺されたり、ヨーロッパ人が運んできた疫病のため、ほとんど死に絶えた。

＊2　佐藤文則『ハイチ　目覚めたカリブの黒人共和国』（凱風社一九九九年発行）に詳しい。他に、岩波フォト・ドキュメンタリー「世界の戦場から」第三回配本―佐藤文則『ハイチ　圧政を生き抜く人びと』がある。（岩波書店二〇〇三年発行）

＊3　ハイチなどカリブの一部で信じられているヴードゥー教は魔教と見なされることもある。が、アフリカからもたらされた原始の宗教は禁じられ、キリスト教を民俗宗教に結びつけた独自のスタイルが生まれた結果だった。言語や文化と同じく、宗教もまたクレオール化しなければならなかった。それは逆境が生み出した新たな自己表出の創出であっただろう。

英語圏カリブのポスト・コロニアル文学

人種が交叉する複雑な歴史をもつだけに、カリブ文学を考えはじめたら、その多義性に圧倒されてしまう。まず、現地の人たちが西インド諸島の文学として認識するこの海域のカテゴリには大きく分けて英・仏・スペイン・オランダ語圏の違いがある。

アフリカから連れてこられた移住者たちは、かつてのそれぞれの宗主国を本国（Mother Land）と呼んだが、それは自分たちのことではなく、自分たちを周縁化してきた支配国のことである。しかも二十世紀、なかでも多くのカリブ諸国が独立を果した四半世紀〜半世紀を過ぎてさえ、この地域の文学が花開いたのは、才能や知性の流出先であり、修練の場でもあるかれらのマザー・ランドであった。そこでは「よそ者」として生きるしかなかったにせよ、本国の出版事情や市場経済はかれらには必要な条件だったのだ。このことがカリブ文学のカテゴリをいっそう複雑なものにしている。

英語圏カリブ文学は、英米文学の領域とこのように重複しながら、マザー・ランドの人々に大きなインパクトを与えてきた。「特に今四半世紀、世界でもっとも新鮮で強烈な作品がつぎつぎに書かれた地域の一つはカリブである」という概念は、かれらの文化を内包している北大西洋圏の人たちにとって、いまや普遍的な認識である。

一九九二年、人口わずか十五万余のセントルシア出身の詩人で劇作家でもあるデレック・ウォルコットがノーベル賞を受賞した。ウォルコットはムラートと呼ばれるヨーロッパ人と混血したブラックだが、アメリカとカリブを往復しつつ、壮大なヨーロッパ的教養を呑みこんだ上で、カリブの方言を含んだ豊富な語彙と強靱な歴史感覚を駆使して風土色の強い作品を書きつづけた。ホメーロスによるギリシャ神話は地中海が舞台だが、同じ多島海のカリブ海を舞台にした作者の現代バージョンの戯曲に登場する『オデッセイ』の主人公は、帰るところのない故郷喪失者であるカリブの男ひとりひとりのことである。カリブで生れたこの詩劇では、ホメーロスにかわって語りの部分を盲目のカリプソ歌手が担っているのも興味深い。代表作の一つに、ダンテの『神曲』の詩法を取り入れて一冊を構成した長篇詩『オメロス』[*4]があるが、そこではまぎれもなく作者自身が現代に生きるホメーロスなのだ。

わが種族は海とともにはじまった
名前もなく　その海は果てしなく
舌の裏には玉小石の転がる音を持ち

星々のあいだに　その位置を定められて

しかし今　わが種族はここにいる
悲しく油状に潤んだレバント人たちの瞳のなかに[*5]
インディアンの土地でひるがえる旗のもとに

わたしは記憶もなく歩きだした
わたしは未来もなく歩きだした
しかしその時を探していた
精神《こころ》がくっきりと水平線で画される[*6]　その時を

（中略）

われわれは鏡の中へ溶けいってしまったのか？
それぞれの魂を背後に置き去りにして
きみ　インド・ベナレスからの金細工師よ
きみ　中国・広東からの石切り工よ
きみ　アフリカ・ベナンからの青銅職人よ

海ワシが岩場で叫びをあげる
そうしてわが種族は出発したのだ　魚鷹《ミサゴ》のような
その　叫びとともに
その　ひどい母音

その「私」という者！（後略）

（『浜辺ぶどう』一九七六年刊より）

右はウォルコットの「名前」という作品で、ウォルコットと双璧をなすバルバドスの詩人エドワード・カマウ・ブラスウェイトへの献詩の形をとっている。目の前の鏡に映るのは自分なのかヨーロッパなのか？　そんな自問から始めなければならなかったのは、支配者の言葉で学び、支配者の言葉で書きはじめた西インド諸島文学者の宿命だったろう。けれど、やがて彼らは自分の言葉で語りはじめる。鷲でも鷹でもないミサゴのひどい音声——と右の詩が表現するハイブリッドな言語《クレオール》は、しかしダイアローグを前提とし、柔軟で闊達で魅力的であった。

何年も前にわたしが手にした数冊のカリブ詩集の中で、物好きにも悪あがきしてみようと思って取り組んだのも、そのような言語で書かれた詩集だった。[*7]原詩集の後に付された語彙集では足りず、おばあさんの故郷が大好きというカリブ系カナダ人や、カリブ親派の英米人の話も大きな頼みとなった。現地で民話の世界そのものの楽しい絵入り辞書[*8]を入手したのは、だいぶ後のことである。

ブラスウェイトはバルバドスの奨学生として英国で学び、ガーナや、カリブの知性が集まる西インド諸島大学で歴史学を教え、長年にわたってジャマイカでクレオール社会生成の研究に関わりつつ、カリブならではの詩の育成につとめた。彼の詩には、クレオールの訛りを意図的に取り入れたものが多いが、それはブラスウェイトに限らない。国によって多くのヴァリエーションを持つこれらの土俗的混淆語が、北大西洋圏においても市民権を得るにつれ、幾多のカリブのライターが詩や戯曲におけるファッショナブルな効果をねらって、標準英語と使い分けて多用するようになった。

ここは白人の土地じゃない

なのに黒人のスラムばかりはあるのさ
人がまともに生きるなんてできない所　　（中略）
おいらはチビのころから　その世界を泳いできた
けど　どこにも港は見えない
船のパイロット・ランプは見つかりゃしない（後略）
（ブラスウェイト「飢餓」[*9] より）

おれとおまえのはざまで　夜は
高波の上下動をくりかえし
朝　おまえの帆船は入港した
帆はゆるみ　ロープが索具を叩いていた

マンゴーの箱や　鶏の駕籠　米
それらが控え壁のように積まれた甲板でおれは見た
思いがけず老い
誇りに耐えないほど疲弊したおまえを

おまえは見た　しぶしぶ埠頭に近づきながら
知ってのとおり頑なで　高慢なおれを
しかしおまえはずっと旅をしてきたのだ

おれのもとに　ふたたび戻ってくるために
大波にも果敢に立ち向かい
擦過音たてて船体は高波を駈けのぼり　（中略）

そしておれは
今では以前にも増して老い
誇りの許さないほど　いっそうぼろぼろに疲れはて
海水の向こうへと　愛をさしのべる
しかしそれは　おまえの手には届かない

（ブラスウェイト「帆船」より）

大陸間を移動しながらも、活動の基盤をカリブに置く先の詩人たちとは違って、移民の子孫としてはじめから欧米のコミュニティの中で生きてきた才能もいるし、生地カリブをテーマとしながら、アメリカあるいはイギリスのライターとして位置づけられている人もいる。わたしたち日本人にとっては、マイナーな地域からのセンセーショナルな発信が、一部をのぞけばある評価が定まった後にならないと受け取れないのは言語の壁を考えれば致し方ないことなのだろうが、少し残念である。

カリブ詩の本格的アンソロジーとしては、ブームが起こった二十年前にイギリスで初版、数ヶ国で発売されたペンギン・ブックス[*10]が普及しているが、「序文」の書出しを概略すると次のようだ――〈このところカリブ文学が今まで以上の注目を得ているのは、この地域の英語文学が二百五十年経ったことを考えれば期を得ていると言える。英語圏の人たちにとってカリブ文学は、そこからの観点がなければわれわれの世界自体が深みを失うといったものだ。カリブのライターたちは、文化・地域・歴史の独自性と南部の視点から、翻訳の必要がない言葉でわれわれにじかに語りかけてくる。またディアスポラ（故郷喪失者）を通して、北部の社会が内包するものに焦点を当ててみせる。かれらは自分たちの社会に語りかけながら、同時に英語圏の世界に広く語りかけてくる〉

　このカリブ詩への言及は、以下のような展開に繋がっている――〈十八世紀の奴隷の歌からはじまるカリブ詩は、口承の流れ、つまりオラル・トラディションから出発した。そのときから今日のパフォーマンス詩人の活動に至るまで、その伝統は純文学の詩文芸と同時進行しながら一つの単位とみなされてきた。ここでは自然発生した口承文化の卓越性にスポットを当て、それらの相互作用について考えてみたい。このことはカリブ詩にとってきわめて今日的で、魅力的な側面なのだ〉

＊4　徳永暢三編・訳『デレック・ウォルコット詩集』（小沢書店　一九九四年発行）他、に詳しい。『オメロス』とは、現代ギリシャ語でホメーロスの意。

＊5　レバントとは、現在のレバノン・シリア・イスラエル地域の古称。その土地のアラブ人もまた、年季奉公のためカリブに流入している。地中海東端のその地も、ウォルコットが活動の舞台とした、特にトリニダード・トバゴも石油産出国である。同行の「eyes」は「I」＝「私」の複数に通じる。

＊6　ウォルコットの詩句は時に難しいが「水平線が出自を明らかにする」（....the horizon underlines their origins--）という詩行が、他の作品にある。

＊7　邦訳『ポール・キーンズ・ダグラス詩集』（書肆　青樹社　二〇〇二年発行）

＊8　『コテス・コテラ』、原語は『Cote-ce Cote-la, Trinidad & Tobago Dictionary』by John Mendes (1986)

＊9　i did swim into dis worl' from a was a small bwoy / .... /summon de nyah bingeh / but non-a dem come など、この詩篇もジャマイカン・パトワで書かれている。標準英語からみれば「方言」なのでお国訛り？

＊10　『 Caribbean Verse in English, edited by Paula Burnett 』(1986, Penguin Books)

もう一つの流れ、オラル・トラディション

困難な歴史のよじれをバネとして、奪われた祖先の文化を再構築するかれらの足どりは、新しいカルチャーの生成の過程をみせて刺激的だが、そんな文学を俯瞰的に眺めようと思ったらもうカリブ史だけでは事足りない。それに移民や出稼ぎでカリブを離れていった人たちは数知れず、それは英語圏カリブの潮流でもあった。

ジャマイカ出身で、矛盾に満ちたそのような社会の諸相を鋭くコミカルな方言詩で表現したオラル・トラディションの担い手の一人ルイーズ・ベネットは、ミス・ルーとして英国ＢＢＣ放送やアメリカ・カナダ・アフリカなどの舞台でも人気を博してきた女流詩人だ。例えば、〈何百といわず何千といわず英国に向かう〉ジャマイカ人を「逆植民地化」という詩で語り、別の詩では「アフリカに還れ、ってどういう意味？」と問いかける。帰るところはもうここしかないという強いメッセージは、マルティニーク（カリブのフランス海外県）の仏語詩人でアフリカ回帰を唱えたエメ・セゼールの後を受けた作家のエドゥアール・グリッサンの考えにも通じながら、西インド諸島のこれからの方向性を示唆している。

なんて島なの！　なんて人たち！
男も　女も　老いも　若きも
さっさとバッグに荷物をつめて
歴史を逆さにしてしまう！

（ルイーズ・ベネット「逆植民地化」より）

あんたのおじいさんのおじいさんのおじいさんの
そのまたおじいさんはアフリカ人でしょ？
でもマティ　あんたのおばあさんのおばあさんのおば
あさんのそのまたおばあさんはイギリス人よね？

それから　父方のおばあさんのおばあさんの
お父さんはユダヤ人じゃぁなかった？
そして母方のおじいさんはフランス人で
「きみはフランス語《フレンチ》を話すか？《パルレ・ヴ？》」ってしゃべるの？
（ルイーズ・ベネット「アフリカに還れ」より）

カリブでも受信されたＢＢＣの人気ラジオ番組「カリブの声」は一九四六年から始まったが、カリブの人たちにとっては創作活動のもっとも重要な媒体として海外での活動のチャンスとなり、移民を決意させ、それをきっかけ西インド諸島の文学は英語圏の人たちに浸透していった。

合衆国では、アフリカ回帰を唱えて（ラスタファリアニズム）レゲエの王様ボブ・マーリーに多大な影響を与えたマーカス・ガーヴェイや、一冊の詩集をたずさえてハーレム・ルネッサンスの一翼を担ったクロード・マッケイが活躍するにおよんで、合衆国はマッカラン法を制定してカリブ地域から来る移民を厳しく取り締まったが、英国の「BBC Caribbean Voices」にさまざまな個性が集まったのはこのような時期である。

その顔ぶれはオラル・トラディションの分野から純文学まで巾ひろく、週一回の番組に誰が登場するかは、当時のカリブの視聴者たちの話題となった。——カリブ発祥のラップであるカリプソ（カリビアン・ラップ・ソングの略）の担い手マイティ・スパロウやチョークダスト。ルイーズ・ベネットとも舞台をともにし、短詩では従来の英詩・方言詩ではアフリカ伝来の語りを現代に生き返らせようとするＰ・Ｋ・ダグラス。米国のラングストン・ヒューズのようにカリブ詩にブルースのリズムを初めて取り入れた詩人・女性運動家で、「カリブの声」放送のきっかけをつくったウナ・マーソン。先述したデレック・ウォルコットやエドワード・カマウ・ブラスウェイト、小説家のＶ・Ｓ・ナイポール。カリビアン・ルネッサンス期といわれた六〇年当時から、さまざまなジャンルでオピニオン・リーダーであったバルバドスの作家ジョージ・ラミング（代表作に『亡命者の喜び』『わが皮膚という名の城のなかで』）……など、例を挙げればいとまがない。

＊　　＊　　＊

おわりに、わたしにとって、音楽や踊りと同じく、言語感覚にのびやかな天賦のひらめきをみせるカリビアンの愛敬の良さや、カリブの海を映した透明な瞳は印象ぶかく忘れられないものの一つだ。

だがおそらくそれ以上に、無力な個人として、ときとして襲ってくる時代の波はぜひ乗り越えられなければならないと思うとき、あるいは、人一人の尊厳はみな同じだという認識で世界を感じるときに、遠いカリブは意外に近くて明確なメタファーとしてわたしに迫ってくる。

2　帰っておいで、私の言葉よ！

カリブ詩とは何か？

ある穏やかな朝　あの人たちは男を絞首刑にした
痛みに付された黒いアポストロフィーのように
降り注ぐ光線と女たちの息遣いのなかに吊るして
石蹴りに興ずる子供たちをしーんと黙らせ
砂糖キビがすこやかに伸びるあいだも
毎朝　男はその場に甘く卑しくぶらさがっていた
あの人たちの語り口は　マシにしてもこんな風だ
それはもう昔のこと　だが今もわれらは
思い出せる　死んだ奴隷の一人や二人……
島の物語にわれらが句読点を打たないかぎり
残忍な死刑宣告の果てに　男はいつも
溜息のようにぶらさがっている（後略）

（デニス・スコット「墓碑銘」、ジャマイカ 1973）

このカテゴリの特性に触れようとして、いきなりショッキングな詩から始めてしまったが、カリブ海域の詩は三百五十年にわたる奴隷制を抜きには語れない。主に西アフリカで奴隷狩りにあい、ヨーロッパ列強のプランテーションの労働力として連れてこられた人は二千万におよぶが、当時の世界人口は現在の一割程度だったらしい。十九世紀半ばには奴隷貿易・奴隷制は禁止されたが、それから一世紀半、彼らの記憶は世代を越えた悪夢となって彼らの中に生きつづける。西インド詩あるいはカリブ詩とは、人間の尊厳および言語や宗教を含む文化のいっさいを剝奪された人たちが「自分とは何か?」「人間とは何か?」「自分はどこに帰属する者なのか?」を問い、アイデンティティを探り、歴史を書きかえながら、黒人性を主体化するネグリチュード運動やアフリカ回帰の思想、およびヨーロッパへの同化と異化を経て、「ここから出発する」ことをテーゼに、自己肯定を伴う新たな文化の創造へと転換していった精神の軌跡である。

　実際、人類の歴史上もっとも大がかりな残虐行為が何世紀にもわたって繰り返された現場が、二十世紀後半に向かって高らかな人間賛歌を奏で、彼らの宗主国（マザー・ランド）をふくめた世界に大きなインパクトと示唆を与える詩の発信地になるとは当時の誰が想像しただろう。

　カリブ海域には三十を超える国と地域があるが、それぞれの共同体から何千マイルも離れた見知らぬ島に連れてこられた人たちは、マザー・ランドの異なる地域ごとに実にさまざまでハイブリッドなクレオール言語を生んだ。アフリカ伝来の口承文学《オラル・トラディション》の流れは、教育の機会を与えられないまま入植者たちとは違う外見を理由に、数々の侮辱行為を受けつつ過酷な労働に従事せざるを得なかった人たちが、自ら喜びをクリエイトしてゆく手段としての歌い語りやリズム・民話・黒人霊歌・民族楽器をも創出した。カリブから世界に広まったレゲエやラップやカリプソも詩文芸とルーツを一にするものであり、カリブでは同じジャンルに並列して認識される。

「アフリカよ　一つになれ／バビロンから権利を取り戻し」と歌うラスタファリアンの歌・「出エジプト記」をもじってザイオンであるアフリカに帰ろうという「エグゾダス」などは、ニューヨークのハーレムで機関紙「ニグロ・ワールド」を発刊したマーカス・ガーヴェイの思想に影響を受けたレゲエの王様ボブ・マーリーの作品だが、一つの思想・宗教運動がその域を超えて民衆と共に生き残った例であり、「No Woman, No Cry」「I Shot the Sheriff」(1974) などは日本でもポピュラーだ。

これら英語圏カリブの潮流の他にも、現フランス海外県のマルティニークでは、一九三〇年代にパリで起こったパン・アフリカニズムを唱えるネグリチュード思想がヨーロッパ的な教養を身につけた黒人詩人たちに影響を与えた。そのバイブルとなったのは、アンドレ・ブルトンに絶賛されたというエメ・セゼールの長編詩『祖国復帰ノート』(1939)、同著『植民地主義論』(1955)、フランツ・ファノンの『黒い皮膚・白い仮面』(1952) 等である。

カリブの民族楽器に関しては、支配者に取り上げられたアフリカ伝来のドラムのかわりに身近な廃物を利用し、ついには石油のドラム缶にチューニングして作ったトリニダード発スティールパンを、世界でも屈指の歴史家・西インド諸島大学学長で（ジャマイカ・モナ校。同大学は三校あり、他の二校はトリニダードとバルバドス）ダンサーでもあるレックス・ネトルフォード氏は「生き残りをかけた闘い」「無から創り上げるリサイクル」「不屈の精神」「再発見や再創造のメタファー」と表現する。

私はその講演を〇二年のカリブ・フェスティバルのときに信州のセミナー・ハウスで聞く機会を得たが、人間愛にあふれた歴史観・ふところの深さを感じる柔軟な視点と語り口は終始聴衆を魅了するものだった。

裏側からの眼差し

ぼくは　日射しに向って足を組み見張っている

さまざまに形を変えるこぶし状の雲が
ここ　伏して無骨なわが島の上に集ってくるのを

その間も　水平線を分けてやってくる蒸気船は
証すのだ——われわれが失われた者であることを
発見されるのはただ
観光用パンフレットの中　熱心な双眼鏡の向こう
ここにいてこそわれわれは幸せだと思いこんでいる
都会を知る異国人たちの青い眼差しの中だけだ

この詩は、コロンブスが初めての西周りの航海で現在のバハマ・キューバ・ハイチ等を発見してからちょうど五百年目の一九九二年にノーベル賞を受賞したデレック・ウォルコットが、十八歳のときの詩「プレリュード」(1948 詩集『緑の夜に——一九四八〜六〇』より)冒頭からの抜粋である。これら西インド諸島(ウエスト・インディーズ)の「インド」とは、スペイン人が新世界を呼称したインディアスが語源で(ブラジルというのはポルトガル人が植民地を一括した呼称)十五世紀のヨーロッパ世界でインドを含むアジア方面を漠然と指した言葉だが、イギリスがアジア大陸の東インドに進出するようになってからは、カリブは西インドとして区別されるようになった。

作品の背景となっているセントルシアは、百年間ほどフランス人が定住した後、十七〜八世紀には英仏間の争奪戦で十四回も領有権が変わり、この詩が書かれた時は海外のリゾート地として期待されるイギリスの領土だった。セントルシアに限らず十五世紀末以来、カリブ海域には〈水平線を分けてやってくる〉米国を含む大国の影が〈さまざまに形を変える雲〉となって落ちたのだ。詩には降り注ぐ太陽と美しい海をカリブのイメージとして単純化する欧米人との視線のずれがアイロニックに表現されている。

この詩が書かれた一九四〇年代は、世界大恐慌と各国の労働運動の影響を受けて、政治への関心がイギリスからの独立を求めるナショナリズムに変わっていく時期にあたる。見逃せないのは、全世界のアフリカ系故郷離散者に影響を与えた重要な二冊の書物が出版されたこと――それらは、フランス革命期の植民地サンドマング（現在のハイチ）の奴隷反乱とナポレオンの侵略戦争を戦い抜いて勝ち取った世界史上初の黒人共和国の誕生（1804）を、カリブの父と言われるC・L・R・ジェームズが描いた『ブラック・ジャコバン』（1938 トリニダード）。それにトリニダード&トバゴの独立運動を指導し、初代から没するまでずっと国家元首だったエリック・ウィリアムズの『資本主義と奴隷制』（1944）である。いずれもヨーロッパの周縁でしかなかったカリブという奴隷社会を、緻密にして大胆な分析を通して初めて奴隷の側からの主体化を試み、周縁と中心を逆転させるダイナミズムを盛りこんだ記念すべき著作である。イギリスの産業革命は「奴隷の血と汗の結晶であった」とするウイリアム・テーゼは彼らにとって後年の独立の意志にもつながるもう一つの解放であり、帝国主義に侵された四世紀半のカリブ海域通史を、同じ作者が十八年にわたって書きついだ大冊『コロンブスからカストロまで』（1970）は邦訳（川北稔、2000.9 岩波書店）も出ている話題作である。

さらにカリブ各地で文芸雑誌が創刊されたのも同じ時期、代表的なものにフランク・コリモアによる「ビム」（1942 バルバドス）、「ビーコン」（1939 復刊 トリニダード）、「フォーカス」（1943 ジャマイカ）、A・J・セイモアによる「キック・オーバー・オール」（1945 ガイアナ）などがある。

これ以前はヨーロッパの影響を受けた詩や口承詩の類が散見されるばかりだが、そんな中で際立っているのはクロード・マッケイだ。ジャマイカで初めての方言詩集を編んだ彼はアメリカに移住後、人種差別を目の当たりにし、ハーレム・ルネッサンスの中心的存在となる。「もし我々が死なねばならぬなら／豚の如く殺されてはならぬ／追われ恥辱の檻に囚われて…」（1919）というソネットは、その年北米各地で起きた人種暴動《レッド・サマー》の愛唱歌となり、四〇年代にナチに抗戦しようと議会で呼びかけたチャーチルにも引用された一篇であった。

『亡命者の喜び』他を著したジョージ・ラミングや9・11同時多発テロ直後にノーベル賞を受賞したトリニダード出身イギリス国籍のV・S・ナイポール、互いに双璧をなすウォルコットとバルバドスのカマウ・ブラスウェイト……と数々の作家・詩人が世に出た五〇年代には、第二次大戦後の復興ブームに支えられて、口承詩の一人者ルイーズ・ベネットが詩篇「逆植民地化」で表したように英国への移民が急増した。ジャマイカのウナ・マースンがきっかけを作った英国BBCのラジオ番組「カリブの声」はカリブの詩人の重要な自己表現の場となったが、英国を舞台に花開いたこの時代をブラスウェイトは「カリビアン・ルネッサンス」期と称する。

このような自己の探究と自治・独立の意識の昂まりは五八年、英領カリブ諸島および中米大陸のベリーズ（旧英領ホンジュラス）・南米のガイアナ（旧英領ギアナ）をも含んで一つの国家とみなす西インド連邦成立を可能にした。だが各国の足並みが揃わず、六二年のトリニダード&トバゴおよびジャマイカの独立によって終息してしまう。しかしそれは同一文化圏の意識となり、カリコム（Caribbean Community）という経済圏の形成となって現在に至っている。

もいちど話して　Tell me again
大きい島小さい島　bout de big island an de small island,
金持ちの島・貧乏な島のこと　bout de rich island an de poor island,
われらはどう一つかということを　how all ah we is one,
カリブ共同体はどんな風にやってきて行ったかを　an how Cari-com, an Cari-gone,

……／われらの血はなぜ水より濃いか　an how blood ticker dan water
なぜ兄弟で　姉妹か　an how we is brudder an we is sister,
われらは同じボートでやってきたのだから　cause we come on de same boat,
もいちど話して／……　tell me again ／……
(Paul Keens-Douglas,〝Tell me again〟1979, Keensdee Production より)

と続くアリュージョンに富んだ詩はポール・キーンズ・ダグラスの作品。標準英語ではないどんな現地語が躍動しているか、一例として原文も付記してみた。

HOMEはどこか?

かくして西インド詩とは多くは英語圏カリブを指し、詩の「現代」とは、カリブ諸国が次々に独立を果たした二十世紀後半とも、奴隷のくびきから放たれて自分の言葉で語り始めた一九二〇年代以降とも言える。二つの区分は、奴隷制あるいはその代替えをインド・中国・中東から調達した年期奉公制を通してディアスポラとなった人たちが、自分や故郷をどのように探ってきたか、砂糖生産の呪縛を通した負の遺産をどう捉えたかに重なる。

二十世紀半ば以前は、己の出自と解放への期待をアフリカに求めたのに対し、それ以後に独立の機運が芽生えた頃からは、ルーツを絶たれた多民族は多民族のまま、新生カリブ人として今度は、欧米へ移動する基盤としての多島海をこそ故郷（マザー・ランド）として、繰り返しそこから出発することに決めたのだ。

以上のような背景を持つ詩世界から強いインパクトを感じるのは、民族主義や植民地帝国主義の遺恨はカリブに限らないことに思い至るからである。「私は誰でもない、さもなきゃ 一人で国家だ」というウォルコットの言葉からは、『オリエンタリズム』の著者であり国境を持たない米国籍パレスチナ人だったサイードを思い出す。オリエントの一角・東アジアにもあった植民地主義の落とした影は骨肉ほど近いが、そんな歴史に翻弄されてその地で亡くなり、あるいは生地を失い、戦後を一種の故郷離散者として生きた親世代の遺産とは何だったのか？ 自分の詩の原点もそこと関わりがあると自覚するなら、遠くて異質なカリブとの出会いは単なる偶然ではないのだろう。

実のところ、これを書きながらカリブ詩をどの範囲とすべきか何度も戸惑った。カリブ海に現れる波紋のようにいくつもの同心円を描く言語圏・文化圏・人種間の重なりとずれはやはり複雑によじれた歴史の投影である。カリブ海域とはメキシコ湾沿岸を除くすべての島と、中南米（中央アメリカとカリブ海域及び南アメリカ大陸）と境を接する国々を含む地理的用語で、メキシコからパナマに至る中央アメリカ七ヵ国は、独立の歴史からみて異質なベリーズとパナマを除く場合もある。

中南米と同じ地域を、文化圏域を意識し現在の合衆国に相当するアングロ・アメリカに対比して使われるのが、スペイン・ポルトガル・フランスのラテン系ヨーロッパの文化遺産を受け継いでいるラテン・アメリカだ。しかし六〇～八〇年代に中米ユカタン半島のベリーズと南米ガイアナを含め、イギリスの領有を経た十二ヶ国と元オランダ領スリナムがカリブ海域で独立するに及んでカリブの比重が増し、今では「ラテン・アメリカとカリブ海域」という呼び名が通用している。前者がロマンス語系言語を公用語としているのに対し、オランダ語を話すスリナムを除いたカリブ諸国では英語が公用語となっている。なお、現フランス海外県のマルティニークやグアドループも重要な文学の発信源であり、二百年前に初めての黒人共和国としてフランスから独立したハイチの苦渋は多くの課題を含んでいる。（引用部分の訳は谷口、この一文のタイトルはJ・チャンバリンの同名の著書から借用した）

3　裏窓から世界が見える――ハイチ

カリブ、その負の遺産

9・11同時多発テロと奴隷制との関係はあるか?――と言っても「風が吹けば桶屋が儲かる」話ではない。資本主義経済のスタートとなったイギリスの産業革命は、時には利潤率三百%とも言われる奴隷からの幾世紀にもわたる極限的搾取を通した富の蓄積を経て可能となった（『資本主義と奴隷制』1944 エリック・ウィリアムズ、トリニダード）、という逆転の視点を通して見れば、それに続く十八世紀後半から現在に至る怒濤のごとき弱肉強食の世界市場競争の果てにニューヨークの摩天楼は聳えていた、というシナリオはたぶんたやすく描かれる。

「自分の蹠《あしうら》で触れている地球の反対側で生きるひとびとのことを感じられなくなったら自分は病んでいるのだ」と思い定めてきたと言われたのは、時間と空間の縦軸と横軸をできるだけ大きく取った剣法ならぬ詩の〈十文字法〉を武器として、世界をまるごと抱こうとする新川和江氏（1929～2024.8）である。二〇〇七年四月の埼玉詩祭の特別講演「詩の原点…わたしの場合を語る」に耳傾ける私の脳裡にはその時、この足裏につながる北半球の反対側、西アフリカとカリブ海地域の中間航路を往く無数の奴隷船が浮かんでいた。

ギニア湾沿いの奴隷海岸でこの上なく劣悪な拉致に会い、カリブ海の島々やブラジル・南北アメリカの大規模農園に砂糖キビ・コーヒー・タバコ・綿花などを栽培するために連れてこられた奴隷の数は、一千万とも二千万とも、多く見積もれば一億人（二〇〇一年、南ア・ダーバンで開かれた国連反人種主義・差別撤廃世界会議＝ダーバン会議）とも言われる（カリブ・ブラジル七十八％、南北アメリカ二十二％―『福音と社会』西山敏彦）。所属する社会や家族から切り離された地獄の航海、上陸してからの強制労働・虐待・虐殺の様子は筆舌に尽くしがたいが、こんな奴隷制がヨーロッパの新世界発見後、激減した原住民の代替品として四世紀をまたぐ十九世紀半ばまで続いたのだ。

彼らはアフリカ西海岸で奴隷狩りされた後、胸と背に焼き印を押され、二人一組で鎖に繋がれたまま立つこともできない天井の低い船倉に詰めこまれた。屎尿処理のためにバケツが一個ずつ当てがわれたが、二〜三ヵ月におよぶ航海で暴風雨に遭えば、船底に浸水した海水と汚水、血と粘液は混ぜ合わさり疫病が流行った。船主にとって元手のかかる商品は航海の途上で平均でも四分の一、悪くすれば全滅することもあり、死体はあっさり魚の餌食とされたが、自ら海に身を躍らせる者もあった。前述した利潤率には反論があるとしても、そこには貿易品の搬送経費にもかかわらず死亡率が高かったこと、歴史が一方的に支配者の側から書かれてきたという含意がある。

現在では当り前となっている砂糖や木綿製品などの享受が奴隷制を踏み台としていたことを知ると、人間の欲とは何かと戸惑うばかりだ。砂糖は十七世紀中頃は、ごく上流の人しか味わえない贅沢品で、時には国王や貴族の権威を示すものだったが、現在のウェディング・ケーキの風習はその名残だそうだ。しかしイギリスが東インド会社を通じて茶の輸入を増やし奴隷を使った砂糖生産を助長させると、中流市民の〈アフタヌーン・ティー〉の消費は増し、やがて労働者階級のエネルギー源としての〈ティー・ブレイク〉の習慣へと広がっていった。急増した需要に呼応したプランテーション経営は、南米のブラジル・ガイアナ・スリナムやフランス領とスペイン領を含めたカリブ海全域に広がった――。

マイペースで読んでいたカリブ関係を故・斎藤忢氏（1924〜2006）が主催されていた〈風狂の会〉でリポーターを務めるためにまとめ読みしたことがあった。半島からの引揚者二世という観点から私を理解して下さった氏は「なぜカリブか？」と思われたらしい。しかし出生も戦後の来歴も大陸や半島の植民地時代とからんだ縁は長い間、消化するに難しい課題であった。かたやこの半世紀を中心に「自分たちは誰か」「ホームはどこか」を探りながら、幾世代にもわたる負の遺産を絶望とシニシズムを超えて希望と可能性の糧としてきた彼らの精神の軌跡は、誰であろうと何処にいようと共有できる多くの示唆を含んでいた。彼らの熾烈な負の経験は、書き手の想像力に鮮烈で力強いリアリティを与え、自己肯定の願望を伴って詩のなかで蘇る。次は植民地支配へのレジスタンスのために投獄された旧英領ギアナ（現ガイアナ）のマーティン・カーターが牢獄で書いた詩の一部である。

俺は昨日というニグロの囲い場から逃げてきた
迫害者たちの憎しみと
自分自身へのあざけりから逃れて
光の当たらない暗い掘っ立て小屋の苦しみと
さまざまな傷み　それに
長く重ねた残虐な日々と苦痛に満ちた夜からも逃れ
明日の　明日に続く日の　広い街路へと……（後略）
（訳は筆者、以下同）

先の会では散漫に広がった発表の後、「奴隷のことをもっと……」という反応を頂いた。世界的にポスト・コロニアル研究が進む現在、その気になればこの項目に関してもかなりの情報を得ることができる。だが何と言っても衝撃的なのは、中心から周縁へ向う従来の一方向の歴史観を覆す端緒となったカリブ南端トリニダード出身のＣ・Ｌ・Ｒ・ジェームズ『ブラック・ジャコバン―トゥサン＝ルーヴェルチュールとハイチ革命』（1938　邦訳は大村書店 1991, 2002）である。それは従来の研究に加えて各地に残る手書きの古文書や議事録にあたり、公記録局・図書館・商工会議所などをめぐって、奴隷自らが立ち上がり、死闘の末に勝ち取った世界初の黒人共和国・ハイチの独立を詳述した大冊である。

〈……手足につけられた鉄塊、どこに往くにも引きずって歩かなければならない木塊、サトウキビをつまみ食いしないためのブリキ製の仮面、鉄製の首枷……はじめてサンドマングを訪れた者は、笞の音と押し殺した悲鳴、そしてニグロの呻き声で目をさました……ときには百回に及ぶ笞打ちの最中に熱した木片がお尻に押しつけられ、出血している傷口には塩、こしょう、ライム、燃えがら、アロエ、熱い灰などが注がれた。肉体を切断することなど日常茶飯事で、四肢、耳、ときには性器まで切断した……煮えたぎるサトウキビの搾液を頭からぶちまけたり、生きたまま焼いたり、とろ火であぶったり、火薬を身体に詰めてマッチで火をつけたり、首まで生き埋めにして砂糖を塗りたくった顔をハエにむさぼらせたり、奴隷自身の排便を食べさせたり……〉とすさまじいが、仲間が百人いてもたった一人の白人の前で恐れおののいていた奴隷たちが自らを組織し、イギリスの介入をも含めた当時最強のヨーロッパ諸国を打破しうる人民へと変容していった過程は偉大な叙事詩であり、歴史の分析が科学だとすればその実証は芸術である、と著者は述べる。

「老いてますます危険」と言われたジェームズは、その芸術家風な風貌とともに、クリケットやカリプソを含む文学・美術・映画と、あらゆる分野の文化批評をやりこなしながら多くの人を魅了した。イギリス領カリブ諸国が次々と独立したのは、たった半世紀から四半世紀を過ぎたところ。それに比してハイチは〇四年、政治的混迷のなかで二百周年を迎えた。他の仏領カリブのマルティニークやグアドループが現在フランス海外県であることを考えても、ハイチがたどった歴史の特異性がわかる。

ジャマイカの逃亡奴隷でヴードゥーの司祭であったブックマンの反乱（1791）から始まった仏領

サンドマング（旧ハイチ）の黒人蜂起は、四十五歳まで奴隷であったトゥサン＝ルーヴェルチュールの指揮のもとでピークに達し、ついに本国＝フランスは黒人との和解を決意（1794)、国民公会は〈憲法を作成したとき我々は黒人のことまで思い至らなかった。このままでは後世の人々に責めを負う。誤りを正そうではないか〉という発議にそって奴隷制廃止を宣言した。しかし九九年のクーデターでナポレオンが台頭するとトゥサンは逮捕され（1802)、翌年フランスのジュー要塞で獄死する。囚われの身となる直前〈……あなた方はサンドマングの自由という名の樹の幹を倒したにすぎない。やがて再びその根から幹が生長するだろう。自由は今やしっかりと無数の根を下ろしているのだから〉という言葉を残した。同年、イギリスの詩人ワーズワースはトゥサンに捧げる詩を書いている。

トゥサン……汝《な》は諸々の力を残して去った
汝に替わって働く大気の　大地の　空の力を
何気ない風の一呼吸とて汝を忘れることはないだろう
汝はいまや偉大なる同盟者を持っている
汝の盟友は歓喜　苦悶
そして愛　征服されることのないその心だ

トゥサンの言葉通り、彼の部下だったジャン＝ジャック・デサリーヌと反乱軍は、ナポレオン軍を撃墜し、血で血を洗う闘いの末、一八〇四年ハイチはついに独立した。九〇年代に絶大な信任を得て新生ハイチの実権を握ったトゥサンをナポレオンは〈サンドマング遠征は間違いであった。トゥサン＝ルーヴェルチュールを通して統治すべきだった〉と幽閉先のセントヘレナで述懐している。
自由・平等・博愛を唱ったフランス革命の人権宣言には（1789)、所有・安全・圧制への抵抗の権利が付与されていた。彼らは宗主国から受けた苦しみを、自分たちには向けられない教えで跳ね返した。そこには尋常でない逆転のエネルギーが作用していたはずである。最高指揮官のトゥサンでさえ死に至るまでフランス語はろくに話せず、文書を書くときはクレオール語から口述筆記させた。身体中に笞の跡が残る奴隷上がりのデサリーヌは読み書きがまったく出来ず、公文書には鉛筆の跡をなぞった署名が残っている。

このジェームズの不朽の労作は、世界中のアフリカ系ディアスポラに多大な影響を与えた。特に、ジェームズが教鞭を取ったトリニダードのカレッジでは師弟関係で、後にライバルとなったウィリアムズ（1911～81）の『資本主義と奴隷制』（1944）、『コロンブスからカストロまで』（1956）は、邦訳もある話題作だ。ウィリアムズはオックスフォード大卒業後、フェローシップを受けようとして人種差別を経験。それをバネとして自国の人たちと歩むことを決意し、トリニダード&トバゴを独立に導いた（1962）。初代首相となった彼は死ぬまで国家元首だった。

昨年二〇〇六年五月、ユネスコは奴隷の歴史を後世に伝えるためオランダ自治領アルーバやヒスパニオラ島のハイチとドミニカ共和国・キューバに〈奴隷ルートの記憶地〉を特定し、アフリカ系ディアスポラが残したダンス・歌・口承文学・儀式・神話などを含む無形遺産の発掘保存事業を開始した。イギリスでは奴隷貿易禁止二百年（2007.3.25）を記念した式典や彼らの苦しみを追体験する〈鎖の行進〉などの行事が各地で開かれた。前年度のブレア首相の英紙での謝罪につづき、アフリカ諸国支援の委員会も発足した。アメリカではヴァージニア州の定住入植四百周年を契機に、先住民をも含めた迫害に対する反省決議がなされ、各州に拡がっている。だがこれらは「やっと見えてきた明るい兆し」なのだろうか？　そう思うにはカリブ海に浮かぶアンティル諸島（大アンティル諸島・小アンティル諸島・バハマ諸島の三つの群島から成る）と周辺の国々はあまりに他国の思惑に翻弄されてきた。それは独立後も混迷を続けながら現在に至るハイチに顕著である。

独立に際してハイチはフランスから一億五千フランの賠償金を請求された。自給生産に切り替わった後の経済の地盤沈下で、十年の完済予定は七十年に延びた。一九一五年、米国は権益保護を名目に海兵隊を派遣、十九年間の占領を続けた。少数の権力支配層・有色中間階層《ムラート》と多数の貧民層の格差はひらく一方で、支配層は自分たちを守るためアメリカに援助を求めた。そんななか中南米における野蛮行為の無冠の帝王デュバリエ政権は誕生した。三十年間の〈パパ・ドック〉〈ベベ・ドック〉父子二代の軍事独裁政権時代には〈トントン・マクート〉という秘密警察が反対派をしらみ潰しにした。隣国キューバにカストロ政権が樹立すると、米国はハイチ政府に秘密裡に武器を与えるなどの支援を行い、カリブを反共の砦として裏庭化しようとした。独裁政権に代わって解放の神学を唱え、初の民主選挙で大統領となったアリステッドは、米国が裏関与する軍部のクーデターで八ヵ月で失脚して米国に亡命。一時はアリステッド主義を骨抜きにした条件下で復権もしたが、〇四年二月末に米国が後押しした暫定政権に取って替わってからは南アフリカへ国外退去となり、元支持派は武装ギャング化した。

私たちのハイチ体験二〇〇六

〈詩人の言い分はいつだって正しいのだ
詩人は水平線の、さらに高みを見つめている
未来が詩人の王国なのである……ヴィクトル・ユゴー〉

これは虐殺された作家・ジャーナリストに捧げるクリストフ・シャルルの詩集『ガスネル・レイモン、ジャック・ロシェ他の自由の殉教者たち』(2005) の扉詩である。

モンゴルで九月初旬に開かれる世界詩人会議の流れで来日することになったクリストフ・シャルル氏とは、五ヵ月前からメールのやりとりが始まった。たまたまネット上で見つけた二十代と思われる写真の彼の視線はこの詩の通り、水平線の彼方を見つめていた。混迷を極めるあの国では、現実のはるか彼方を夢みる力に恵まれなければ、詩人であり続けることは難しいにちがいない――とっさに私はそう思った。次に思い浮かんだのは、マイアミ発の飛行機の窓の外に拡がる海の青と島々の緑が、ハイチ上空で急に一面の砂漠色に変わるのを眺めたときのショックと、飛行場を降りたとたん無数のタクシー・ドライバーに囲まれたときの軽い恐怖を伴う困惑だった。「ブッシュ・プッシュ・ウォーBush Pushes War」という文字が新聞に躍る〇三年三月のことである。

……(前略)
失業率七十%　ＨＩＶ感染率十五%　電気普及率二十%
国民一人当たりＧＮＰ四万円弱　インフラ整備劣悪
降りたとたん　獲物を狙う目に囲まれる
町を歩けば飢えている目がうったえる
それでも陽気な目はからむ……(中略)
ここ日本に帰ってきて忘れられないのは
サボテン属ラケットの緑と埃まみれの白い大地だ
空から見たどこまでもつらなる禿げ山と尾根道だ
大農園《プランテーション》経営と森林伐採で山々の傾斜地は開かれ
砂漠化した村々にも色彩や歌はあふれ……
わたしたちも二歳の黒いジョシアを抱いて歌った

……黒い子も白い子もみんな愛される約束の歌
（「白いハイチ」部分　谷口）

ここに識字率六十％以上（可動的）、国の半分の富を上院議員らの一％が独占し、という項目をつけ加えてもいい。二十歳から教師・詩人・ジャーナリストの三足の草鞋を履き、高等学校・シュクン出版社・文学芸術クラブ・ジャーナリスト専門学院を設立、ラテン語・英語・哲学・詩学・フランス及びハイチ文学を、ハイチ国大学他で教える五十代半ばのシャルル氏は八十数冊（詩集二十五冊）の出版物を持つ。最近、千五百頁に及ぶ作品を『夢の叙事詩』七巻シリーズとして三巻目を出版した。

その氏には九月十一日、阿佐ヶ谷の「9・11メモリアル 詩のリサイタル五周年」の会場で初めてお会いした。主催は横浜詩人会議で講師をしたこともある在野の哲学詩人・和久内明氏で、詩人会議からは葵生川玲氏のスピーチを皮切りに、葛原りょう・比嘉名進・府川清・古久保和美・美異亜各氏……が聞（効）かせる朗読で参加して下さった。前年度のロス大会でシャルル氏と知り合いモンゴルでも一緒だった森井香衣さんが世界詩人会議について報告、私もカリブを紹介しつつ、ゲストの作品をそれぞれ本人と仏語・日本語の掛け合いで朗読した。楽しめたのは先の詩に登場する（横）浜っ子ジョシアのお母さん・山田カリンが故郷ハイチの歌と踊りを披露してくれたこと。それは9・11をテーマとした主催者の『証の墓標』を朗唱する声と共にその夜のハイライトとなった。

シャルル氏には、若い頃から興味を持ち、十年前に『美しい日本の詩歌』としてまとめた二冊目の短歌・俳句集がある。フランス語の品詞に伴う男性・女性形の韻を交互に踏む交韻を採用し、フランス詩法をも取り入れたフォルムと凝縮力には驚いた。存在の不条理・戦争と死やパッションなどの題材を「簡潔な叫び、武術のごとき素早く確実な一撃、合気道、不可視で強烈な不運への反抗…」（序文より）として世界で最も求心的な形式に乗せる作法は日本の伝統とは異質で戸惑いもした。しかし、その点に関する私の問いかけは後に、さらに明確にされた詩論に伴う知性とエスプリで払拭されることになる。

・驚異の舞台装置　あぁ金閣寺に果つ死の美学
　抜き身の刀　美しき狂気　三島タドール
・電光に世界は爆ぜる　おぉ芭蕉！（Oh, God に相当）
　死は御しがたき逃亡　否応なく人を彼岸へ運び
・布団の上のピトン《ニシキヘビ》はすごい　鎌首を勃てて

タイトルも、三島《ミシ・マ》タドール（闘牛士《マタドール》三島）広島《ヒロシ・マ》ジック・三島《ミシ・マ》スク（仮面《マスク》の三島）三島《ミシ・マ》カベル（死神《マカベル》三島）などと凝っている。数日後の日本ペンクラブ会議室での少人数の「囲む会」（阿刀田高・関川夏央・白石かずこ・前ハイチ日本大使他）で、通訳と解説にあたられた早大の市川慎一仏文教授は「この差異が面白い」と指摘、世界に進出した短歌の別の可能性を示唆され、後日ハイチの日刊紙『Le Nouvelliste』のオンライン版で作者の意識的な取組みを確認することになった。翌日の百三十名が出席した日本ペンクラブ例会と帰国前日の日本現代詩人会での国際交流を含め、そのページに現れたハイチの視点から、氏の日本での一週間を振り返ってみたい。
〈日本の詩歌はアジア三国を巡る旅の終盤、彼を「日の昇る列島」へいざなった……『美しい日本の詩歌』のシャルルの短歌・俳句は熟考された上での名人芸であり、日本のモデルへ接近すると同時に、違う方向性を持って離れる……彼の創造性は自身の詩的生命力を短歌という型に流し込んだところにある。これはデサリーヌの国、ハイチの短歌なのである〉（『Le Nouvelliste』より抄訳、以下同）
〈九月十一日夕、詩人はかつてのアリステッドの教区サン・ジャン・ボスコでの大虐殺（1988.9.11）

を含む様々な痛ましい9・11を思うこととなった…フランス語圏《フランコフォニー》フェスティバルでデサリーヌ後の北の指導者であった「クリストフ王の悲劇」（エメ・セゼール作）に出演したMs.カリンに出会い、故郷にいるような気分になった……〉

〈翌日は新幹線で京都に行き、神社仏閣・短歌の題材として扱った金閣寺などを訪ねた。シャルルは地下三階まで降りて乗車する東京のメトロにひどく魅了された…〉

〈外務省カリブ室長も出席した日本ペン委員会の翌日は皇居前の東京會舘で盛装した詩人・作家・アーティストとの晩餐会となり、詩人教授は自国の歴史・文学・文化について語ったが、最後は短歌や俳句でも、エロチシズムを含む実存の苦悩の詩でもなく、最近のハイチの選挙の話となった。彼はその行方に期待を抱いている……〉

〈十六日の土曜日は日本現代詩人会に招かれ五十人程を前にハイチ文学の発展と現状について話した。ハイチを何度も訪れた写真家の佐藤文則氏はその間、シタデル（クリストフ王の築いた北の城塞、世界遺産）・田舎の風景・大通りとタプタプ（極彩色の乗り合いバス）等のスライドを上映。その後首都ポルトープランスの巨大スラム街・太陽の街《シテ・ソレイユ》の子供たちに捧げた詩二篇を朗読した。暖かいもてなしを受けながら、心地よい夕べは終った……〉

この一文は〈詩人は魂の歓喜・新しい精神・不朽の夢の叙事詩を創造するために帰ってきた〉という行で結ばれている。しかし愛の詩人と呼ばれ、上院議員選挙に立候補も試みた氏の憂いは深い。来日する前年、交友のあった詩人・ジャーナリストでＴＶショウも担当していた四十歳過ぎのジャック・ロシェは誘拐され、舌を抜かれ目を潰される拷問の後に銃殺された。ハイチではその年（2005）三～七月で四百五十人が誘拐され、十ヵ月で七百人が殺されている。

……ほら　これがジャック・ロシェだ

腫れた顔をして　ずたずたに引き裂かれた体で……
倒れているが　すっくと立っている……
今日　ハイチは悲しみに暮れている
だが　いかなる旗も半旗にはなってはいない……
しかし本当はどういうことだ？
夢の旗はうなだれてはいない
詩の旗が　想像力の旗が半旗になることはないだろう
詩はずっと遠くの頂きから溢れでるだろう
夢は最後の瞬間までただよい流れているだろう
光は虚無の上にさえ浮かんでいるだろう

「さようなら《アデュー》ジャック・ロシェ」部分（抄出）　クリストフェレス
（＊クリストフェレスはクリストフのクレオール名）

4　ニュー・ウェーブ発生の現場から

ドラマチックに出会い、強烈なインパクトで様々なことを感じるきっかけとなった民族楽器およびニュー・サウンドについて触れたい。民族音楽とか世界音楽という場合、正統派の音楽に対するローカルで特殊なサウンドという響きを伴うが、正統とはそもそも何なのだろうか？　そこには政治的経済的な力によって描かれる地図が作用してはいないか？　私がここで強調したいのは、草の根ベースから国民の文化として自然発生したサウンドの力強さと、そこから受ける感動の種類である。

コロンブスが発見し、十六世紀末から二十世紀に至るまでヨーロッパ列強が覇権を争ったカリブ海および南北アメリカには、奴隷としてアフリカから連れてこられた千二百万を越える人たちがいた。その数はゲルマン民族の大移動を上回っていたと聞くと、世界史の中でこの史実が意識されてきた度合いは稀薄すぎるのだと思わざるを得ない。逃げ場のない過酷な人生を最大限に生きようと思ったら、行きつくところは、自ら歓びをクリエイトしてゆくこと。何も持たない人たちが、生命体ゆえに備わっているリズムや言葉や身体表現を、自分たちの無二の味方とも抵抗を示す武器ともしたアートが多くの示唆を含み、高いポテンシャルを担い、人々を感動させるというのは容易に想像できる。それらはダンスであり、楽器やリズムであり、民衆を巻き込んだ詩や民話でもあった。

そんな環境から生まれたサウンドがヨーロッパ、特にイギリスやアメリカに影響を与え、世界に広まった例は数多い。ジャズは南北戦争後に解放された黒人によって米・深南部《ディープ・サウス》のニューオーリンズで生み出されたし、二十世紀を席巻したビートルズも黒人音楽の影響を抜いては語れない。サルサはプエルトリコ人によって、レゲエはカリブと通称される西インド諸島ジャマイカのボブ・マーリーらによって、ニューヨークから世界に広まったものだ。

昭和三十年初頭、日本に上陸した「デイ・オー」で始まるカリプソは、ニューヨーク・ハーレム育ちのハリー・ベラフォンテが母の故郷ジャマイカの労働歌「バナナ・ボート」を元歌とし、同じく西インド諸島南端のトリニダード発祥のサウンドに乗せたものだった。

アフリカの多様なエスニックに出自を持つ伝統が剝奪された後、彼らの文化的記憶をベースに支配者の持つヨーロッパ系ともブレンドさせて再構築された文化。詩に重きを置くレゲエやカリプソが、アフリカ回帰《ラスタファリアニズム》や体制批判などのメッセージ性の強いものであったことは自然の成行きだろう。

二〇〇二年二月のある日、私は世界の三大カーニバルの一つであるトリニダードのカーニバル会場サヴァンナにいた。滞在初日は石油のドラム缶で作った民族楽器スティールパンの国のあげてのファイナル競技会。アフリカン・ドラムを支配者によって取り上げられた彼らが廃物利用で生み出したサウンドは驚くくらい美しい。一チーム百人二百個のドラムが舞台に上がりオーケストラ顔負けの曲想を競うパノラマ・ナイトは夕方から始まり、終わるのは午前二時という体力戦。翌日はメイン・イベントのディマンシュ・グラ。あっと驚くマスカレードおよびパン・バンドの上位入賞者の発表会と、カリプソのファイナル戦。会場はまるで音と光りと色彩の氾濫、というよりむしろ反乱だが、それは真夜中を過ぎる終演を待って明け方まで、闇夜に生きる者たちに扮装した人々が奇怪な音を立てて町を占拠するジュヴェに引き継がれる。寝ない夜が明ければ、老いも若きも観光客も総出といった観の二日続きのパレードである。

町中がソカのリズムに揺れるこの国に降りたって、昼夜を問わない一大ページェントにまみれた後は何かが変わった。ニュー・ウェーブの音楽にはあまり馴染めなかった先進国育ちの私が、言葉や身体表現を伴って自らを解放していく音のルーツで、自分の内部にも眠る新たな音《ニュー・サウンド》の領域に出会ったことかもしれない。本場と言うより「現場」、リスナーというより「響き合い共に生きる」ものとして。

帰国して一ヵ月後に行くことになったルイジアナ州ニューオーリンズでも、土臭い生命力にじかに触れる音楽を求めて歩いた。ミシシッピ河を行くゴスペル・クルーズを味わった夜は、ドリンク一杯でライブハウスをハシゴできるバーボン・ストリートで過ごした。四十八万人のうち三十二万人をアフリカ系アメリカ人が占めるというジャズ発祥のその地は、一年前、未曾有のハリケーン「カトリーナ」で話題になったところだ。そして翌年はハイチとジャマイカへ。危険だという首都キングストンを避けて北部のモンテゴベイに飛び、そこからブルーマウンテンを通って一日ツアーで行ったキングストンへの道には、心惹かれるレゲエ・ライブの看板が溢れていた。

この地域をラテン・アメリカというもう少し広範囲の括りで考えれば、ダンスとともに発達したスペイン系のサウンドや、アンデス文明を背景とした古くからのフォークローレも含まれ、いっそう手に負えないことになる。しかしこの地域で特筆すべきことは、弱者であった故郷喪失者とその子孫たちが、新しい文化生成の過程をも見せながら、閉塞した現代人の底流に潜む磁場に人間讃歌の息吹を吹きこむ文化実践をやり得たということだ。

日本でもレゲエに続き、若者の間でスティールパンの愛好家が増えた時期があった。民音が二〇〇三年と二〇〇五年に十五人編成の「エクソダス」というミニ・スティールパン・オーケストラバンドを呼んで、初回は全国十六ヵ所、二年後には三十一ヵ所で演奏を行ったが、ジャマイカからカリブのトップ校西インド諸島大学名誉教授で詩人・演劇人のE・ボゥ氏を招聘した二〇一四年九月、十月には福島を中心に長野・神奈川・東京……と全国二十一ヵ所でコンサートを行ったと後で知った。人間讃歌の音と巧みな磁場づくりが熱いメッセージを伝える会場に、機会があったら足を運んで欲しい。

ここに身近な一例がある。カリブ発のこの民族楽器は禁止されたアフリカン・ドラムの代わりに石油のドラム缶を廃物利用して作られた打楽器だが、深さが違う八種類の天板にチューニングして創ったアコースティックは、単一の楽器にしてオーケストラ並みの美しい旋律と音の厚みを奏でることができる。ＤＮＡの違いを感じる乗りと観客を乗せる雰囲気づくりは見ものだし、歴史的背景を考えれば涙もの。かつて「地球」のお仲間ほかの何人かをお誘いして数回出かけたことがある。東松山市民文化センターでは珍しく常連を見かけなかったが、さすが目の高いパン・マンたち。白羽の矢を立てた山中真知子さんをラインの先頭に立て、トリニの国旗を振り振り会場を練ったあげく、彼女を舞台に引っ張り上げた。雰囲気作りに一役買って、恥ずかしながら私もその場でツイストを踊った。

5　石原 武「カリブ海文学の呪力」

D・ウォルコット原作／谷口ちかえ訳詩劇『オデッセイ』書評

二〇〇二年二月、谷口ちかえさんから分厚い雑誌が送られてきた。開けると、書簡と〝Carnival-Trinidad & Tobago 2002〟が入っていた。カリブ海の風を存分に吸って、南半球の奔放な饗宴のいきれがまだ醒めやらぬ熱気を、その書簡は伝えていた。

「カリブから二十一日に帰ってきました。――とにかく強烈な印象でした。これまでの人生のなかで一番異質で、インパクトが強かったかもしれません。」と、湿性な日本の情念風土から離れて、スティール・パン（民族楽器）が奏でるカリブのリズムにのって異民族の中に踏みこんでいく興奮に満ちていた。雑誌中のカーニバルのグラビアは、歓喜と官能に噎せかえるほどだった。書簡に新聞のコピーが挟まっていて、これが私の興味を誘った。Look Out For The Annual CARNIVAL TALK TENT（例年の『カーニバル・トーク・テント』にご注目）というのである。カーニバルのイベントの一つとして、言葉とパフォーマンスの芸を競い合うことらしい。その主宰者ミスター・ティム・ティムことP・K・ダグラスの仕事に、谷口ちかえさんは惹かれ、そのオーラル・トラディション（口承詩伝統）の魅力が、後の谷口ちかえさんのカリブ海文学へのエキサイティングな営為を決定づけたようだ。

帰国して、その年の十一月、彼女は『ポール・キーンズ・ダグラス詩集』（書肆 青樹社）を世に問うた。ちかえさんのカーニバル体験、あのスティール・パンのリズムがダイナミックに響く刺激的な仕事であった。カリブ土着のダグラスの言葉の可笑しさと悲哀が奔放に交叉していた。

その『ポール・キーンズ・ダグラス詩集』の解説で、谷口ちかえさんは、カリブ海の風土が生んだ二人のノーベル賞受賞者、V・S・ナイポール（トリニダード）とデレク・ウォルコット（セント・ルシア）について触れていた。オーラル・トラディションの文脈の上で、彼女の心中、大いに期するものがあったのであろう。あれからほぼ五年の歳月が流れ、期待通りに、彼女はこの度、デレク・ウォルコットの大冊『オデッセイ』（国書刊行会）の訳業を完成し、カリブ海文学紹介のフォアランナーとして、颯爽と私たちの前に登場したのである。

カリブ海に浮かぶ小国セント・ルシア出身のデレク・ウォルコットがホメロスの長編叙事詩『オデュッセイア』の原典の受難をほぼたどりながら現代劇として鮮やかに展開した経緯を、谷口ちかえさんは「ヨーロッパ諸国に侵略・植民地化されて自国の歴史を失ったカリブ諸国の歴史観」ゆえと書いているが、それはともかく、この気圏のオーラル・トラディションの現代的成果を、谷口ちかえさんが見過ごすはずがない。ウォルコットの英語文体は比喩や風刺やクレオールなど難渋を極めたと思われるが、彼女は二幕二十場に及ぶ『オデッセイ』の複雑怪奇な会話体をしなやかな日本語に訳出したのである。

ギリシャ原典の語り手はいうまでもなく盲目のホメロスであるが、ウォルコットの『オデッセイ』では盲目のブルース歌手、ビリー・ブルーが物語の扉を開けていく。彼が歌う「プロローグ」を彼女の爽やかな日本語で紹介しよう。

あの男のことを歌おう。その話はわれわれを楽しませてくれるから。
トロイア戦争の後、十年もさまざまな試練と海の嵐を見てきた男だ。

わしは盲目のビリー・ブルー。話の主人公は、海の知恵者オデュッセウス。

海の神は、彼を狂わせ、めちゃくちゃにしようとしたのさ。
あの男のことを語ってくだされ。ムーサよ。数多くの苦難の旅をした男の話を――

こうして、トロイア戦争の深い記憶を汲み上げて幕が開く。戦火の異臭漂う火葬の儀式にオデュッセウスが登場する。そして原典のように故郷イタカに向かって長い十年に及ぶ受難にみちた船旅が始まるのである。その受難につぶさに触れられないが、第八場の設定が刺激的だ。

長い、灰色で空っぽの波止場。はらわたを抜かれた羊の残骸が、ポールにぶらさっている。石油のドラム缶が転がってきて――

カリブ海のトリニダードを連想させる波止場と石油缶の風景だ。あのスティール・パンの狂騒の背後にはきっとこんなおそろしげな風景があるのだろう。ところで舞台は二千年後のギリシャの歴史の廃墟。原典のキュクロプスの暴虐に、灰色の大佐らによる現代の独裁政治を重ねて、思考を奪われて羊として飼われている人々のさまを予見している。見事にスリリングな二重写しの演劇空間である。町は檻の中。現代をさまようオデュッセウスは思わず叫ぶ。「エウリュロコス、私を揺さぶってくれ！この悪夢から目を覚まさせてくれ！」

壮大な詩劇の影さえ踏みえないまま、紙数が尽きた。せめて、盲目の語り手、ビリー・ブルーが歌うエピローグに耳を澄まそう。

海がまだ怒りを鎮めていないその男のことをわたしは歌った。

ふるさとの港に辿り着いた心の歌を、トロイアの後の、ずっと後の世までも。

6　カリブに学ぶ――世界史の窓、そして風穴

先に述べた北米と南アメリカの中間に位置する十三の島とメキシコ半島のベリーズおよび南米北端のガイアナで形成するカリコム諸国間のトップ校・西インド諸島大学ジャマイカ本校の英文学名誉教授で詩人のエドワード・ボゥ博士（1936～2023）を迎え、二〇一四年十月の第二土曜日、（一社）日本詩人クラブ主催「国際交流カリブ２０１４　文化の復興力―その逆転のダイナミズム」が、百六十名近い聴衆を集めて東大駒場を舞台に催された。折しも二〇一四年は日・カリコム二十周年・ジャマイカ&トリニダード・トバゴ国交樹立五十周年に当たり、在日ジャマイカ大使館、日本現代詩人会も後援してくださった。

プログラムはボゥ博士の講演「英語圏カリブの詩――原動力となる文化の力」を中心に、在京ジャマイカ詩人「ライターーズ・ブロック東京」三人とダブ詩人による代表的カリブ詩・自作詩・ダブ詩の朗読、およびトリニダード・トバゴ発祥の石油缶から創った民族楽器スティールパンのチーム演奏が行われ、会場はしばしカリブ一色に染まった。パフォーマンスが板に付いたカリビアンの演技は、体からにじみ出る迫力があり、たいへん評判が良かった。

主催団体のニュースレター「詩界通信」（68号～70号）に事前準備としての小講演や行事の概要と質疑応答を、機関誌「詩界２６２号」にボゥ氏による主講演のテキストが掲載されたが、自身も「この場所11号」「幻竜21号」にそれぞれ「西インド諸島の詩と東インド」「私の源流―日本の植民地主義とカリブ」と題した小文を寄せせつつ、多面的なカリブに多様なアプローチを試みたつもりだが、それ

でも書き切れるものではない。五大陸と複数の言語圏が、近・現代の世界の有り様が交叉するカリブの、ほんの一端に触れ得たにすぎない。未だ稀薄なのが宗主国の言語とクレオールが、口承と紙媒体の文学が拮抗する作品の紹介で、それは将来の課題である。

右のことについてはボゥ博士も講演の中で次のように語られた。〈大西洋を挟んだアフリカ・カリブ間を結ぶ奴隷貿易と、奴隷制廃止後のアジアからの契約労働者の流入によって、カリブでは国ごとに人種の比率が異なりますが、そのバラエティがカリブ諸国とその文化を特徴づけています。こうした多様性は社会集団間の緊張や分裂をもたらしましたが、同時に互いの差異を明確にしつつ創造的な融合を生み出しました。つまり緊張とともに相互に作用する創造的なダイナミズムがカリブ文学を形成したのです〉と。さらにQ＆Aのコーナーでは、これらの相違が互いに相乗効果（シナジー、共働）を発揮してきたカリブの文化は〈世界に何かを教えることができるのではないか〉、世界はカリブから何かを学べるのではないかとするカリブのキラ星たち――デレック・ウォルコット、ジョージ・ラミング、ウィルソン・ハリスらのメッセージを紹介した。ボゥ氏はデレック・ウォルコットの研究・紹介第一人者だが、そのウォルコットは周知の通り、コロンブスの新大陸発見五百年目に長編叙事詩『オメロス』を中心とする〈歴史的な視野に支えられた多文化融合の産物である詩作品〉に対してノーベル賞が授けられた。故郷と自分のアイデンティティを失ったカリビアン一人ひとりを長い冒険旅行をするオデュッセウスに見立て、随所にホメーロスを思わせる盲目のカリプソ歌手セブン・シーズ（七つの海）も登場して話の筋書きを引っ張っていく。だが尊厳もルーツも失って何者でもなくなったカリビアンは、やがてそれらを〈カリブ〉という自分の足元に発見する。それこそが独立して半世紀の、新生カリブの誕生なのだ。

当日のボゥ博士の講演はジャマイカ発のレゲエの王さまボブ・マーリーから始まった。彼の高いクオリティを持つ歌詞が文学としても評価され、学ばれてきたことが英語圏カリブの詩にとっては重要な発展だったとした上で、日本でも耳にするマーリーの「救済の歌―レデンプション・ソング」を紹介した。〈精神的隷属から自分を解放しなさい／精神を自由にできるのは自分しかいない〉と。ヨーロッパの奴隷所有者たちはその非道な行為を、アフリカ黒人は完全にして十分な人間ではなく、野蛮で単なる所有物だと考えたが、この精神の植民地化は物理的な拘束よりもひどかったという解釈に基づくものだ。

先に上げた国際交流カリブの紹介記事に加え、新年に発刊された「洪水第十五号」に、当日出席された森山恵さんと主宰者の池田康氏が、特集「近現代のやちまた」に掛けて〈参加記〉を書かれている。カリブの核心を衝いたエッセイに気をよくして私も「補論を書きますか」というお誘いに乗った。池田氏はその一文で、無血革命と産業革命を果たし、世界中に版図を広げた大英帝国を近代のシンボルと、そこから枝分かれしてアングロ・サクソンの巨大な新大陸の独立国となったアメリカ合衆国を現代のシンボルと捉え、双方の覇権争いの圧力が酷くかかった裏面史が、幾世紀にわたる困難を克服したカリブ諸国の自立的発展、という逆転のドラマに重なると解釈する。

カリブにはこのような分析を現場から詳細に実証し、人々の意識変革のテコとなった二冊の金字塔と言える著作――C・L・R・ジェームズ『ブラック・ジャコバン―トゥサン・ルーヴェルチュールとハイチ革命』(1938)、およびエリック・ウィルアムズ『資本主義と奴隷制』(1944)があることはすでに紹介した。奴隷制の実態と経済理論からカリブを解こうとしたこれらの著作には、地球市民社会を目指してヨーロッパ中心から周辺へと移行する視座とともに、想像を絶する奴隷の過酷な実態がつぶさに描かれている。結果、現在謳歌しているわれわれの資本主義のもたらした物質主義的な生活感覚が何であるかを突きつけられる。大英帝国がいかにパワフルだったかは、旧植民地から独立して今は英連邦（コモンウェルス）となっている国々が全世界五十二ヶ国に及んでいるのを見てもわかる（カリブ諸国やアフリカをはじめ、カナダ・インド・オーストラリア・オセアニア……）。

「洪水」の「国際交流カリブ」に関するエッセイは東京（中日）新聞（2.12）文化欄の小さなコラム〈大波小波〉で「カリブ詩の評価」と題して紹介された。特集のメインページに隠れて地味だったが、記者のアンテナはカリブの現代性をとらえて鋭い。ジャマイカでは二紙が取り上げたとも聞いた。

少し横道に逸れるが、私は今、第152回芥川賞受賞作品『九年前の祈り』を読んでいる。作者の小野正嗣氏は四十代半ば（この項の初出二〇一五年当時）。大分県南の小さな海沿いの村が出身地だ。その因習の深い浦にカナダ人と離婚しハーフの子を連れて戻ってきたシングルマザーを主人公にして、日本の周縁とカナダを交叉させる。「あぁ、新世代にとってはこれが日常感覚か、日本も地方に至るまでボーダレスになってきた」と感じる。作者は比較文化を学んでいた東大大学院時代、フランス本国の作家から仏語圏カリブのクレオール文学に宗旨替えをした。「なんだこれ、……奇妙なことが起こって、（カリブは）まるで僕の田舎の町みたいだ」と。

この小野正嗣VSカリブは、私に大江健三郎VSデレック・ウォルコットを思い出させる。一九九四年、大江健三郎のノーベル賞受賞を記念して読売新聞とNHKが二年前に同賞を受賞したウォルコットを招聘、津田ホール（東京）および甲南女子大（神戸）で「ノーベル賞受賞者を囲む『フォーラム21世紀の創造』」を主催した。その対談で両者は都市と地方の両義性を、周辺的視座の意味を語りあっている。来日して日本の都市化・工業化に驚くウォルコットに大江は作家としての自分は生まれ故郷（愛媛県内子町）が原点だと語り「周辺地方は世界が終わる場所ではない。まさに世界が縺れを解く場所である」というヨシフ・ブロッキーのウォルコット論を通して互いの共通性に触れている。

最後に、そのことに繋がる朗読詩の一つだった口承とページ上の文学の中間を行く詩を紹介したい。

「この詩」　ムタバルカ（Mutabaruka, 当日の朗読は Pernais Morrison）

この詩は／むごい海について語る
海に呑まれた息子を嘆く母たちの岸辺に
船を押し流した海の話だ（中略）
この詩はルムンバ[*1]　ケニヤッタ[*2]　エンクルマ[*3]
ハンニバル　アケナトン[*4]　マルコム[*5]　ガーベイ[*6]
ハイレ・セラシエ[*7]らを名指して呼ぶ
この詩は人種差別　民族差別　ファシズム
ブリクストン[*8]　アトランタのK.K.K.暴動[*9]
ジム・ジョーンズ[*10]について憤り
人間が決めた第一 第二 第三世界の区別に反抗する
この詩はまるで一切合切だ
この詩は偉大な文学の仲間入りはしないし
熱っぽく朗読されることもない
政治家や宗教家に引用されることもない
この詩は自由を求めて燃え上がる（略）
そうだこの詩はドラムだ
アシャンティ族　マウマウ族　イボ族
　ヨルバ族　ニアビンギ族の戦士たち
ウフル[*11]　ウフル　ウフル（後略）

一部を原語で示すと――

dis poem shall call names
names like lumumba kenyatta nkrumah
hannibal akenaton malcolm garvey haile selassie
dis poem is vexed about apartheid racism fascism
the klu klux klan riots in brixton atlanta jim jones
dis poem is revoltin against 1st world 2nd world 3rd world division man made decision
dis poem is like all the rest（中略）
yes dis poem is a drum
ashanti mau mau ibo yoruba nyahbingi warriors
uhuru uhuru

【この詩、注記】

＊1　パトリス・ルムンバ（1925～1961）：コンゴ民主共和国の政治家で独立運動の指導者、初代首相。

＊2　ケニヤッタ（1893～1978）：ケニアの初代首相で初代大統領のジョモ・ケニヤッタ。

＊3　クワメ・エンクルマ（1909～1972）：ガーナ初代大統領、アフリカ独立運動の父と言われる。

＊4　アケナトン：エジプトの初代統治者。

＊5　マルコム（MalcolmX,1925～1965）：米国の黒人公民権運動活動家。

＊6　マーカス・ガーベイ（1887～1940）黒人民族主義の指導者。ジャーナリスト、企業家。世界黒人開発協会アフリカ会連合の創設者。ジャマイカの国民的英雄。アフリカ回帰運動のもっとも重要な提案者。

＊7　ハイレ・セラシエ：エチオピア帝国の最後の黒人皇帝でありラスタファリアン思想の根源となった。彼らはこの皇帝を神とあがめた。

撮影：Mr. Colin Barey

＊8　ブリクストン：ロンドン南部のランベス・ロンドン特別区にある地区で、アフリカ系移民が多く住む。

＊9　K.K.K.＝クー・クラックス・クラン：白人至上主義のアメリカの秘密結社。

＊10　アメリカ出身のキリスト教系オカルト集団の教祖。最後は九百名を超える信者の集団自殺に至る。

＊11　スワヒリ語でfreedom、すなわち「自由」「解放」「自主独立」などの意。アフリカのBlack Uhuru Movementの仲間うちで「ハロー」と同様の、挨拶の言葉でもある。

7　池田　康「国際交流カリブ2014報告」

近現代を政治の視点から見るとどうなるか。

一つの見方としては、近代という時代の政治経済のシンボルが、無血革命と産業革命を果たし、世界中に版図を広げた大英帝国であり、そこから枝分かれしアングロ・サクソンの血脈を主流として保ちながら巨大な新大陸の独立国となったアメリカ合衆国が、現代と呼ばれるべき時代があるとしたらその政治経済面でのシンボルと考えられるのではないか。つまり近代とはイギリスの覇権の時代であり、現代とはアメリカの覇権の時代であると。これはパワーゲームから世界を把握する仕方としてあまりにも現実そのままであり愚直でつまらないとも思われるかもしれないが、ストレートに見ることによって見えてくることもあるだろうと思うのだ。文学の近現代史を考えるにしても、背景に漠然と主要な社会の変化や歴史的事件を想像するのではなく、積極的にイギリスのイメージ、アメリカのイメージを置くと、また異なる像が結ぶのではなかろうか。そして覇権の圧力で生まれる、普段は見えにくい曲面を文学作品がたどるとき、文学史はそのまま世界史の枢要な一部の叙述となる。

十月十一日（土）の午後、東大駒場キャンパスで日本詩人クラブ主催の「国際交流カリブ2014」が開催された。ジャマイカから来日したエドワード・ボゥ氏（西インド諸島大学英文学名誉教授、詩集四冊・評論集五冊がある）の講演「英語圏カリブの詩—原動力となる文化の力」が最重要の柱で、カリブ諸国の詩について、歴史の流れにそって詳細に物語られた。非常に立派な文章と語りで、自信と誇りに裏打ちされた講演の格調の高さにまず感銘を受けた。講演によると、カリブ諸国の歴史には大英帝国の海外進出活動が非常に深くかかわっている。具体的に言えば、植民地経営、そしてアフリカから黒人を連れてきてそこで働かせるという奴隷制度。イギリスの「経営」からいかに独立を勝ち取り、それを克服していくかがカリブ諸国の歴史の主要な流れをなしていると言える。講演からその点にかかわる重要な部分を引用してみる（配布されたパンフレットより）。

「現代のカリブ海域の人々は、ヨーロッパ諸国による植民地化とプランテーションの奴隷制度で始まった歴史の産物です。十五世紀の終わりにクリストファー・コロンブスがスペインの国王と女王のためにインドを、そして金を求めてカリブ海域に到着したときから、その歴史は始まりました。スペイン人がカリブに到着した後、他のヨーロッパの征服者たち、英国・フランス・オランダの人々がやってきました。英語圏カリブの詩は何ヵ国かは他のヨーロッパ列強に植民地化されたことがあったにしろ、最後にはイギリスの植民地になるにいたった国々の詩なのです。これらの英詩は、二十世紀後半にイギリスから独立を勝ち取る前は、ひとまとめに英領西インド諸島の詩として知られていました。」

「イギリス人入植者たちは砂糖きびのプランテーションを通して、カリブの領土を、その産出物を収奪しました。砂糖きびから獲れた砂糖とラム酒は十八世紀と十九世紀のイギリスに多大な富をもたらしました。プランテーションでは、アフリカで捕らえられ、奴隷として売られて大西洋を越えてきたアフリカ人たちが働いていました。現代のカリブの人々は主にはそれら大多数の黒人奴隷と彼らを所有していた少数の白人が一体となった結果です。」

「人種の比率はカリブの国ごとに異なっているものの、このように多数のアフリカ起源の人たちをかかえた、さまざまな人種と民族性のバラエティがカリブ諸国とその文化を特色づけています。こうした多様性は社会集団間の緊張や分裂をもたらしましたが、同時に創造的な融合を生みだし、そのことが相互の違いを明確にしつつカリブ文化というきわだった現象をもたらしたのです。この緊張と分裂は奴隷貿易という非人間的な行為を起源として生まれました。緊張とともに相互に作用する創造的なダイナミズムがカリブの文学を形成したのです。」

近代という時代の政治の面におけるシンボル的存在が大英帝国であり、その裏面史がそのままカリブ諸国の自立的発展の歴史とぴったり重なっているとすると、これはダイレクトに世界の近代史の臍とつながったオートバイオグラフィなのであり、その歴史的運命の凄みはたしかにカリブ詩に接すると言葉の影に感じられる。

ボゥ博士の講演ではさらにカリブ文学の特徴として、言語のクレオール化を説く。英国人は奴隷のアフリカ人たちに英語を押しつけたが、「奴隷たちは構文的にも語彙的にもアフリカ言語の特徴をなす言葉を挿入して、英語をクレオール化していきました」、そしてその混淆は詩を書く過程にもなされ、最初は詩作もヨーロッパ詩の真似から始まり、「抑圧されつつも生きのびたアフリカ文化」「一般民衆および彼らの習俗と叡智」がふんだんに入ってきて、詩としての独自性を強めた。そして単に紙の上に書かれた詩という存在にとどまらず、ステージの上で演じられるコメディや、朗唱されたりライブ音楽の伴奏つきで演奏されたりする「ダブ詩」とも強いつながりをもち、さらにはボブ・マーリーに代表されるようなレゲエ音楽にもつながっていく。「英語圏カリブ詩の何度でも繰り返される際立った特徴は、口承と記述との、パフォーマンスと紙媒体を使った言葉との、果てしない緊張関係と相互作用でした」とボゥ博士は語る。このような独自の生彩を帯びた二十世紀後半のカリブ詩は何冊かのアンソロジーの刊行を通して世界に知られるようになっていく。その中の一冊のタイトルには「ボイスプリント／声紋」という特徴的な言葉が使われており、カリブ詩の面目をよく表している。

ボゥ博士の詩「ときに話の途中で——中間航路で溺死したアフリカ人に」から一部を引用紹介しよう。

ときに物語りのさなかに
家の外で何かが動く
風のようだが　風ではない
語り部は　気づかれないほどかすかに戸惑い
子供たちは息を詰めて　たがいの顔を見つめあう
老人たちは呟く　トゥサンが過ぎていく　と

「トゥサン」とは、ハイチ独立運動指導者で、人類史上唯一成功した奴隷革命で世界初の黒人共和国を生んだ、と註に記されている。

海の底で寝返りを打つ　溺れて死んだアフリカ人の寝息がこもる
そのとき　トゥサンの馬が遠くからやってくる
尻尾を　海を鞭打つように動かしながら……
彼は　旅の終わりを迎えられない人たちとの
秘密の道行きから　軍議からやって来たのだ

「中間航路」とはアフリカから大西洋を渡って奴隷を運ぶ航路、とのことだが、「溺れて死んだアフリカ人」とは文字通りにその旅の過程で死んだ黒人たちばかりではなく、カリブ諸島で虐げられて命を落としていったすべての奴隷の人々のことを指すのだろう。

しかし死者たちの魂は今なお　海原の森の小径を

往きつ戻りつ　それでも連綿と続く潮の流れで
われわれを結びつける　それは開かれた回路
疲れを知らないメッセンジャー
失われたアトランティスの漆黒の王子たち
海からはいあがってきた黒人たちの力だ

自分たちの血染めの歴史の重みを忘れることなく断固として継承しようという意志が強く表れている。以上、断片的な紹介になったが、カリブ詩の奥にある強靭な精神がよくわかる一篇のように思われる。

カリブ詩は大英帝国の海外事業の裏面史を証言することにより、近代という時代のかくれた本性、暗黒面を明らかにする。では大英帝国の「不肖の枝分かれ」であるアメリカ合衆国が現代という時代の政治面でのシンボル的存在をなしているとするなら、これについても、政治の動きに鋭敏なカリブの人々はなんらかの形で詩に反映させているのではなかろうか。カリブは一九六二年に世界を震撼させたキューバ危機の現場であり、革命家チェ・ゲバラが活動したエリアであり、近年注目を集めた反米の雄ベネズエラともごく近い。つねに国際政治の非常にスリリングに緊張する場所であり、今の世代がスポーツや音楽にばかり熱中して政治に関心がないのだとは考えにくい。カリブ詩はいかに「世界の声」に今、参与しようとしているのか、これについても更に知りたいところである。

8　カリブ詩との交流　補論

欧米のポスト・コロニアル研究分野で、日本でも音楽の分野でトレンディな、「英語圏カリブ」との本格的な交流行事が、詩の世界ではおそらく初めて、二〇一四年十月十一日（土）東大駒場で開催された。台風十九号の接近が危ぶまれ、沖縄から参加予定の詩友の空の便が欠航するなどの影響があったが、それでも百六十名近い参加者が集い、インパクトの強い有意義な時間を共有した。参加者は（一社）日本詩人クラブの会員・会友、後援団体の日本現代詩人会会長・理事長・国際交流理事を含む多くの詩人だけでなく、当該年の日カリブ交流年を牽引するジャマイカ大使、日本で英語を教えるカリビアン詩人たち、英語圏ポスト・コロニアルの研究者、ジャマイカ政府観光局代表、元外務省カリブ室の方や二〇〇二年日本でのカリブ・フェスタ当時のＮＰＯ支援団体代表、専修大・東大・一橋大・國學院大の学生たち……と多彩な顔ぶれとなった。この小文の掲載誌（初出）を主宰する池田氏も参加され、カリブの核心に迫るエッセイを読ませていただいた。この小文は二〇〇二年の数年前からカリブにこだわり、右記の事業を担当した筆者の、池田氏とは違う角度からアプローチした補論である。

学生時代に「なんとなくクリスタル」でベストセラー作家となり、「脱ダム」宣言で注目を集めた当時の長野県知事・田中康夫が手を挙げて、二〇〇二年九月の三日間、飯縄高原の裾野にある大座法師池を野外劇場に、近くの施設をセミナー・ハウスとした「山で、カリブる」カリブ・フェスタのメイン・イベントが外務省主催で行われた。当時筆者は「ジャンビィ」「サバクー」という二つのグループでカリブ作品の輪読を行っていて、その一人と近くの戸隠オートキャンプ場から会場に通った。

古代コロセウム状に池に下る山の斜面を観客席とし、水上ステージでは和泉元彌三姉弟出演の狂言・大倉流和太鼓・津軽三味線が、水辺ではハイチのダンス・グループ「アートコ」や海外遠征用に二十人程で結成されたスティールパン・バンド「カリビアン・マジック・オーケストラ」の演奏が行われた。近くのセミナー・ハウスでは世界でも屈指の歴史学者でカリブの知性を集める西インド諸島大学レックス・ネトルフォード学長（1933～2010）が「カリブ地域の創造的多様性」と題する感動的な講演を行い、奴隷制から始まったカリブ史の負の遺産を糧とする新たな文化の生成過程を示した。氏は石油のドラム缶から生まれたトリニダード発の民族楽器のスティールパンを「生き残りをかけた闘い」「無から創り上げるリサイクル」「不屈の精神」「再発見と再創造のメタファー」と称した。

二月または三月の土曜日、現地では一年をかけて全国から勝ち上がってきた六十～百人編成のパンのチームが、夜を徹して準決勝・決勝を競うカーニバル前夜のパノラマ・ナイトがある。それは日曜日のマスカレード、月曜日と火曜日の一般参加もできるパレードと続く一大ページェントの幕開けである。日本でのカリブ・フェスタの情報を聞いたのは、そんなカーニバル最中の、駐トリニダード日本大使館だった。

カリブの困難な歴史的記憶をはじき飛ばすばかりのエネルギーには圧倒されたが、一方、当時の日本はバブル崩壊と長引く不況で自殺者が相次ぎ、出口が見えないまま混迷を極めていた。そんな自国の社会状況に照らしても、アフリカ発の口承文学と混淆した人口に膾炙する詩表現、という環境に照らしても、カリブは日本の閉塞した現状にとっての気付け薬となるに違いない、と思った。

翌年にはTBSや劇団も加わりノーベル賞詩人デレック・ウォルコットを招聘する実行委員会が組織され、各種助成金も下りた。最終段階で条件がかみ合わず委員会は発展的に解散したが、詩団体が中心だったら、また違う展開となっていたのだろう。

当時は独立半世紀の国々が発信するメッセージ性と目から鱗のカリブ体験を、一部なりともみんなで共有できれば良いと願っていたが、再び巡ってきた日カリブ友好年の今年二〇一四年、やっとその願いが実現した。先述した故・西インド諸島大学学長ネトルフォードとキャンパスを同じくした詩人でウォルコットの研究第一人者、同大学英文学名誉教授エドワード・ボゥ博士が来日することになったのだ。当日のボゥ博士のテキスト「英語圏カリブの詩―原動力となる文化の力」は、カリブ詩の核心に立体的に触れていて、挿画の多い冊子および講師の肉声と同時進行する日本語のスクリーンは効果的だった。多出する詩人・研究者・作品の具体的な名は後学のための貴重な資料だ。

レゲエの王様ボブ・マーリー(1945〜1981)から始まった話は、マーリー研究のキャロリン・クーパーや自身すぐれた詩人でもあるクワメ・ドーズ(1962〜)、カリプソ歌詞評論のゴードン・ローラーが紹介された。現在北米ネブラスカ大学で教えるクワメ・ドーズは、ジャマイカ最大級の国際文学祭「カラバッシュ・フェスティバル」の創始者である。英語を共通語とするカリブ共同体＝カリコムに属する国以外にも英語で書くカリブ詩人がいる。仏語圏ハイチのマリレーン・フィリップ・ケトルウェルやプエルトリコのロレッタ・コリン・クロバだが、カリコム諸国の中で唯一英語を母国語としないハイチの特殊な位置づけについては後述したい。

カリブ詩の筆頭に立って存在感を示すセントルシアのデレック・ウォルコット(1930〜2017)は、コロンブスの新大陸発見から五百年目の一九九二年にノーベル賞を受賞した。だが、バルバドスのE・カマウ・ブラスウェイト(1930〜2020)もウォルコットと双璧をなす存在としてカリブでは極めて人気が高い。欧米の伝統を飲み干して幅広く重層的な詩作や演劇活動をするウォルコットに対してブラスウェイトは民衆の側に立ち、アフリカとのつながりを探ってきた。ブラスウェイトの『到着者新世界3部作』にはカリブにおける口承文学とクレオールの面目が躍如としている。先述した読書グループ「サバクー」とはカリブ神話の鳥の神で、ブラスウェイトがアンドリュー・サルキー(1928

〜1995）らと出したジャーナル誌名に由来する。ちなみにもう一つのグループ「ジャンビィ」とはトリニダード語でお化けのこと。ジャンビィ・ツリー、ジャンビィ・バードと形容詞的に使われるが、気にいったのは〈ジャンビィ・ボールルーム＝お化けの踊り場〉という言葉だ。歯のない口や空っぽの冷蔵庫を意味する庶民性に愛嬌がある。

海に囲まれた海洋気候を持つ多くのカリコム諸国と異なり、大陸に所属するのがメキシコ半島のベリーズやアマゾンを後背地とする南米大陸北部のガイアナだが、ガイアナのイアン・マクドナルド（1933〜）やマーク・マクワット（1947〜）の詩は、ウォルコットとブラスウェイトの同名の詩「島々」とは対照的である。

カリブではアフリカ系の人口が圧倒多数を占めるが、奴隷解放後に年季奉公制がとられると、東インドを中心にアジアからも労働力として大勢の人たちがやってきた。トリニダード・トバゴやガイアナではインド系が四十％強を占めるが、後者の代表詩人にデイヴィッド・ダビディーン（1955〜）がいる。英語圏カリブ詩における顕著な近年の傾向は女流詩人の出現だ。ジャマイカのローナ・ゴディソン（1947〜）やオリーヴ・シニア（1941〜）はその代表格である。共に二十世紀初頭に生まれて英詩の伝統を受け継いだジャマイカのフィリップ・シャーロック（1902〜2000）やバルバドスのH・A・ヴォーガン（1901〜1985）を冒頭に現代詩の系譜を描くならば、その最後尾に位置する新世代のホープはアンソロジー『新カリブ詩』（2007）を著したケイ・ミラー（1978〜）だろう。

加えてカリブにはジャマイカのルイーズ・ベネット（1919〜2006）に代表される口承詩の伝統がある。その例としてアンドリュー・サルキーのアンソロジー『ブレイクライト』（1971）に触れつつ、エヴァン・ジョーンズの「バナナマンの唄」やデニス・スコット（1939〜1991）の「時間おじさん」を挙げている。だが二人は、ベネットのような口承詩の担い手というわけではない。講演でもカリブにおける「口承と記述との、パフォーマンスと紙媒体を使った言葉との果てしない緊張関係と相互作用」として触れられていたように、また十八世紀にさかのぼる広範囲のカリブ詩を網羅しているアンソロジーであるペンギン・ブックス『英語圏カリブの詩』(1986 ポーラ・ブルネット)が口承と文学的伝統に二分されていることを疑問視しているように、たえず拮抗する口述と記述はカリブ詩人に内在する多様な可能性として捉えるほうが現実的である。例えばD・スコットの詩から最初に強い印象を受けたのは、以下の「墓碑銘」という奴隷制の記憶を描いた詩であった。(2「帰っておいで、私の言葉よ!」既出)

ある穏やかな朝　あの人たちは男を絞首刑にした
痛みに付された黒いアポストロフィーのように
降り注ぐ光線と女達の息遣いの中に吊るして(中略)
……………
それはもう昔のこと　だが今もわれらは
思い出せる　死んだ奴隷の一人や二人……
島の物語にわれらが句読点を打たないかぎり
残忍な死刑宣告の果てに　男はいつも
溜息のようにぶらさがっている(後略)

ちなみにルイーズ・ベネットことミス・ルーの「逆植民地化」は次のようだ。

なんて愉快な知らせなの　ミス・マティ!
心臓が破裂しそうだわ

ジャマイカ人がイギリスを逆に植民地にしてるだなんて
何百何千の人たちが
田舎から街から／海路で　空路で
イギリスに向かってる

彼らはジャマイカをあぶれた貧乏人
みんながみんな　行く先に夢を描いてる
良い仕事にありついて
本国にずっーと住もうと思ってる

なんて島なの！　なんて人たち！
男も女も　老いも若きも
さっさとバッグに荷物をまとめ
そして歴史をひっくりかえす！
（中略）
あぁ　人生ってなんて奇妙なの！
あぁ　それがどう転ぶかを見ていてごらんよ
ジャマイカンはイギリス人の口からこぼれる
パンを待ち望んで暮らしてる

だって彼らがイギリスに上陸するや

劇は違った役まわりで始まるのよ
仕事にありついて落ち着くものもいる
失業手当で生活していくものもいる（後略）

このベネットの詩（Colonization in Reverse　1966）に出てくるように、西インド諸島の人々は独立後の半世紀余、彼らがマザー・ランドと呼ぶイギリスへ、新天地アメリカやカナダへ移動し、文学もまた越境する。このような潮流が生まれる独立以前、第二次世界大戦中に始まって十五年続いたロンドンＢＢＣ放送の人気番組「カリブの声」（1943～58）も特筆すべき事項だ。西インド諸島の文学的才能を集めて本国と植民地を結んだ番組は、元は第二次世界大戦中、英国陸軍に所属するカリブの兵士と、故郷にいる家族とをつなぐ手段だったらしい。

一九五八年に西インド諸島連邦として独立しようとしたカリブ諸国は、一九六二年にトリニダードとジャマイカの単独独立で頓挫し、一九七三年カリビアンコミュニティ（CARICOM）といういゆるやかな共同体を形成するに至った史実は前にも述べた。ジャマイカのベネットの詩に匹敵するトリニダードのＰ・Ｋ・ダグラス（1942～）は「Tell me again」（「もいちど話して」）でそのあたりを作品化、言い得て妙である――……どのようにわれらは一つか／カリブ共同体《カリコム》はどんなふうに／やってきて去ったか　話してごらん（原文：an how Cari-com《カリコム》 / an Cari-gone, 〝CARIBBEAN VERSE in English〟口承詩の項より）。

講演で触れられたカリブ詩の地図は、汎カリブ的でありながら、少々ジャマイカ寄りだと感じたが、カリブ各国にそれぞれのお国言葉と詩および詩人の基軸があり、その地図は国によって少しずつ違うとしたら、海外へ漂流する言語文化という要素も加えると、そこには汲めど尽きない多様性と豊かさがあることが解る。

講演ではさらに二冊のアンソロジーが紹介された。その一つはアフリカやカリブを専門とする英国人スチュワート・ブラウン（1951～）による『カリブ詩の今』（初版 1984, 第二版 1992）と、ブラウンがボゥ博士と双肩をなすジャマイカのマーヴィン・モリス、ガイアナのゴードン・ローラー（1942）と著した『ボイスプリント：カリブ発の口承詩および関連詩のアンソロジー』である。ボイスプリントという言葉も紙媒体との対峙を示していて面白い。『カリブ詩の今』で注目すべきことは、各詩篇に対して最終部に、六十頁にわたってCXC受験生用の註と質問が付されていることだ。それらは詩を注意深く読むための質問から、想像力をふくらませ詩や他の文章の執筆を促すように導かれている。

ちなみにCXC試験とは、カリブ海諸国おける共通一次に匹敵する。国がいかに若者の詩的感性の育成に意識的かが分かる一例である。

ここに講演で言及されなかったもう一冊を加えたい。フランス・スペイン語圏を含めカリブ全体を俯瞰できるブラウン&マクワット共著の大冊『オックスフォード版 カリブ詩』（The Oxford Book of Caribbean Verse, 2005）だ。ここには元宗主国も言語域も異なる二十余ヶ国二百二十余篇が収められている。冒頭に出てくるのは仏領グアドループのノーベル賞詩人サン・ジョン・ペルス（1887～1975）、ニューヨークのハーレム・ルネッサンスの先導者ジャマイカのクロード・マッケイ（1889～1948）、ハイチのレオン・ラルー（1892～1979）やジャック・ルーマン（1907～1944）、一九三〇年から「BIM」を主宰したバルバドスのフランク・コリモア（1893～1980）、先のヴォーガンやシャーロック、半世紀前に日本でも認識されたキューバのニコラス・ギリェン（1902～1987）、パリでネグリチュード運動を先導した仏領マルティニークのエメ・セゼール（1913～2008）やエドゥアード・グリッサン（1928～2011）。これらの列挙に行数を割くのは、自ら認識の盲点を確認したいためである。

今回のイベントの総合タイトル「文化の復興力─その逆転のダイナミズム」と直に響きあう歴史的転換点はしかし、西半球の最貧国といわれるハイチにあり、奴隷の側から歴史を見直した以下の二冊の著作でもあった。トリニダードのC・L・R・ジェームズ（1901～1989）『ブラック・ジャコバン─トゥサン・ルーヴェルチュールとハイチ革命』と、エリック・ウィリアムズ（1911～1981）『資本主義と奴隷制』である。先の一文で池田氏が引用した「ときに話の途中で」に出てくるトゥサンとは、四十五歳まで奴隷であったダホメ王の末裔でフランス革命の影響を受け、ハイチの奴隷を率いて蜂起したハイチ革命の指導者である。ナポレオン軍をやぶって世界初の黒人共和国を打ち立てたのは、アメリカ独立のわずか三十年足らず後のことだった。ちなみに同じカリブ諸国のグアドループやマルティニークは、現在に至るまでフランスの属領、海外県である。この本には奴隷貿易とプランテーションにおける信じがたい実情がつぶさに描かれていて胸を衝かれる。

もう一冊の『資本主義と奴隷制』は、黒人奴隷の重労働と三角貿易による重商主義が富の蓄積をもたらし、イギリスの産業革命を可能にしたという外因論を実証したもので、西洋史の裏面史として、金字塔となっている。

二〇〇二年の日本でのカリブ・フェスタでは、発展途上国で大量に廃棄物となっているバナナの茎の繊維を日本の伝統和紙の技術で再利用し、それを雇用促進・経済支援・教育資材の提供に役立てようとするプロジェクトが生まれ、ハイチには日本支援の工房ができた。このエッセイの冒頭で触れた田中康夫元知事の脱ダム宣言も、この構想とリンクするものであったはずである。ハイチは長いあいだ、コロンビアで生産されるコカインの、主に北米へ密輸される中継地であり、アメリカの裏庭化の対象にもなってきた。独立後ずっと弱体だったこの国には一九一五年、米国海兵隊が上陸、十九年間の占拠につながった。工房視察を兼ねたハイチ訪問時、三十年間も軍事独裁の恐怖政治を行ってきたデュバリエ父子に替わって、初めての民主選挙で選ばれた元司祭アリステッドの、二期目の政権に反対するデモに遭遇した。翌年この対立は激化し、フランスや米国政府が干渉してアリステッドは中央アフリカに国外退去した。国民一人あたりのGDPが世界平均の十％未満……他、さまざまな困難を抱えるハイチが二〇一〇年に巨大地震に襲われたときは震撼させられた。二〇〇六年に来日し、日本現代詩人会でも日本ペンクラブでも主催行事のゲストだったクリストフ・シャルル氏の出版社も学校も潰れた。この地震による死者は二十二万人と言われるが、総人口は日本の十二分の一以下の国だ。日本が翌年、大震災と津波に襲われたとき、前年のハイチ地震が二重写しとなった。今回の「文化の復興力」にはそんな思いも込められていた。

中間航路をたどって大西洋を横断してきた奴隷はカリブ地域にとどまらない。カリブでは自国のアイデンティティを探るきっかけとなる黒人性は大国アメリカでは人種問題となる。海外の客員教授を歴任したボゥ博士の詩にもそんな題材がいくつもある。その一つは、ミシシッピ大学に二度拒否された後で初めて入学したアフリカ系黒人学生ジェームズ・メレディスのことだが、入学後も校内では暴動が起き連邦軍が派遣され、死者二人が出る事態となった（左記「夜の徘徊者」参照）。一九九九年、自分のアパートの前で胸から取り出した財布を警官に銃と勘違いされ、四人から四十一発の一斉射撃を受け、十九発を打ち込まれて死亡したアマドゥ・ディアーロのことは、「アマドゥの母」という作品になり、自薦詩集『黒い砂』(Black Sand, 2013, Peepal Tree Press Ltd, UK) に収められている。

みんながジェームズ・メレディスにこう訊ねた
どんなふうだったミシシッピ大学の最初の黒人学生というのは
彼は答えた「暗闇の中を歩いているようなものさ
　藪の中で鳥が一羽　パタパタ怯えているように／ぼくはずっとその暗闇を歩いてきた
　その鳥は　四六時中　羽をバタつかせているよ」

第三部　持ち帰った現地通信——トリニダード・トバゴだより

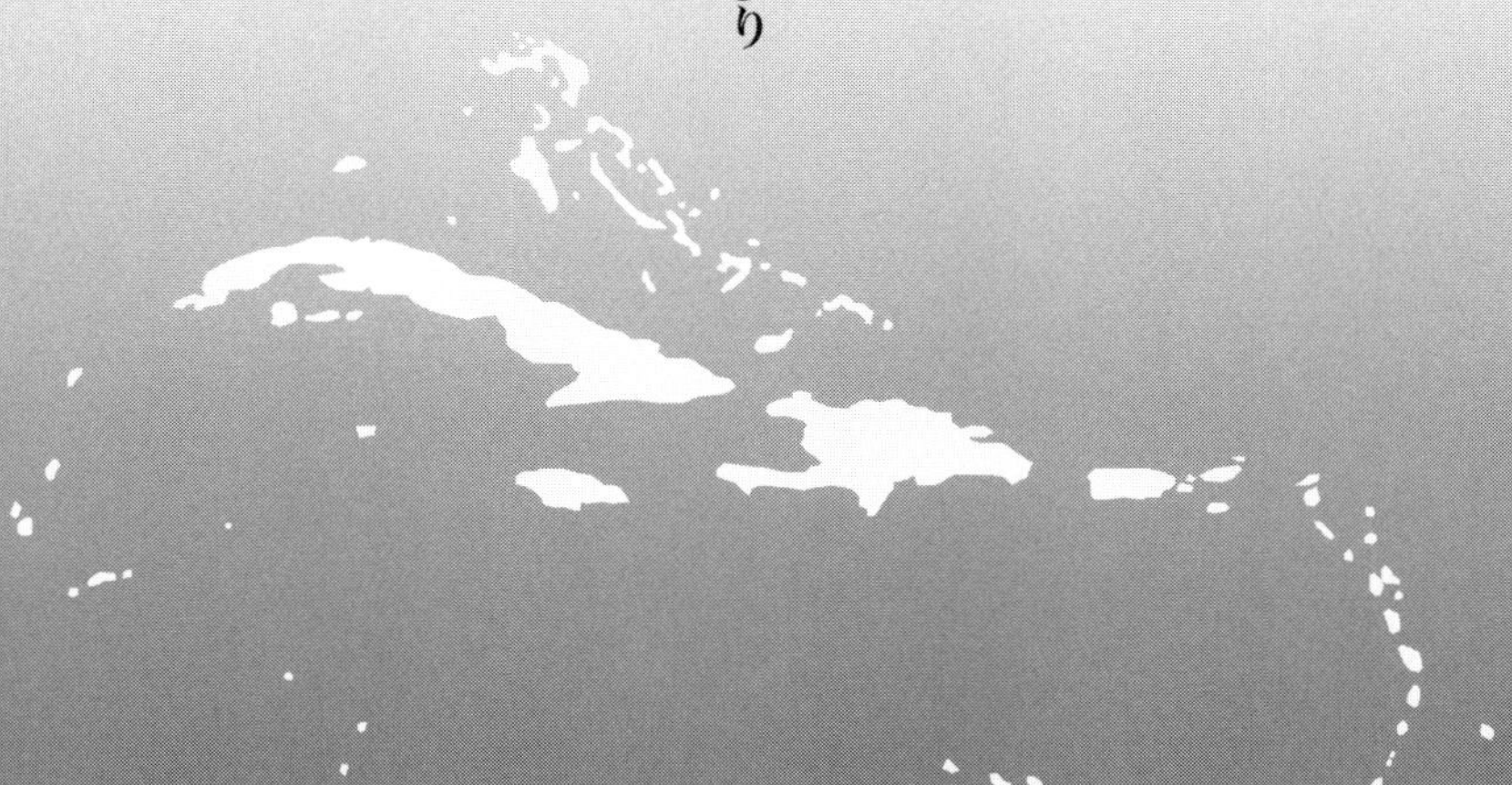

カーニバル、カーニバル２００２

ジャンビィ・バードはお化け鳥

「うぃお〜ん、うぃお〜ん、うぃお〜ん、うぃお〜ん」「こんこんこんこん」

救急車？　救急車が学園町六丁目の角を曲がってやってくる。

ここに倒れているわたしのところへ？　すでにあの世にいるのに、母のため？

それにしても、優雅な音——。不吉なお迎えの音はこんなふうに優雅でなくっちゃ。

一瞬、自分がどこにいるのか分からなくなった。

周りをゆっくり見回して、ここはゲスト・ハウスのベッドの上。二月の寒い日本から見ればほぼ地球の反対側。灼熱のトリニダードの夕方五時近く。カナダのヴァンクーバーとトロントで乗り換えて二十数時間のフライトのあとについた宿でうとうとしてしまったのだ、と認識するのにしばらく時間がかかった。

この世を去るときも、こうやって自分のいる位置も時間もわからなくなるのかなぁ？　わたしの来歴に関する色々なことだって、ただ偶然の寄せ集めかもしれないんだから。心細くもぼんやりしてしまったのは、救急車の音で目覚めたせいかもしれなかった。でも、ほんとに救急車の音？

トリニダード初日の最初に聞いた救急車のサイレンのような音は、ジャンビィ・バード（Jumbie

Bird、正式名はFerruginous Pygmy-Owl)、つまりお化け鳥という言葉と相まって、滞在中わたしの好奇心をときどき刺激した。東インドにルーツを持つ物静かなゲスト・ハウスのオーナーのミセス・ボウラから、あの音は「ふくろう」の鳴き声なのだと知らされても、どうしてもピンとこない。ふくろうは「ほうほう」と通らない声で鳴くと相場が決まっている。派手で奇怪なあんな音声を出せるというのが合点がいかない。それに、もともとは奴隷の言葉でゴーストという意味だったというジャンビィとは、いくら夜の世界に住むとはいっても、ほぉうぅっとしているだけのふくろうには過ぎているというもの。

しかしこの名のつくトリニダード語は他にもいろいろあると後で知った。ジャンビィ・ツリー、モコ・ジャンビィ、ジャンビィ・フィッシュ、ジャンビィ・ボールルームなどなど。例えばジャンビィ・ボールルームというのは空っぽで見るべきほどのものがないことを指し、何も入っていない冷蔵庫や戸棚、歯のない口、禿げなどのことを言うのだそうだ。ミセス・ボウラは、「その鳥は真っ黒なふくろうで、地域で死人が出るとやってくるといわれている」という。

帰国の日まで何度か鳴き声は聞いたのに、ついに姿を見ることのなかったジャンビィ・バードは、民話の宝庫であるこの国の日常こそ、民話そのものだとわたしに思わせた。

一時間乗っても百三十円のマキシ・タクシー

「ふしぎの国のアリス」は、うとうとしたあげく、うさぎを追いかけているうちに突然ふしぎの国に落ちたのだった。わたしの場合は、詩を追いかけているうちに、深くて複雑な歴史をもつ地球の反対側のふしぎの国に、やはり唐突に到着したのだ。

一年前は、わたしがこの瞬間にここにいるなんて想像もできなかった。五年前は、カリブ海の最南端、南米ベネズエラから二十四キロしか離れていないこの島国のことを考えたこともなかった。やはり自分にまつわる時間と空間は自分でもたやすく測れない。

もう夕方だが、どこからかカリプソやソカのリズムが聞こえてくる。千葉県ほどの大きさだと言われるこの国はお祭り気分一色。実質的には、去年のクリスマス過ぎからこの二月に向けてカーニバルは始まっていたらしい。民族楽器スティールパンや仮装、つまりマスカレードのコンペティションが、そのころから全国各地で繰り広げられるからには、グループや個々人の準備はずっと前から始まっていたにちがいない。

まずは小手調べに庶民の足、乗合いのマキシ・タクシーに乗って、首都のポート・オブ・スペインまで行ってみることにした。東京からインターネットで予約した宿は、ポート・オブ・スペインの東方十五キロ余りの幹線道路上にあった。カーニバル期間中は中心地の宿は軒並み五日間のセット料金が組まれ、通常の三〜四倍に、つまり日本の高級ホテル料金並みになる。乗合いタクシーに乗って毎日通えば、いやがおうでも地元の人に触れあい、気取ったホテルの密室にいるより、よほどその土地の空気にふれられるだろう。だがこのマキシ・タクシーに乗りこなすことが先決だと、到着当日の手始めに足馴らしをしてみることにした。

マキシ・タクシーとは十人乗りだが十二人乗せるワゴン車のことだ、車体の帯の色によって路線が決まっていて、四ないし五TTドル（トリニダード&トバゴドル、中心部へは二路線ある）の均一料金。六TTドルが一USドルだから百円前後という安さ。石油産出国でもあり、この相乗りシステムのためにタクシー料金は世界一安いのだという。あっちに行くにはこちら方向、こっちに来るにはあちら方向を向いて立っていると、マキシ・タクシーは列をつらねてやってくる。だがこのあちらこちらが難しい。斜めあちらには、二路線を使ってあちらとこちらで乗り換えなければならない。わたしはトリニダードにいる間じゅう、「どちら？」とそこらの人に聞きまくった。しかし、トリニダードのブラックたちはみんな優しく、「こっちよ」と自分の行きたい方向とは違うのに、親切にも付いてきてくれる人が何人もいた。

乗る前に確かめたのに、運転手の肩越しに「わたし、ポート・オブ・スペインに向かっているのよね！」とまた確かめる。いつも地元の人ばかりが相手の運転手たちは、こちらの気持ちも知らずに軽く受け流し、音量いっぱいにかけたレゲエやソカのリズムに身をゆすっている。指のあいだにはさんだ札束をうまくさばき、できるだけ空席を埋めるよう獲物を狙う目で沿道ぞいの客を拾う。満席になると、今度はポート・オブ・スペインの南玄関に向かって飛ばしに飛ばす。タクシー以外はマイ・カーしか交通手段のないここでは、カーニバル期間中はまたとない稼ぎどきなのだ。しかも時には分解してしまうのではないかと思えるオンボロ車。ニッサンのキャラバンやアーバンを始め、三菱のデリカ、ホンダ、いすず、マツダと日本車ばかりが大手を振って走っている。セダン型のタクシーやマイ・カーも実に日本車が多い。中古なのか中古のパーツを組み合わせた手づくりなのか、こんな風でよくも車検が通るものだと、窓の外の看板が気になりだした。

看板には誇らしく大きな字で「Quality in Japanese Parts, Auto Wreck, Quality in Foreign Used, Van Trays, Inspection」などという字が書いてある――つまり中古か廃車処分された日本車のパーツだから、外国車の中古だから高品質だよ、というわけだ。手づくり車は点検してあげるから大丈夫、と言っているようでもある。実際、「あまり学校に行かない彼らには時間がいっぱいあるから、器用にも自分で自動車を組み立ててしまう」というのも聞いた話だった

自分でドアを開け閉てして乗り込んだマキシ・タクシーには、庶民の味がいっぱいだった。どこかの集会に出かけるのか、めいっぱいおしゃれをした人や、トリニダード人の特徴でしゃべりつづける

人、飛びかかってきそうな迫力のあるひときわ黒い大男や、大きな買い物袋を提げた肝っ玉かあさん、車内で鳴っている音楽に合わせて小躍りしている人やハモっている人、乗客はみんなカーニバルの乗りで体をゆすっている。この小さな箱形のコミュニティでは異色中の異色であるわたしも、そんな光景を眺めていると自然に体がリズムに乗ってくるから不思議なものだ。

マキシ・タクシーと、人気のファミレス＝ロイヤル・キャッスル

最初は緊張していたわたしもしだいに気分もほぐれて、ウオッチングされているのか、しているのか、ぽつぽつと乗客との会話が始まった。「日本から来たんだって！」と驚くもの珍しげな彼らだが、たいていは日本のことを何ら知っているわけではない。彼らの日本への認識は、すごく値段の高い中古の自動車、あるいはそのパーツの生産国、すごいコンピューターも持っている世界のどこか遠い国なのだ。日ごろはほとんど出会うことのない日本人に出会っても、世界のどこでもたくましく生きているチャイニーズとの区別が難しいらしい。それにしても日本の自動車関連各社の、未開発国での健闘ぶりは驚くばかりだ。

カリビアンのヘア・スタイルは世界一

彼らをウオッチングするとき、自然に目がいってしまうのは何と言っても髪型だった。それからもちろん人にもよるが、男も女もすらりと伸びてきゅっとしまった、しなやかな筋肉を感じるプロポーションだ。

カナダはトロントのピアソン空港で、トリニダード行きの飛行機に乗り換えようと第一ターミナルに着いたとたん、わたしの視線は黒い肌をした人たちの思いがけないヘア・スタイルに釘付けになった。日焼けサロンにレゲエ・ヘアー、日本の一部の若者のファッションはカリビアンの真似にちがいない。が、特にカーニバルを直前に控えているせいなのか、彼らのヘア・スタイルへのこだわりとおしゃれ度はその比ではない。何といってもこちらの方は、まがいものではないのだから。

ドレッド・ロックにコーン・ロウ、ブレイドにたくさんビーズをつけた髪から、リボンやカラー・ヘアの編み込みまで、一人一人が個性的で豪華な意匠をこらしている。縁あってわたしが翻訳し始めていたP・K・ダグラスは詩人であり、同時にトーク・ショウが人気の語り手だが、その小話に海岸でひねもす観光客の頭を小さな三つ編みに編むブレイダーのことが書いてあった。このブレイダーは町中でも見かけたが、ブラックの髪はパーマを掛けなければまとまらない日本人と違い、とにかくどちらにでも自在に向いて、そのままじっとしていてくれるらしい。ちなみにこの国の人口比率は、アフリカ系四十一%、インド系四十一%、混血が十六%、白人一%、その他が中国系などとなっている。日本人が珍しいのは当たり前。滞在中に日本大使館を訪れる機会があったが、そこで聞いた話では「在住日本人は二十人くらい。そのうち大使館員とその家族が半数をしめ、自動車メーカーの駐在員二組、中国人と結婚している日本人と、その他にずっとこちらに住んでいる二組くらいのもの」だという。カーニバル中は諸外国からの観光客が多いものの、わたしが二週間のうち出会った日本人はたった十人、NHKハイビジョンのフィルム制作に携わるチームのなかの四人、三人組の女子大生と二人組プラス一人のスティールパンに魅せられた若者のみであった。

マキシ・タクシーの窓から見ていると、ビール瓶のキャップのマークが目印の、口あたりの良い地ビール「カリブ」の広告に並んで、〇〇のユニセックス・サロンという看板が多く目についた。その次は、ケンタッキー・フライド・チキンと張り合っている地元のチェーン店、ロイヤル・キャッスルの広告塔だ。

このユニセックスとは男女両用の美容院のことで、あちらこちらに林立しているところを見ると、男も女も足しげく美容院に通うらしい（二十年前と違い、現在では日本も同じようになってきたが）。この国での散髪は超破格値の百円だとは聞いていたが、あの凝った髪型がいくらでできるのかは聞き損ねた。

「WELCOME TO PORT OF SPAIN!」と書かれた横断幕があるバス・ディーボには三十分足らずで到着した。ここがトリニダードの中心地かと、駅前で荷車《カート》いっぱい紙に包んで売っている軽食のダブルスや、夜店のおもちゃ屋のように屋台のひさしに糸でつるして売っている見たこともない南国のフルーツなど、一つ一つが珍しかった。

「パン・カイソ・モナーク・ファイナル」というスティールパンとカリプソの王座決定戦をやっているサヴァンナに行ってみるだけでいいと思ったが、南の玄関口からはけっこう遠いらしく、けっきょくたどり着けなかった。かわりに近くのイベント会場で素人っぽい市民参加のカリプソコンクールを覗き、未練がましくサヴァンナへのタクシー乗り場を探していると、「一ドル、一ドル」とお金をせびる乞食女《ストリートウーマン》がわたしの後を追ってきた。それを見ていた地元の婦人に「早く宿に帰りなさい。あなたは too brave、勇敢すぎるわね」と言われ、今夜はここまでと逃げ帰った。

ドレッド・ロックと
コーン・ロウ

町中のブレイダー

笑顔の値段は？

バス・ディーボ（ターミナル）から宿近くのファイブ・リバー・ジャンクションを目指したが、まだ距離感が分からない。こんなに長く乗ったかしら、と隣の人に「アルーカはまだ？」と聞いてみる。「着いたら言って」と運転手に念を押す。出かけたときとはなんだかルートも違うようだ。大丈夫よね、と自分に言ってしばらくは夜の通りを眺めている。でも、なんだかおかしい。アルーカを通りこすと似たような名前のアリーマに向かう。えっ、そういえばさっき過ぎたのは目印の青い教会！「通りすぎたんじゃないの？」と運転手に言う。「ううん」と不機嫌に首を横に振る彼。そうしているうちに、「ここ！」と言われて慌てて降りた。でもここ？　ここはどこ？　幸い近くにガス・スタンドがあって、目指すはだいぶ先、歩くと三十分かかると言う。「降ろされた！」と憤慨したが、うるさくて腹立たしかったのは運転手だった？

次のタクシーは満員で賑やかだった。こんどは冷静に注意を払い、一発で決めた。「いくら？」と聞くと二ドルだという。四～五ドルの均一料金だと思っていたから、「安い、ほんとにそれだけでいいの？」と念を押すと、前列の客から声が上がった。「二ドルと笑顔！」なんとニーッと、とびきりの笑顔をプレゼントしていたわたし。

「うまい！」とお返しはしなかったものの、ビッグ・トーカー（特別おしゃべり）のカリビアンはグッド・トーカー（しゃべり上手）だと、笑顔のまんまで帰宅した。

火の鳥で染まる赤い島

ロシアのバレエ音楽「火の鳥」は、ほんとは何という名前なのか、まったく想像上の鳥なのかをわたしは知らない。だが、この国の火の鳥「スカーレット・アイビス」はれっきとした国鳥である。マングローブの湖沼地帯の奥深く、このスカーレット・アイビスが何百、何千と群がって、赤くなる島があるという。トリニダードの二日目は、そのカロニー地方のサンクチュアリに行くツテを探して歩いた。

「うちではスワンプ・ツアーはやっていません」という旅行代理店のデスクは、帰りかけるわたしを呼び止めて、半時間だけ待ったらあなたを案内してくれる人がくる、と言って紹介してくれたのがアンドリューだった。名刺には体験サービス社のディスティネイション・マネージャーと書いてある。――あなたのやりたいことをみんな達成させてあげます、というわけだ。なるほどこんな職業も成り立つのだ。旅行代理店とも違うヴェンチャーを成功させようと、遣り手のアンドリューは意欲的なのだった。値段の折り合いをつけると、カロニーのボートの出発時間までにはまだ間があると、少々勇み足でわたしをあちこち連れ回してくれたが、おかげでこの日もまた滞在中のハイライトの一つとなった。

単独参加のわたしは、カーニバルをドイツから見にきたグループに合流させられた。昨日、パリア湾の上空を飛ぶ飛行機が高度を下げたときに見えた広大なマングローブの森、午後の逆光を受けて光っていた大小無数のスワンプ《沼地》、そのなかを舟はしずしずと進んでいく。舟の進行方向でかさりと音を立て、鋭い鳴き声とともに鳥が飛び立つ。大蛇がとぐろをほどきながら、沼に滑りこんでゆく。マングローブの枝から水中に長くのびた無数の根を、たくさんの小さな蟹がはいあがる。慣れたガイドが「あっち！」「こっち！」とこの森に棲息する蛇や鳥や鰐、小動物や巣のありかを教えてくれても、コンクリートジャングルにばかり目ざとくなった視力はうまく反応してくれない。

そのうちに舟は広い湖に出た。天から落ちてきたようなぼた餅型の島が点在し、ペリカンの仲間のイグレットという白い鳥が、花でも咲いたように緑の島を飾っている。ここで舟を並べて待っていると、やがて空の一角に昼間はベネズエラ方面に餌を探しに行っていた赤い鳥の群が現れ、ぼた餅のような島の一つに舞い降りて、島はだんだん赤くなる。日が傾くにつれ、あちらからもこちらからも無数の鳥が群をなしてテリトリーである巣のある島に帰ってくる。スカーレット・アイビスの羽は、幼鳥のときはグレイでも、成鳥になるにつれて鮮やかな緋色に変わるのだそうだ。

他に例を見ない神秘的な光景を、双眼鏡を持ってくればよかったと悔やみながら、落日の残光の中をわたしたちも、鳥たちに誘われてねぐらへと向かった。

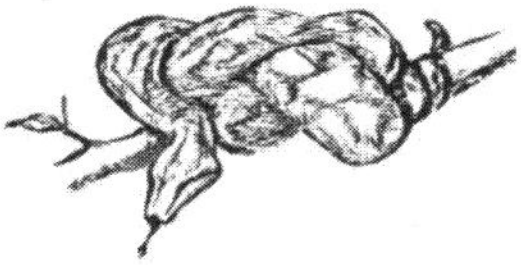

スカーレット・アイビスと、下はマングローブの森をゆくスワンプ・ツアー

カリプソニアンは裸足の王様

「今日は中央公園のサヴァンナで、明後日土曜のパノラマ・ナイトの切符を買って、留守のP・K・ダグラスにもう一度連絡を取って、町を少し見てからカロニーに行くつもりだった」と話すと、「そ

れではそれを全部やりましょう」とアンドリューは言う。

「いいの、いいの。ミスター・ダグラスとは約束できてるし、町の探索も少しずつ自分でやってみるから・・・」というわたしを引っ張って、カーニバルのメイン会場であるサヴァンナに行き、顔パスでさっさとカーニバル委員会に入っていく。有名なカリプソニアンのブラザー・レジスタントにわたしを紹介する。ひょろりと背の高いカリプソ歌手は、屈みこみながら愛想よくわたしに握手を求める。

「うわぁ、どうしよう」と思っているうちに今度は、トリニダードの首都ポート・オブ・スペイン（スペイン統治時代の命名、以下POS）を見下ろす丘の上に住むマイティ・ボンバー（ボマー）の家にやってきた。おんどりや山羊が、海側に向かって斜めにかたむいた庭で、器用に餌をついばんでいる。パリア湾に浮かぶ漁船や海岸沿いの財務省のツイン・タワーと密集した町並み、それにカロニーのスワンプも遠くに見える。景色が傾いて見えるスリリングな細い山道を、バックで戻るしかないのにどんどん入って着いた先は、国立博物館にもその功績が紹介されている歴代のカリプソ王者の一人、ボマーの家だ。半ば隠遁生活をしているように見えていまだ現役の八十代半ばのカリプソニアンは、眠い目をこすりながら裸足にショッキングピンクの短パン姿であらわれた。とまどっていると真っ黄色のタンク・トップをはおりながら、数々の表彰状や優勝盾が飾られた応接間に案内してくれた。といっても庭から一段上がった土間。「うわっ、アフリカだ！」とどきどきしながらサインを求め、とても八十代には見えないつやも風格もある王様と記念写真におさまった。

それにしても歴代のカリプソニアンの芸名はすごい。先の二人は「反逆仲間」「超能力爆弾」とでも言ったらいいのだろうか。「パワフルすずめ」や「カリプソのバラ」などはまだおとなしいが、「吠える獅子」「世界戦争」「巨大破壊力」「超大恐怖」「黒いスターリン」「王位請求」「狙撃手」などと、迫力がありすぎておかしくなる。なかには日本人にも理解しやすい「取るに足らない人物」というのもあった。

アンドリューにしてみれば商談ついでの案内だったのかもしれない。この精悍な小学生のお父さんも、やはりブラック特有の野性的本能の持ち主なのか、軽トラックのきわどいハンドルさばきには舌を巻いた。「あれがあなたのこだわっている民話に出てくるシルクコトン・ツリー?、だと思う。そしてあれが有名なクリケット会場、植民地時代のヨーロッパ建築ストール・メイヤー邸にホワイト・ホール」とやつぎばやに言われても、「えっ?」と振り向いているあいだに通りすぎる。やはり一つ一つ自分の足でたしかめながら歩くに限る。

面白かったのは、ダウンタウンの昔ながらの市場を通ったときだ。露店で売られている五十センチほどの鮫《シャーク》の山、鉄色の甲冑をまとった魚や金色に光る魚、大袋に詰められた豚のしっぽと鳥の指、ダシーンという芋も葉っぱも人気のある食材などが所せましとおかれていて通過するだけではもったいない。後日スーパーを訪ねたが、かわいい鮫は切り身で売られているばかり。姿ごと手にとってみる機会は二度となかった。

ソカのビートに揺れる町

翌金曜日、今度はディマンシュ・グラの切符を買おうとサヴァンナに戻った。このディマンシュ・グラという言葉はフランス語で「太った日曜日」という意味である。世界のカーニバルのことはよく分からないが、アメリカやヨーロッパ、オーストラリアの諸外国では断食を含めた苦行をするカトリックのアッシュ・ウエンズディ《聖灰水曜日・レントの初日》の前、「マルディ・グラ《太った火曜日》」として飲めや歌えの騒ぎをする風習がカーニバルとして定着したらしい。ここではその大騒ぎは日曜日にもう最高潮に達する。しかもディマンシュ・グラの前夜は、国民の誇りスティールパンの王者を夜っぴいて決める競技会、直後はジュヴェールという夜の祭につながっていて、全部参加すれば寝ないままで月曜の朝を迎えることになる。朝が来れば来たで、その日は炎天下のコースを一日歩き、数ヶ所のチェック・ポイントでパフォーマンスをするパレードの日、これが二日間もつづくのだ。ほんとにトリニダードのカーニバルは体力戦で、全部つきあえる代物ではない！ カーニバルが明けてもまだ元気でいるためには、どの辺で切りあげるか、自分との相談が必要である。ただの観客ですらそうなのだから、そこに参加する人々や関係者はさぞかし大変だろうと思うが、彼らは逆にパワー・アップするのかもしれない。

冒頭に書いたPOSのホテルの五日間セット料金とは、二月中か三月初めのある金曜日から、スティールパン・オーケストラの競技会が行われる土曜日を含め、日曜のディマンシュ・グラとパレードの二日間が終わるまでの五日をいう。夕方から始まるメイン・イベントは夜中をすぎても終わらないし、会場はだいたい、このサヴァンナの特設スタジアムとその周辺で、パレードもそこに帰ってきて見せ場をつくるのだから、市内のホテルの鼻息は荒い。

バス・ターミナルの北にある独立広場を抜けると、市の中心ウッドフォード広場まで商店街が続いている。商店の前には屋台や荷車が出て、野菜の顔も果物の顔もちがうから、いちいち足がとまってしまう。すいかは日本の黒部にあるような楕円形が普通だし、ハロウィンのジャック・オ・ランタン用かと思うかぼちゃに限らず、野菜はみんな大きくてとびきり安い。ラ・フランスの形と歯ごたえをしたハイビスカス色のポマラックを四個二TT$（約四十円）で、色も形もじゃがいもに似て梨のようにおいしいサパデラを一つかみ一TT$で買い、町の人を真似て食べながら歩いた。

このポマラックという言葉は、原住民だったアラワク族が残した言葉だと後で知ったが、町歩き一つにしても、どこにこの国を読み解く鍵がひそんでいるか分からない。そんなこともあり、わたしの買い物は「これはな〜に？」というところから始まって、独特にうるさい。「ポム」という答えに、「ポムじゃないでしょう、もっとちゃんとした名前があると思う」と食い下がる。「ポムらむにゅむにゅ……」「え？　もう一回言って！」「ポマらむにゅ」「じゃ、スペルを教えて！」「P、O、M」「えぇ！それじゃやっぱりポムじゃないの？」と売り手にとっては、何がほんとに欲しいのかまぎらわしいに違いない。

　ストリートの角ごとに、八個組の巨大スピーカーが据えられている。そばを通ると鳴りっぱなしのビートがずんずんと体の奥まで響いてくる。ポート・オブ・スペイン全体がライブハウスと化しているのはいつからか、町行く人はディスコにでもいるような気分になって、男も女も腰を振りながら歩いている。その様子がときには、あまりに開放的でぎょっとする。しかもそれはこのPOSに限ったことではない。宿にしているアルーカでもその東方のアリーマでも、途中にあるキュエープやチュナプナでも、この後で向かった六十キロ南のトリニダード第二の都市、サン・フェルナンドでもそれぞれにイベントがあり、町は同じくひっきりなしに鳴っていた。

　ウッドフォード広場はPOSのへそのあたり。西に国会議事堂の文字通り赤いレッド・ハウスがあり、公園の人だかりの真中で口角泡をとばしている政治家らしき人の姿を一度ならず見かけた。国民こぞって大しゃべりが好きな国の代表ともなればもう大変、しゃべりはじめたらもうどうにも止まらない。北には図書館があり、南には立派な英国国教会があり、東側の通りに沿ってみやげもの屋が並んでいる。ショッピングに大して興味のないわたしが興味を持って寄ったのは、スティールパンのミニサイズを売っているみやげ物屋と、実に豊富なひかりものが並んだ生地屋さん。魚でもないのにひかりものと呼びたくなる豊富な素材は、スパンコールなどの小物も含めて、日本人には想像を絶する、派手で奔放な仮装の数々を支えていることが見てとれた。

独立四十年の、熱い国

――トリニダード＆トバゴが独立したまさにその日、一九六二年八月三〇日金曜日深夜、レッド・《国会議》ハウス《事堂》の投光器に照らされた前庭の二本の高く白い国旗掲揚塔に、みんなの注意は注がれていた。そのうちの一本、百六十五年の長きにわたり掲げられたユニオン・ジャックは、〈The Last Post〉が奏でられるなかを静かにゆっくりと降ろされ、その後〈Forged from the love of Liberty 自由への愛より生まれ出で＝国歌〉の演奏とともに、トリニダード＆トバゴの赤と黒と白の旗がはじめて昇っていった。

女王によって布告された独立の瞬間、国歌の演奏とともに国旗が掲げられ、教会のベルと船の汽笛が鳴り、町全体に祝砲と花火が上がった瞬間、そのときの感動と興奮はしかし二度と繰り返されることはない。（国立博物館「独立」のコーナー）

T＆T（トリニダード・トバゴ）の初代首相と総督の写真とならんで、まだうら若いエリザベスⅡ世の誇りたかく胸をそらせた肖像が、「ゴッド セイヴ ザ クイーン」という言葉とともに飾られている。その夜の議事堂前の市民の興奮と花火で染められた夜空のパネルや、英連邦共和国の一員としてこの国の独立を認めた、まだ三十代に見える女王の宣言文、ニクソン大統領からの祝辞の抜粋、国旗の定義と国歌などが展示されているコーナーは、この国の辛苦の歴史とともに胸を打つ。今ではイタリアのヴェニスやブラジルのリオのカーニバルとともに、世界の三大カーニバルといわれるまでになった国民的祝祭も、このときに形が整えられ盛んになったものらしい。

コロンブスに発見された一四九八年以来、ヨーロッパ列強の争奪戦が繰り広げられ、英国領となってからは、プランテーションで働くためにアフリカ人奴隷が大量につれてこられた。この国の驚くべき、混沌とハーモニーの両面を持った狂想曲を思うたびに、解放と自由の喜びをかみしめる人間賛歌を感じるのだ。

サヴァンナに日曜日に行われるディマンシュ・グラの切符を買いに行って、そばの国立博物館に寄ったときのことである。入場は無料だが、荷物もカメラも入口の守衛にあずけなければならなかった。この「独立」に関するコーナーから始まり、カーニバルの衣装の展示室や国の経済をささえている石油採掘、動植物などの自然に関するコーナーまで、しばし蛾になってショウケースのガラスに張りついていた。

末っ子の働いていたサン・フェルナンド近辺はどんなところか、ここへ来たからには覗いてみたかった。けれど当の本人はアメリカのルイジアナ州に移ってもういない。エンジニアばかりの男の職場にちょっと立ち寄り、そこから車で送ってもらった巨大なショッピング・モール「ガルフ・シティ」。そこの本屋で見つけた絵入りのトリニダード&トバゴ辞典『コテス《こっち》・コテラ《あっち》』と何冊かの民話や詩集は、このふしぎな国の言葉や土着の文化に対する好奇心をさらにかきたてるものだった。

ココナツジュースは水がわり

宿近辺の家々には、数本のココナツや名も知らない実をつけた木々が植えられ、まだ青いマンゴーも風に揺れている。通りに出る途中、幾本もの旗竿のさきに色とりどりの布をはためかせた一軒があるが、これはヴードゥー教の家なのだそうだ。

もよりのファイブ・リバー・ジャンクションの町角に、夕涼みなのかウオッチングなのか定刻になると出てくる男がいて、わたしに声をかけてきた。

「夕べ、ロイヤル・キャッスルにいた人でしょう。何を探してるの?」

「あそこの看板に書いてある J'ouvert って何? ここに来てからよく聞くけど」

「それはこう、水平線から太陽が上がってくる瞬間で、あたりはまだ暗い。これからカーニバルが始まる一瞬だよ。奴隷制がこの国から追放されたとき、みんなはどんなに喜んだか、歌って踊ったそのときの喜びでもあるんだ。Jour ouvert って一日が明けるっていうことで、ここのみんなは Jouvay ジュヴェって言うよ」

「あら、J'ouverte わたしが開ける、自分の手でカーニバルを始めることじゃないの?」

と、その日から夜遅く帰ってくるたびに、その男と会話を交わすようになった。

だんだん疲れが出てきて、午後になってやっと腰を上げたわたしだが、今日のパノラマ・ナイトの開演は夜の七時だ。いろいろ経験してあちこち寄り道しながら半日かけてサヴァンナに着けばいい。贅沢な気分だわぁ、勤めをやめて半年、人生最大の休日は、でも相当疲れるわ、と思いながら市内を歩く。

　市の玄関口近くの独立広場やサヴァンナの周りにはいつも、トラックでやってきたココナツ売りがいる。客たちはTTドル札を三枚ひらつかせ、「ウォーター」と言ってやってくる。ここの人たちにとってココナツ・ウォーターは水ほど身近なのだろう。

　おそるおそる注文するとベンダーは、カットラスと呼ばれる薄い鉈型の刃物で果肉をばさばさ切

カットラスで上手に実を捌くココナツ売り

り落とし、種の部分に穴をあけてストローとともに渡してくれる。コップ一杯半くらいはあるココナツジュースはあまりくせがなくほんのり甘いが、炎天に熱せられてなまぬるい。やっと飲み終わった頭ほどもある空のココナツをベンダーに渡すと、彼はカットラスでそれを二つ割りにし、それぞれに小さなカットを入れて戻してくれた。小さなカットをスプーンにして内部についたゼリー状の果肉をすくって食べる。捨てるのが惜しいほどのものでもないと思ったが、このワイルドな楽しみ方がいい。トラックいっぱいのココナツは、目の前でだんだん残骸に変わってくる。

普段の食卓によくのぼるらしい、あの可愛いシャークを一度食べてみたかったが、どこで何を注文すればいいのか分からない。このこだわりは残念ながら、お昼にファースト・フードの店で白身のフライド鮫バーガーを試すことで終わってしまった。

パノラマ・ナイトの夜は更けない

バスを降りたとたん、あちこちで仮装した子供たちの、憎いばかりに可愛い姿が目についた。どの子も意匠をこらした大人顔負けの装束で、それぞれサマになっている。奔放な発想と巧みな細工を見ているかぎり、理系に弱い国民性は芸術肌なのにちがいないと思う。今からこんな感覚を叩き込まれて、トリニダードのカーニバルは時代とともにさらに成長していくだろう。なかには大人たちの思惑はただただハタ迷惑、熱い日差しのなかを泣きじゃくりながら引きずられてゆく小さな子供たちもいた。

シャッターチャンスは子供の数ほどあるのだからと、シャッターを押し続けるのを途中でやめたが、今日は土曜日。九時からサヴァンナでジュニアたちのバンドとマスカレードのパレードがあったのだ。カーニバルのプログラムは日本にいたときネット上で手に入れたものの、ぎっしり五頁にも及び、それは去年のクリスマスから始まっている。連日各地でいろいろな行事が目白押しで、週末は四〜七ヶ所の催しが重なっているからその選択はむずかしい。二度と来ないかも知れないこのチャンス、やはり郊外に宿をとったのには無理があったかしら？　と急に宗旨変えをしながら、本番が終って流れ解散した子供たちの後をしばし追いかけた。

サヴァンナに隣接して国立博物館を擁するメモリアル・パークでは、まだパレードの余熱にひたっているのか、練習に励むモコ・ジャンビィの一群がいた。すごく背の高い竹馬のような二本足に乗り、下までの長い服を着たジャンビィだ。もともとはカルトの、今はカーニバルのキャラクターで、大人の背丈の倍以上、四・七Mもあるのだが、どうやったら倒れないでいられるのか、わからない。

ポート・オブ・スペイン北東の高台にあるヒルトン・ホテル、は通過して、その麓にあるゲスト・ハウスにカーニバル後の宿泊予約の確認に行った。植民地時代は砂糖きびの農園だったというクイーンズ・パーク・サヴァンナは目の前、今ではサッカーやクリケットの練習場などを含め、市民のオアシスとなっている。広大な敷地を草に足を取られながら斜めに突っ切っていくと、白いイグレット＝鷺が数匹餌をついばんでいる。向こうにメイン会場やいくつかのテント、人だかりとスティールパンを積んだたくさんのカートが見えるが、鳥たちはゆったりとしていて警戒する様子もない。

開演にはまだ二時間もあるのに、嬉しいことに会場に近い旧競馬場跡地でバンド・オーケストラが、練習なのか客へのサービスなのかもう演奏を開始している。パン・マンの呼吸まで見えるようなこんな位置で聞けるなんて贅沢なおまけだわ、と立ちんぼうの輪に加わった。が、そのテナー・パン奏者がすごい。

テナー・マン Lloyd Gay

「彼はきっとシュガー・ジョージみたいな人になる」というのがわたしの予言。シュガー・ジョージというのは、前述した語りのショー・マンであるポール・キーンズ・ダグラスのお話に出てくるトリニダード一の伝説のテナー・マン。初めてパンのライブに触れたというのに、ずいぶん感情的な予言だが、トバゴ島から参加した、たった一つのこのチーム「レデンプション・サウンズ・セッターズ」はわたしに限らず、その夜観客一押しの演奏を聴かせてくれた。

しかし驚いたことに、予選に参加した全国三十三チームの作曲家や自在で奔放なアレンジャーたちはだいたい、楽譜を読むことも書くこともできないらしい。演奏者も同じことで、ときには二百を越えるドラム缶を連打する彼ら、上手ければ誰でも参加可能の百人に達する素人集団はまったく耳だけが頼りなのだという。それがぴたっと一つになる。リズム感がよくて乗りがいい。ただ楽器を打っているのではなくて、楽器になっている。飛び跳ねっぱなしのパフォーマンスをしながら、ちゃんと叩くところへ落ちてくる。その音に体重ごと乗っている。誰でも参加できるのだから国民みんなで盛り上がるわけだ。

滞在していたアルーカでは、夕方と早朝、近くのパン・ヤードと称する練習場からパンの音が聞こえてきた。この国が発祥地の石油のドラム缶で作る楽器も、叩いたり熱したりしながらそこで自分たちで作ってしまう。植民地時代、アフリカからプランテーションの労働力として連れてこられた奴隷たちがアフリカン・ドラムをもたらした。彼らはお祭りのときにさとうきび畑に火を放ち、太鼓を打ちならして反抗の意を表した。ドラムは取り上げられ、そのかわりに全国どこにでもある竹でダンブーバンブーという楽器を作ったが、それも再び取り上げられて……と、この民族楽器の歴史にはドラマがある。

八レーンほどもある百メートル走用トラックを一メートル半程持ち上げたような舞台に、次々に屋根付きゴンドラが二百余りのドラム缶を乗せて現れる。それからは延々六時間以上の音まみれ。へとへとにはなるが、それでも飽きさせないこの熱狂はなんだろう。

会場の外でわたしを魅了したあのチームは三番目に登場した。やはりあのテナー・マンをビデオ撮りのカメラも狙っている。昨日行ったサン・フェルナンドのチームは衣装もインドのドウチェを着て、インドのメロディを取り入れている。

現在十一時なのに出演十二チーム中の半分が終わったところ。最後は何時になるのかと帰りの足が気になった。通りに出てみるとHナンバーのカブはどこにもいない。マイ・カーを表すPナンバーが「いま働いてるんだ」とバス停まで乗せてくれたがちょっと不安な綱渡り。結果発表まで見ていたら帰るのが難しかったことだろう。

パスポートがわりのレンタル衣装

真夜中に帰宅するほど頑張ったのに、わたしが聞いたのはほぼ半分だ。それでは夕べの総合判定はどうだったのかと、ロビーにあるテレビを遠慮しながら点けてみる。お隣のアメリカ・ミネソタから来たレック夫妻もカナダのオタワから来たカリビアンの子孫らしきドムとガールフレンドのステファニーも、まだすこやかに就寝中らしい。ローカルなテレビのニュースは、夕方七時からの一回だそうで、隣の棟にいるボウラ氏が持ってきた「エクスプレス」紙にも選考結果は出ていない。それはそうだろう。終わったのはたぶん今朝の二時過ぎ。その夜がやっと明けたところである。

今年のパノラマ・ナイトは「トリニダード・オールスターズ」が優勝した、とあとで知った。二位は「フェイズⅡ」で、これは準決勝の順位と同じとのこと。昨夜はこの両チームの演奏は聞かずに帰ったことになる。だが、のぼせてしまうほど十分スティール・ドラム・オーケストラの凄さはわかった。オール・スターズには自動車のパーツを輸入する会社の「ニール＆マシィ」が、フェイズⅡにはトリニダードの石油会社を意味しているらしき「ペトロトリン」という名がついている。両方ともチームのスポンサーなのだろうが、この国筆頭の活発な産業がまずは文化・芸術をサポートしているところが羨ましい。わたしが関わりをもつ日本の詩世界の売れない現状をP・K・ダグラスに話したら、〇〇にスポンサーになってもらうといい、と最大手の名前を引き合いにだして、さらりと「常識的発言」をされて戸惑った。お国がらが違えば、考えることもずいぶん違う。一押しの、聴衆の人気が高かったトバゴ島から来たチームは四位に終わったそうだ。しかし本島ではあまり知られていないチームの成績は快挙だったことだろう。

パンの演奏に関しては、この他にシングル部門という小規模のチームのコンペがあるという。各地域で予選会は繰り広げられ、昨晩のように身近で生演奏が聞ける好機だが、二夜で合計五十バンド以上の演奏もあると知り、溜息とともに吐息がでた。

ゲスト・ハウスの二階には、リビング・ダイニングの共有部分の他に三室があった。東京から予約するとき、あと一人分のゆとりしかない、と再三言われて慌てて決めたが、一階部分に何人かいるけど空いてるじゃないの、と思っているうち五日セットの初日に埋まった。こぢんまりした宿のいいところで、隣室の人たちとはベランダに朝のコーヒーを持ち出して、鳥のさえずりを聞きながら情報の交換をした。

　七十代かと思われるドーレ&スチュアート・レック夫妻は、パレードに参加するためにPOSのマス・キャンプでコスチュームを購入したんだそうだ。アメリカに帰ったら、ハロウィンに使うからいいの、と二人は今から予行演習をするつもりなのである。

「行ったら、必ず踊らされるよ。それも行進するトラックの上でね。つてを頼って泊まってたりしたらきっとそうだ」というアブナイ情報が入っていたので、トロピカル・カラーの浴衣を持参したが、ツテも頼らなかったし、勝手に持参した民族衣装では通用しないと分かってほっとした。

　市内の何カ所かにあるマス・キャンプで、買ったりレンタルしたりするこれらのコスチュームが、パレード参加のパス ポートになるらしい。なるほど上手くできている。パレードの統一性やアピールにも、経済的な実入りにもとても利口なシステムだ。

　彼らは、ブルーと黄色の古代ローマ風の、本来は肌も露わなコスチュームで現れた。もう、パレードの行列のなかにいるようにはしゃぐ。眠い目をこすりながら部屋から出てきたステファニーもドムもぱっと目覚めて、「グレイト《すごい》!」と老いてなお盛んな古代の騎士にエールを送った。

　わたしも浴衣を披露したが、十二単衣の美しさに象徴される十重二十重に隠す文化からは極端に対照的なカリブの文化。ほんとに色々だわ！　と自作詩の一節が浮かんできた。

　――「地平線を歩きつくせば、そのとき世界は見えてくるか」

レック夫妻

わたしの頭もバカナル状態

カーニバルで一番盛り上がるのは、すでに終わったスティールパンの優勝及び上位チームの演奏と、マスカレードやカリプソの各王者を決めるファイナルをいちどきに見せてくれる日曜夜のディマンシュ・グラだ。しかしそれはサヴァンナに設けられた特設会場に切符を買って入場して見ることになり、何万人単位といっても限りがある。このカーニバルがほんとの意味で国民一人一人のものだといえるのは、月曜・火曜の二日間、予選に参加したチームや町のマス・キャンプで登録した人たちも、舞台上で競ったトップクラスのチームとともに参加するパレード・オブ・ザ・バンド。市内の何ヶ所かのチェック・ポイントでパフォーマンスをして審査を受けるから頑張りがいもあるし、そんなこととは関係なしに自分なりに楽しむこともできる。色彩と音とコスチュームと踊り、それからみんなの気分が弾けて全開する。

市内に宿を取っていたら、一歩通りに出ればそこらじゅうがバカナル風景。バカナル漬けとなっていたことだろう。このバカナルというのは、トリニダードの人たちがいうビッグ・パーティの騒ぎのことで、完璧な混沌ということ。ギリシャ神話に出てくるワインの神さま、バッカスから来た言葉だ。POSに何日か通った後は、わたしの頭もバカナル状態、「カーニバルはバカナルだ」や「ベン・ラ

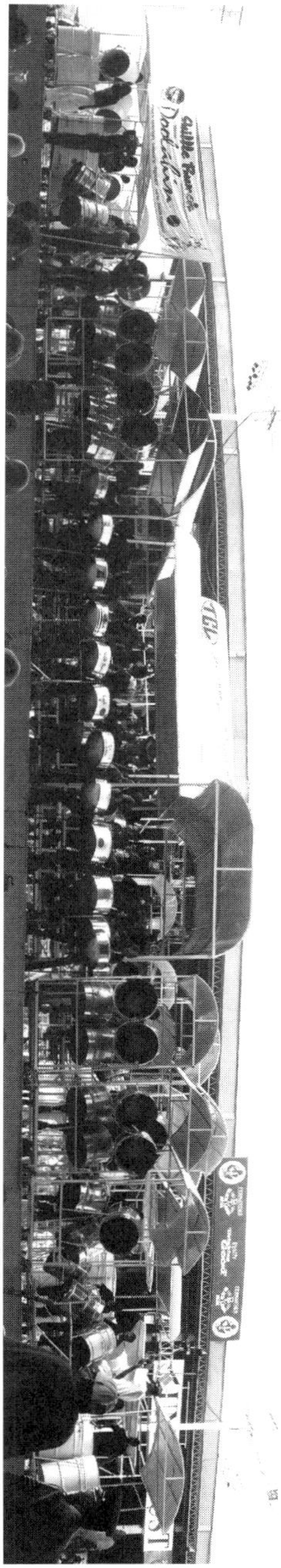

チームの編成（T＆T現地生情報より）

イオン」などのここに来てから嫌というほど聞いたソカのリズムが鳴りひびくようになった。
アルーカの宿からは向かいに学校の校庭が見え、来たときは生徒たちが朝礼で賛美歌を歌っていた。今は学校も休日なのか、ひっそりしている。右手に低い山の連なりが見える緑の多い風景は落ち着くが、ＰＯＳとの往復には少々疲れた。でもなんでも見てやろうと思えば落とした見所も多いに違いない。

朝食のあと、いつまでもぐずぐずしながら日記を書いていると、オーナーのシャトリム・ボウラが電話だと慌てながらやってきた。相手はポール・キーンズ・ダグラスだった。自分の部屋に電話がなくて呼び出しというのはこんなときに困ってしまう。ぼうーっとしていたかったときの不意打ちで、おまけに彼の英語は思っていたよりトリニダード風だったから、聞き取りにくくて戸惑った。同じホールにいあわせたドムが「え？　Ｐ・Ｋ・ダグラス！」と興奮している。父親が好きで十数枚のＣＤをもっている、自分もカナダでそれらの詩や小話を聞きながら大きくなった、と話はしばらくそのこととカナダやカリブの民話の話で持ちきりとなった。

ディマンシュ・グラの夜

午後の二時になってからやっと出かけた。滞在三日目にサン・フェルナンドのショッピング・モールやＰＯＳ市内で買った本、ミニサイズのスティールパン、その他の土産物がかさんで、荷物にして日本に送らねば身動きができないほどになっていた。郵便局の位置だけでも、と探して歩いたが、当日が日曜日ということに限らず、パレードも終わりカーニバルが明けなければ図書館も美術館もどこもかしこも開かない。市内に宿を移してからも忙しくなりそう、と思いながらサヴァンナに向かって市内を歩いているうちに、ディマンシュ・グラの切符を宿に置いてきたことに気がついた。

バカナルぼけだわ、でもはるばる取りに帰るのも面倒だし、ダフ屋はここにはいないのかしら？と迷ったあげくタクシーをつかまえ、三十五TT＄（七百円位）でピストンしてもらうことにした。それにしても、何日経っても車の料金システムがわからない。カブ型もHナンバーは乗り合いなので、あっちへ！　と方向を指示して一人で乗ると高くなる。本当は四人乗れるところを一人だからとか、二方向だからということで倍々になるものらしい。

タクシーはココナツがそよぐ高速道路をひた走った。途中、名門の西インド諸島《ウェスト・インディーズ》大学が目についた。古典の書籍を集めたヘリテイジ・ライブラリィが改修中なので、ここのメイン・ライブラリィに行きなさい、と市立図書館で親切な指示をもらっていた。バカナル状態の町中とは違い、行くべきところに行くと気持ちよくシステム化され、とても礼儀正しく信頼のおけるトリニダード人に会える。その一例のようであった。後日訪れたこの大学はあまりにきちんとしていて、荷物はロッカーに預け、ノートと筆箱のみでネームカードをつけて入館する。が、司書を通さなければ検索した本にさわることもできず、短い時間に目的の本に行き着くことはできなかった。

ドライバーは帰路、ハイウェイからレデイ・ヤング道路を取り、市内の高台にわたしを誘った。頼んだわけでもないのにプラス・アルファのサービスを買って出る、こんなところもトリニダード的な一面らしい。一時間早くても二時間でもかまわない、ここに滞在するかぎり、日本とはあまりに違う人々の空気を感じることもわたしの仕事、とアリーナに直行したが、乗り入れてくれたサヴァンナの入場門にはもう六十〜七十人ほどの人の列ができていた。

ゲートが開く前に列のなかにいることなど、今までにあっただろうか？　ここではわたしの内部の時計も今までとは違った刻を、トリニダード時間を刻んでいる。飽きてきたら、前後の人と自然に話がほころんでくる。

夕べここで列に並んだときはわたしの後に、埼玉県から来た一人旅の若者がいた。六万円で本物のパンを一セット買ったが、楽器なだけに船便というわけにはいかないし、送料がだいぶかかるだろうなぁ、と心配していた。

トリニダードへの中継地点カナダ・トロントの空港でも、静岡県から来た二人組が、一度聞いたパンの音が忘れられない、と同じことを言っていた。「宿も予約してないなんて、大丈夫なの！」というと、「女の人が一人で来たなんて大丈夫なんですか？」と、これから行く国がおたがいわからない者同士の会話はこんなトーンになる。帰国後、インターネットで調べた日本のスティールパンや、そのバンド、パンの制作などに関するウエブサイトは現在のところ七、八ヶ所ある。東京以西に多い気がするのは、気候と関係があるのだろうか。ネット上以外にもたくさんあるだろうから、日本でもひそかなブームになりかけているのかもしれない。

トロントの二人組に俄か知識をひけらかして、わたしは彼らをおどかした。「大丈夫かなぁ。カーニバル中の宿はほんとに取りにくいみたいよ。殊にポート・オブ・スペインの宿はどこも期間中は三日～五日のセット料金を組んで、いつもの二倍から四倍にはねあがるようよ。わたしが年末に取った郊外のアルーカの宿は、一ヵ月前からキャンセル料は五十％になるっていってきたわよ……」

「大丈夫かなぁ？」と彼らは不安そうになり、いざ困ったときのためにと、わたしの宿の電話を書きとめた。トリニダードへ出発する前に会ったこの二人には、十二日後、同じ空港で奇遇にも再会した。良い色に焼けた彼らは、わたしが行かなかったトバゴ島で南国の太陽をたっぷり浴びたという。スティール・バンドも最高だったし、宿もなんとかなったと満ち足りた表情だった。

この国でバンド演奏を聞こうと思ったら、あふれる程のチャンスがあるにちがいない。セミファイナル以前にも各地域での予選会がある他、比較的小さなバンドには、シングル部門としてのもう一つの違う流れがあり、会場になるダウンタウンの路上で聞ける演奏は、本格的ストリート・パフォーマンスの醍醐味があるだろう。パン・ヤードもあちこちにあり、練習を聞きに行ったわたしに彼らは好意的だった。その他にもいろいろな演奏会や競技会が年中行われているようだ。

しだいに長くなっていく列を行ったりきたりして、リボン状につながった切手のようなものを売っている人がいた。いかにもよそ者に見えるわたしのところにまでやってきて熱心に口説くから、「それはいったいなんなの？」と詮ない質問をしたわたし。宝くじ売りから買うつもりもないのに買ったのは、周りの失笑だけだった。

色々な意味であまりにも日本から遠いカリブの夜。おみやげにせっかくなら数枚の写真でも持って帰りたいと、かぶりつきから通路を挟んだグランド・シートの一番前に陣取ると、そこには昨夜、パノラマでともに盛り上がった幾人かの顔があった。中の一人がわたしの袖をぐいと引っぱって言った。

「隣りに日本人がいるわよ、テレビの撮影をしてるみたいよ」

思いがけないことだったが、チームを組んで取材に取り組んでいる日本人がいるなんて嬉しいニュースだった。憂鬱になることばかり多いわが国の閉塞状態は、いつ晴れるとももはや分からない。この国の人たちの野放図な人間賛歌はあまりにも対極的で、ショック剤にも気付け剤にもなるかもしれないのだ。

それにしてもこのバカナルをどうやって日本へのお土産にすればいい？と戸惑っていたわたしだった。

聞いてみると、NHK関連のプロダクションで、四月に放映されるハイビジョンのビデオ撮りだということだった。チューナーが必要なハイビ

宿近くのパン・ヤード

ジョンなのが残念だけど、待っていればBSで再放送されるかもしれない、と期待することにした。

カーニバル中のカーニバル

Forged from the Love of Liberty「自由への愛」より生み出されし
……………………………
Here every creed and race find an equal place　ここ宗派も民族も隔てなき
And may God bless our nation　神はわれらを祝福せん

昨夜と同じく開会は国歌の斉唱で始まった。全員が起立し、水夫の格好をした少年少女の合唱とスティールパンのソロに先導されて演奏が始まると、どんな曲想のものだろう、と特別の興味がそそられる。国歌には風格と活力をそそるような旋律を各国用意しているが、この国はまだ独立後、半世紀も経っていない。いろいろなところで、その当時の興奮の余燼が感じられる。「どんなかしら?」と思いながらわたしは一年前のことを思い出していた。

正月三日、東京ドームへアメリカン・フットボールの王者決定戦「ライスボール」を、親世代がカリブの島国からカナダのケベック州へ移住したジャマールと観に行ったときのことだ。

「へぇ、初めて聴く国歌!」と興味津々だった彼の口から飛び出したとっさの感想には吹き出すしかなかった。あっという間に終わる余りに表情のない葬送行進曲、とはふざけるのが好きな彼特有の表現だとしても、説明するはめになった歌詞の意味も現在では実際のところ、なじめない。賛否かしましい論争とは何の関係がないにしても。

盛り上がることが大好きな国の行事には、もちろん長々した前置きはない。大統領の短い祝辞があって、コーラスとそのコーラスをバックに歌うヴォーカル歌手、いくつかのスティール・バンドの演奏があり、わたしが夕べ気にいったトバゴから来たチームの演奏も再度聴けた。周りの席の人たちも「すごく良かったのに」と、トバゴ島のチームにふたたび熱い声援を送った。

そのあとのマスカレードは言葉にはならない位すごいものだった。これ以上不可能というほどのスケールと派手さ。音と光と色彩の氾濫に、隣で録画撮りをしていたチームの一人は、「すごいですねぇ！」と目を白黒させながらわたしを振り返った。彼の日本人的に控えめな個性がひときわ際だって、わたしはくすりと笑ってしまった。前座としてすでに優勝の決まった仮装ジュニア部門のクイーンが現れた。扇子状のきれいなしっぽをふるふると揺らして巨大でカラフルな熱帯魚が舞台を横切っていくと、いよいよ全国からコンテストにエントリィしたキングとクイーン各々三十二〜三人のなかから絞られた人たちで競うファイナル・コンペが始まるのだ。それぞれのコスチュームは、高さ五・四m、幅四・五m、巨大なコスチュームを引っ張る車輪は二個までという制限があるらしいが、重さはクイーン部門で百キロ、キングでは百八十キロのものもあり、それを一人で引きながら審査員の前でパフォーマンスをしなければならない。

光る素材、透ける素材、羽、モール、ラメやホイル、それに提灯や花火まで、考えられるだけ豪華に制作されたコスチュームはとてもハイセンスで、「爆発する芸術」に国民こぞって血道をあげるこの国の活力が、先進諸国とは全く次元の違うところで花開いているのを感じた。日本ではカリブと言えば音楽や踊りだが、それに限らず、あまりに対極的なだけに色々のヒントをわたしたちに提示してくれるかもしれない。

クイーンの部では「炎の貴婦人」、「セレブレーション」、「船乗りの夢」、アメリカ先住民をイメージした「儀式の踊り子」など。今年のクイーンとなった色も形も美しい「蝶の舞」はコスチュームにたくさんストロボ・ライトを使用していたのだそうだ。

次のキングの部には、八人の候補者が登場した。百三十五キロはあるという巨大な龍をかたどった「過去の影」は三位となった。小型発電機を内蔵してドラゴンの目を光らせている「ドラゴン野生の精神」や、舞台上でいろいろ形が変わるユニークな発想を持つ「アヴォコ《精霊》・ダンスを踊れ」など。次に登場した巨大な中国の龍をイメージした「上海難攻不落のトンネル」は壊れにくいポリカーボネイトでできているが重さは百八十キロもあり、螺旋状に回転しながら噴射する花火や龍の動きは、内蔵した発電器三個を駆使してコントロールしていたらしい。しかし準決勝で一位となった二年連続キングのこのマスは、今年はこの国の悪魔ジャブ・マラーシーにしてやられた。

「ジャブ・マラーシー」は八万五千枚のアルミ箔を使い、炎をきらきらさせながら特別に作曲された悪魔的なバック・ミュージックとともに登場した。準決勝では明かさなかった花火の演出が決勝戦でさらなるインパクトを観る人に与えて勝ちをしめた。町中の商店街を歩いていると布地を売っているお店が気になるが、ここに登場したマスカレードはほんの一部。全国民がこの日を思いながら一年を暮らし、貯金もする。ジャブ・マラーシーの制作費用が百七十万円にもなると聞くと、石油産出でカリブの中では一番リッチといわれる国の経済力がどちらにむかっているのかがよく分かる。

一番前の席が良かったのかどうか、目の前の通路には立ち見客の群れが出来、その人垣のあいだからわたしは、壊れそうに前のめりになるシートにもおかまいなしで、フラッシュをたいた。

コスチュームからだけではなく、漆黒の空にも舞台の床からも花火があがった。それが終わると、今度は「ナショナル・カリプソ王座決定戦《モナーク・コンペティション》」。カリプソニアンたちの迫力あるファイナル・コンテストの舞台になる。カリプソとはカリビアン・ラップ・ソングがつづまったもの。その昔、ハリー・ベラフォンテや浜村美智子が歌う黒人労働歌「デイ・オー」（バナナ・ボート・ソング）が日本でもブームになったことがある。そのころトリニダード&トバゴはまだ英国領だったのかも知れず、この国からカリプソが発展していったとは知らない人が多かったことだろう。ジャマイカの労働歌だったこの歌はたしか、ニューヨーク発であった。

　国立博物館やこのサヴァンナにあるアリーナのロビーには、歴代のキング・オブ・カリプソの名前がパネルになって飾られている。わたしがトリニダードに来た翌日に丘の上で会ったボマーも、十人による最終戦に残った一人だ。女性歌手は巨漢のシンギング・サンドラや髪を個性的なメッシュのドレッド・ロックスにしているデニス・プラマーなど、男性に負けない迫力で聴衆を魅了する。この決勝戦ではシュガー・アロスが一位に、キングに何回かなったことのあるチョークダストが二位に、ジュヴェールのキャラクターで普通は男性が女装するダム・ロレイン《ローレンス地方の女》に扮して印象的なパフォーマンスをした女性歌手のデニス・プラマーは三位に入った。

　西アフリカから連れてこられた奴隷たちが作った国のポピュラーソング＝カリプソは、歴史上の事

キング「ジャブ・マラーシー」（上）と、
クイーン「蝶の舞」（下）

「船乗りの夢」

件や日常のできごとをテーマにした歌詞をもち、ときには政治家や権力者を風刺したニュース性を持つ即興詩の一種で、舞台の上では歌劇や風刺劇でも観ているようなストーリィが展開した。疲れてきてロビーとのあいだを出たり入ったりしていたが、後でグラビアを見ると白いシルクハットとマントで現れたチョークダストは「ノーベル賞授賞式」という看板を持ち、「ナイポールから恥辱まで」というタイトルが付されていた。自分の生地トリニダードに批判的だった前年度のノーベル賞受賞者ナイポールへの風刺をこめた振付だが、こんな何気ない一こまにもこの国がたどった複雑な歴史の一端がかいま見えて忘れられない場面となった。

悪魔になる市民たち、ジュヴェール

カリブの空をわがもの顔に飛ぶＢＷＩＡ《ビーウィー》という飛行機がある。実際、地元の航空会社はこれ一社だから、わが空で、わがもの顔なのも当然なのである。あとはカナダ・アメリカ・イギリスの会社が進出している。ＢＷＩＡとはブリティッシュ・ウエスト・インディーズ・エアウエイズのことで、当初はイギリスの会社だったらしい。このＢＷＩＡの機内備え付けの情報誌に「ナイポール」のことが載っていた。東インドにルーツを持ち、トリニダードで生まれてオックスフォードを卒業後もずっと英国で暮らしている。主に第三世界をテーマに著作の数は多いが、ノーベル賞にノミネイトされ続けながら今まで受賞には至らなかった。前年は同時多発テロが世界のテーマだったこともあり、イスラム世界を探訪しつづけてきたナイポールが脚光を浴びた。トリニダードから帰国の途につくときに、空港のキヨスクで見つけた受賞者の金のラベルがついたペーパーバック。帰国後、何人かで読めたらよいとネット上で交流する「読む会」を作った。日本発のみんなの興味は、バハマなどカリブの他の諸国へ、インドやアフリカへと拡がっていった。

一九九二年にはセントルシア出身のデレック・ウォルコットが英米詩その他の教養のもとにカリブの地域性にこだわった作品の数々を書いてノーベル賞を受賞した。カリブの島々がそれぞれ人口の規模も小さな国だということを考えると、世界のどこより芸術活動は実績を上げていると言えるだろう。

カリプソニアンのパフォーマンスが始まってしばらくするうちに睡魔が襲ってきた。昨夜はパノラマ・ナイトで遅くなり、今日はPOSを散策しながらここにたどりついたものの、もう真夜中近い十一時だ。これからジュヴェールに参加するつもりの同宿のドムとステファニーが、もう少ししたらこの会場の入口近くに来るだろう。たっぷり睡眠をとったあと、夕方からこちらに向かったはずである。会場は二万人以上入るうえに、その周辺には切符を持たない人たちも、のぞき見客として、あるいはなんとなく、これから始まるジュヴェールを待ちながら群がっている。このディマンシュ・グラが終わっても、朝までお祭り騒ぎが続くのだ。疲れを感じはじめたわたしは、ロビーでアイランド何とかというハイビスカス色のドリンクを飲んで時間を待ち、カリプソニアンたちの競演途中でアリーナを退場した。

すごい人だかりの中だが、首尾よくかれらに会うことができた。きりっとしたところのある利発そうなドムだが、その黒い肌は闇にとけ、浮かんだ目だけで笑っている。どんな二人の関係かは知らないが、ホワイトのステファニーはやたらに彼にはわがままで、カナダやアメリカでは少数派の黒い肌の人たちの位置づけが彷彿とした。だがそんな彼らもこの地域では「主」。そのぶん活きがよいのだろう、と感じられた。

どこか座れるところはないか、と三人でサヴァンナの周りをうろうろする。その周辺には、植民地時代の小じんまりしたお城風なしゃれたヨーロッパ建築が遺跡となって並んでいる。一つ一つ、時代も雰囲気も違う建築様式はそれぞれムーア式やビクトリア様式、イタリアやフランス、ネオ・ロマネ

ジュヴェ

スク様式などなのだそうで「華麗なる七軒」と呼ばれている。トリニダードの歴史的遺品として保存されており、その一部は名門クイーンズ・ロイヤル・カレッジやホワイト・ホールとして使われている。メンテナンスも悪く今に活かされるでもないものもあり、もったいない。

用事ができて行くことになった日本大使館は、この「華麗なる七軒」の西方にある。南国のトリニダードの風物に日本建築はいかにも映えるだろうと訪ねた駐トリニダード日本大使館は、内装に少々それらしきものがある実務的な雰囲気の建物だった。

疲れもピークに達した私はもう帰りたくなった。だが大変！　二人がどうしても離してくれない。「一人では危ないよ」「朝までわたしたちと一緒にいなけりゃダメ！　チカが帰るんだったらわたしたちも帰る！」とありがたくも熱っぽい。では、もうすぐ始まりそうなジュヴェールにちょっと触れて逃げ出そう。わたしは一人心に誓った。

サヴァンナの一角で、若者を中心にバカナルが始まっている。思いがけない女装をした半裸の男や、顔や体をペンキで思い思いに塗った人たち。ジーパンの上にはいた白いTバック男がフロント・ガラスの前面でお尻を振って踊るから、立ち往生させられた運転手もついには苦笑する以外に逃げ場はない。ポリスが警報を鳴らしつづけても動じない。眉をひそめる人もいるにはいるが、彼らの悪ふざけが芸になっていれば余計のこと、今日ばかりはどこかで黙認して許している。二匹のにしき蛇を担いだ若者のあのお宝は大事な彼のペットなのか、きれいな女の子を見つけてはそれで挟みこんで脅している。熱夜とむんむんした熱気をひんやりと冷ましてくれそうなあの大蛇とのスキンシップの味はどんなだろう？

ジュヴェールは邪悪な生き物が町中を占拠する、世の中や人の心のダークサイドを表現した夜の祭りだ。市内のあちこちにある広場はこの夜、泥とペンキを塗りあって騒ぐ人たちであふれる無法地帯となるから、ステファニーの忠告ももっともなのだ。このジュヴェールはもともと、お金のない奴隷たちが白人のカーニバルをまねて農園のさとうきびの黒い糖蜜を体に塗り、安上がりの悪魔の扮装としたのが始まりらしい。この悪魔たちも国民あげてのパレードの朝にはどこへともなく消えてしまう。

ドムやステファニーを放さない地元の子アダムが、セントジェームス・スクエアが一番だ、と誘う。どうしても帰る！　というわたしの勢いに、「じゃ、宿に帰ったら、時間かまわずノックして存在確認するからね！」という条件付きで釈放された。ベッドにへたりこんだのが午前三時。もうすこしでこちらがゾンビになる気分だった。

朝の六時に帰ってきて、約束どおりわたしの部屋をノックする二人。ＯＫサインを交換して、寝るまえにもうジュヴェールの夜は明けていた。

パブではなかった「カリブ東京」

ＰＯＳには夕方から出かけた。このところなんだかろくにごはんを食べていない。中華料理店だと思って入ってみると、戦後の大衆食堂のようなレストランで、そのうえテイクアウト型のファースト・フード店だったりするから、おちついて食事らしい食事をしたことがない。カリビアン・レシピはとても美味しいし良いレストランもあるにはあるが、ここというところには、なかなか行き当たらない。
あてずっぽうに歩きながら、独立広場の西、市内を南北に流れるセント・アン川近くまできた。昨日見た地図によると、このあたりにはパブらしき名前の「カリブ東京」があるはずである。ふらっとよってみたら、意外に日本人の溜まり場になっているのかもしれない。気兼ねなくほっとしたい気分にもなっていたのだ。

町並みを少しはずれてたどりついたところは、「スタンド・バー」が併設されているものの、空っぽのスティールパンの練習場パン・ヤード。スティールパン・オーケストラの面々は、今はセントジェームス・スクエアで演奏しているのだという。パン奏者だというのに、ただ一人居残っている男が現れて、ガイド役を買ってでた。パン・ヤードはときどきマスカレードのキャンプを兼ねているのか、仮装の衣装を作る部屋もあり、お針子さんが何人かで作業をしていた。あまり気がすすまないのに写真を取れと勧められ、周りにポーズを作らせる。あまりいい感じではないけれど、せっかくの親切だからと言われるままに何度もシャッターを切った。帰ろうとしたとたん、男は門までついてきた。「あのぅ、こんなふうにパン・ヤードに来て、案内してもらったら寄付するものだよ！」という。「えっ？どのくらい？」と聞くと、55US$でいい、などと言っている。えぇっ？と思ったが「空っぽなのに。そんなことを楽しみにわざわざ来たんじゃないわよ、わたし」と毒づくのが精一杯、こわいので手持ちの20US$を渡し、「たぶん多すぎるわね」と言いつつ、きゅっと背筋をのばして歩いてきた。「充分じゃないけど、まぁいいや」という言葉にも振り向かなかった。一人でこっそり私腹してしまったのにちがいないと思うと不愉快だった。これもまたトリニダード的な一面なのか、滞在中で一番気分が悪かった場面がこの程度で良かったのかもしれなかった。

もよりの五叉路までたどりつくと、椅子ごと夜気にあたりに出ている例の彼がいる。「今日はどこへ行ってきたの？」と興味津々で目を輝かすので、「『カリブ東京』って何なの？」とだけ聞いた。あの男のことはわざわざ取り沙汰したくはなかった。「カリブ東京」というのは、東京と関係がなくてね、とどこかのんびりした彼の夜のお話は始まり、以下のようにつづいた。

――「カリブ東京」の「カリブ」はスポンサー＝地ビールの会社名。「東京」はかつてのアメリカ映画「ディスティネイション東京」から取ったもので、パールハーバーと長崎・広島の原爆投下を題材にした映画だった。映画では、目標あるいは標的は東京ということだ。あの地域の少し離れたところに「デスパレイドス」という敵対グループがあり、ケンカが絶えなかった。米映画の題名をもじって彼らは「ディスティネイション。デスパレイドス」と言いたいところなのだとか。決死の覚悟で練習して、デスパレイドスをぜったい上回ってみせるということだが、チーム名には相手のチーム名が隠れているという話。彼の話好きはいろいろだから、「ずいぶん色んなことを知ってるのね、本が好きなの？」と問うと、「大好きで学校にはあまり行かないけど歴史とか色んな本を自分で勉強した。勉強はグレイトだよ！」とにこにこしている。

帰りかけたがまた戻って、子供だましながら日本のペーパークラフトのセットをあげた。赤・黄・緑・白の四色の風船、西瓜の風船、それに水色の大きな地球儀が夜空にふうわりいつまでもあがり、その残像とともに翌日わたしはアルーカを後にした。

二日続きのパレード

月曜のマス。そして火曜のマス。一人一人が思い思いに仮装して、一人一人が主人公となる二日間のマスカレード、そしてバンド・オブ・ザ・パレード。このときこそがほんとの国民の祝祭といえるのだろう。

外国の人も飛び入りも、無名の人も有名人も、お肉のはみだしている人もミス・ユニバースも南国ならではの超露出度で行進し、パフォーマンスをくり拡げる。各パン・ヤードからくりだしたスティールパンのバンドも山車かなにかのように仕立てた乗り物にチームをのせて演奏しながら行進する。

といっても、このパレードの一日目はへたりぎみ、二日目は浴衣を試着して町に出ていったものの、そのお祭の規模があまりに大きく、行進ルートに沿って見所が拡がっていてどうもつかめなかった。通行止めになった道路上でパフォーマンスをするチェック・ポイントで次々にやってくるマスの演技を見たぐらいで、一番わかりやすいのは、エクスプレス社のマガジンや新聞のダイジェスト版だった。それを見ると、仮装にもある種の傾向があり、マス・キャンプといわれるチームごとにテーマをかかげているのがわかる。

今年キングの栄冠を勝ち得た「ジャブ・マラーシー」は古風で伝統的な雰囲気の仮装をするレジェンド・ノルタルジアというキャンプからの参加だ。南米系の美人が多いのはハーツ・ラテン・ファイア。スタイル抜群の女の子たちも衣装もとびきり美しい。ポイズン・エロティカの面々も色とりどりの羽やビーズなどで飾り立てた超ビキニ、そのチーム名前どおりにエロティックな演技が、開放感あふれるバカナル気分をもりたてる。バルバロッソ・アンテイムドというマス・キャンプからは野生の叫びが感じられる。その他にスノウ・キングダムという真っ白の衣装のマス。オリンピックの入場行進の衣装を担当した有名なデザイナー、ピーター・ミンシャルの率いるマスは今年はおのおのピコプレットというこの国の鳥になって、ミンシャル独特の翼に見立てた大きな布をこやみなく羽ばたかせている。

思い思いのかっこうのようだが、そこにはみんなの知っている民話のキャラクターたちやこの国の自然などが反映され、それぞれの想像力や表現力で味つけされている。その民話のキャラクターが邪悪なものも含めて生き生きした個性を持って、現世に生きる人たちと対等に存在感をアピールする。

今朝は六時に隣の部屋で目覚ましが鳴った。レック夫妻はマス・キャンプで買った衣装にお召し替えらしい。あっという間にタクシーがきていなくなった。炎天下でえんえんと町じゅうを歩くパレードはどんなにか彼らを疲れさせるだろう。

一緒に行こうと話していたのに、浴衣に着替えているうちに先を急ぐ彼らにおいていかれ、わたしはそのまま町に向かった。浴衣のわたしに「ジャパン」「こんにちは」という声がかかる。あら、知っているじゃないの、と彼らの反応はなかなか面白い。半裸の彼らとは対照的で、かえって目立つのかもしれない。「日本から来たんでしょう？」とサヴァンナ近くで三人組の女の子に声をかけられた。「いったいこんなところでどうしたの？」というと、「そちらこそどうしたんですか？」と会話はあいかわらずこんな風だ。ここで会った記念にと、近くに来ていたベンダーからコーン型に入っているかき氷――二つのかわいい角が生えた三色使いのスノウ・コーンを買って乾杯した。日本とは違い、カートのボックスいっぱいすでに雪状の氷を積んであって、その名のとおりのスノウ・コーンであった。

ベネズエラから来たという二組のカップルと話していた彼女たち。そこに合流した中国系のトリニダディアンの関西訛りの日本語には舌を巻いたが、マサチューセッツの大学で日本語を学んだあと、関西の大学に一年留学したことがあるのだそうで、こんなところで関西弁を聞くとは思わなかった。久しぶりに日本を感じ、日本人になって歩いていると、バンドの人に参加しないかと声をかけられる。日本の着物は彼らには仮装にしか見えないのだろう。「わたしたちも日本に行ったことがある。なつかしい」と話にくる夫婦もいた。

夢と悪夢、カーニバルのバランスシート

カーニバルの四日間は無事終わった。といっても、わたしはなんとか無事だったという意味で、新聞を見るかぎりこの国には物騒な話題は数多くある。「ガーディアン」というトリニダードの大衆紙のカーニバル翌日の紙面では「犯罪がカーニバルを台無しにした」という見出しとともに、期間中に少なくとも三つの殺人事件があったことを報じていた。

トリニダードの人たちはいったいに優しく、考えていたほど日本人だから危ない、という気もしなかった。というより自分たちのことに夢中で、他人のことには目もくれないという感じもしたが、それには誤算があるのかもしれない。近代的なビルの後ろにはバラックが並ぶというような国情の下、暮らしていくのが難しい人たちも多いにちがいない。わたしがドム&ステファニーと別れて三時ごろ帰宿した夜も、同じアルーカで殺人事件があったと聞いた。ジュヴェールの人だかりの中で、婚約者に言い寄った男をガンで撃った連れの流れ弾が、そばにいた観客の顔にあたって死に至ったという、やりきれないものだった。

アメリカ人の技師がセントジェームス公園で強奪されて殺されたというものや、学校の警備員がカーニバルから流れてきた人にトイレの使用を許さなかったために殺されたというもの。他にも車の盗難もあり、無数の人が財布やキャッシュカード、携帯電話を盗られ、宝石や現金などの盗難も何千ドルにのぼったと同じ紙面が報じていた。——「カーニバル参加の盗賊もマスを演じた」「この地球上でいちばん凄いショウに多くの人はくりだし、一部の人は一攫千金のためにくりだした」などなど。

わたしがトリニダードに到着してからの一週間はともかくも、このようにまたたく間に過ぎた。カーニバル後の静かになったPOSに移動しようと昨日から予約しているタクシーは、いくら待ってもやってこない。これがトリニダード時間なのだそうだ。ちなみに、日本へ帰国する直前、宿近くのスー

パーの一角にあるTTポストから送った大きな段ボール箱の宅配便は、ほぼ二ヵ月遅れでわが家へ着いた。エクスプレス便でなく、レギュラー便にしたのも不運だったが、店員はそれでも三週間から一ヵ月くらいで着くだろうと言っていたから、てっきり紛失したものと思っていた。あきらめるまでには、トリニダード↑↓日本間はもっとも高い料金設定だと言われていることを承知でTT中央郵便局へ電話をかけた。船便にした覚えはないのに、普通便はイギリスまでは飛行機、そこからは船便になるのだそうで、そうだとするとわたしの荷物は地中海か喜望峰を周り、インド洋を横断して到着したのだろうか。POSのスーパーで調達した段ボールは中味がはみだすほどになっていた。

トーク詩人とトーク&トーク

昼ごろPOSへ移る、と伝えてあったポール・キーンズ・ダグラスからは、三時半ごろ電話があった。わたしが移ったアリシアズ・ゲストハウスは仕事関係でときどき使っているらしく、予定を一日早めて今晩八時半ごろ宿に来るという。朝からテレビ局に行っていたのは明後日から始まる彼のトーク・ショウのためで、入場券を下さるそうだ。そんなわたしをモントリオールから来たドムが羨ましがる。「だったらわたしに従いてきて！」と言ってみたが、彼らはわたしより一歩早く北部の人気スポット、マラカス・ベイ・ビーチへ発っていった。レック夫妻も明日から田舎へ行ってのんびり一、二ヵ月を過ごすという。よく考えた老後の楽しみ方なのだ。

そういえば、サヴァンナとA・ハウスの間にあるクイーンズ・ホールのフェンスに明後日から三日連続、加えて一週間後の一日、セント・メリー大学で行われるショウのポスターが貼ってあった。カーニバル直後の絶妙な時期だと感心する。

彼はわたしと同年齢、一番下の弟もカナダで彼のあとをついでいる。本を売るのは大変だから、舞台のほうが多くなるといっていたが日本とは違う。詩集が売れない日本の現状を分かってもらうのはむずかしい。カーニバルやスティール・バンドなどのエンターテインメントが国興しになっているこの国では、利益を上げられる産業が芸術分野をサポートしていて、各コンペティションで勝ち抜くと、時には何百万という莫大な賞金や、車・航空券などがもらえるのだから、みんなで力が入ってしまう。

彼は本やテープ、CDやビデオなどを携えて現れた。ちょっとした有名人だから、ホテルのスタッフも客もみんなでロビーの一角を空けてくれた。わたしは現在トリニダードの本屋でも買えない三冊を追加注文したが、彼が三十七才のときに出版された「Tell Me Again」は当時の顔写真が表紙カバーになっているもので、手放すのが惜しいようだった。この本の三、四年前に連続して出した処女詩集「When Moon Shine」と第二詩集の「Tim Tim」は、アメリカとカナダのウエブサイト上にあり、帰国後購入してみると、もうすでに古本のたぐい。この二冊のあらかたの代表作を含んだ撰詩集も出ていて、あまりすすめないポールの気持ちが理解できた。

「Tell Me Again」には、ジャマイカのルイーズ・ベネットとカナダの劇場で共演したときの写真や、ロンドンBBC放送で、レゲエの王様ボブ・マーリーとカリプソ・キング中のキング、マイティ・スパロウと対談した時のものが載っている、貴重な三十代後半の一冊だ。終わったのは真夜中に近く、彼のトリニダード訛りとなかなか鋭い突っこみに、気疲れした三時間だった。

トリニダードを出発するまであと三日。今日が一番ゆっくりできる日になるだろう。わたしにしては珍しく「のんびりゆっくり」をテーマに宿を出る。と、えっ！　あれは何？　蝶としか思えない小さな鳥が、しばし空中にとまって花の蜜を吸い、またたく間に消えた。

あれがハミング・バード？　瑠璃色や緑のほんとに美しい鳥だった。考えていたのとちがっているのは、幻覚症状だったか？　思えるほどの消えるときの素早さだ。宿の前には多色のブーゲンビリアや根が人参状のハーブだという紫の花、日曜日のカリプソ・モナークで一位になったマイティ・アロスがトリニダードの象徴の一つとして持っていたバナナ科のバリジエなどが植えられた花壇がある。鳥だけではなく、この国のいろいろなことがなんだかフィクションめいている。帰るまでには、近くの動物園や植物園、博物館にももう一度行って、摑みきれなかったことを摑みたい。

サヴァンナをはさんだ反対側にある日本大使館を訪ねられたのはラッキーだった上に、トリニダードから発信される生情報のウエブサイトがあることを知ったのはありがたかった。対応して下さった大使館員の一人から、「トリニダードの人は保守的だから……」という言葉が出て驚いてしまったが、カーニバル期間中とその前後しか見ていないのでは、つけ焼き刃の反論を言うこともできなかった。インド系の人が四十パーセントを占める人口比率を考えると、ある程度の想像ができないではなかった。ヨーロッパの進出により、原住民のアラワク族とカリブ族の人口が激減し、彼らの経営するプランテーションの労働力としてアフリカ人が連れてこられたことは周知のことだが、その後もインド人や中国人の季節労働者が大勢連れてこられ、この島は他のカリブ諸国の中でも異色のものとなった。初めてこの土地に足を踏み入れたわたしの目からも、アフリカ系とインド系の二つの流れがあることが見てとれた。

トリニダードの料理は南国といってもスパイシィなだけではなく、とてもおいしい。といっても、食べる間もなく歩きまわったわたしには語れる

マイティ・アロスと
バリジェ

ほどのものはない。

今日はその味を探して歩こうと、トラガルディ通りを歩いてウッドフォード・カフェにきた。カフェとはいっても気持ちの良いインテリアのほどこされた落ち着いたレストランだ。

メニューを見てもお料理のイメージの湧かないわたしだが、ずらっと並んだポットからあれとこれ、と指さしで注文することができた。天然ミックス果汁のトロピカル・ジュース。それにコーン・ミールとコーン・フラワーとコーンをミックスして天火で焼き上げたコーン・パイ、なすと何かのフラワー(粉)をミックスして天火で焼いたメロンゲン、それにエビいものような煮物でこってりたっぷりしているダシーンとどれもおいしくいただいた。帰りがけに露店で、こちらではポウポウと呼ばれているパパイヤと、小粒のじゃがいものようで中央に黒い柿型の種が一つあるサポディラを買った。

これがTTのTTだ!　——トリニダード&トバゴのトーク・テント

宿近くのスーパーのコーナーでは、TTポスト(トリニダード&トバゴ郵便局)の受付をしてくれる。箱をもらい、ふくらんでしまって持って帰れない荷物を日本へ発送した。カーニバルが終わって三日目だが、もう「エクスプレス」という新聞社が速報のグラビア雑誌を発刊している。印刷技術も相当なものだ。雑誌には見落としたカーニバル情報もたくさん載っていて、全精力を使っても見たのは部分的だったと分かる。この雑誌を数冊とタブロイド版の新聞数種、わたしにはなんでも珍しいお菓子を少々買って、散歩しながら近くのスーパーをのぞき、日本からのパッケージ・ツアーが催行されるときにはよく利用されるらしいホテル・ノルマンディに行った。

ロビーでのピアノの生演奏が楽しめるレストランで、魚の干物と生野菜をミックスしたサラダをコーヒーとともにいただきながら、日記とポール・キーンズへの手紙を書いた。もう明後日はカナダ経由で日本へ帰る。手紙はポール・キーンズ・ダグラス訳詩集発行（世界詩人叢書11、書肆青樹社、2002）の希望に関するもろもろのことで、投函するより、出来ることならショウのあとで手渡して帰りたい。

会場のセント・メアリ・カレッジでのトーク・ショウは三十分遅れて八時半から始まった。カナダのトロントからゲストとして迎えられたストーリィ・テラーのローマ・スペンサー他、レギュラー・メンバーを含めた七人を彼がオーガナイズしているもので、キャンパス地でできたパビリオン式のテントで行われるワンマンショーだとばかり思いこんでいたわたしは、今年で十九回目を迎えるというこの時期恒例の呼び物となったトリニダードのトーク・テントの認識をあらたにした。入場するとすでに席はいっぱいで、客層がカーニバルのときに出会った人たちとはだいぶ違う。小耳にはさむ会話も、隣の人との話からでも、かれらが馴染み客なのが分かる。舞台にはカーニバルや民話のキャラクターの悪魔ジャブ・マラーシーや男が女装したダム・ロレイン、ぼろ布をつなぎ合わせた服をきた学者ピエロ・グレナダやこの国を発見したコロンブスの船を頭に乗せたキング・セイラー（水夫）、ラバー・トークといわれるモノローグで犠牲者を怖がらせるミッドナイト・ラバーなどを大きく描いたパネルが立ち、色とりどりのドレープが天井から下がっていて、いかにもトリニダード風だ。

最初に出てきたM・C＝司会者はカリプソニアンの一人。後につづく出演者の紹介などを、表情ゆたかにラップでつなげていく芸は聴くものを飽きさせない。出演者たちの衣装もさまざま、観客を巻き込んで歌わせ、唱和させ、演じて踊る。数日前に買った新聞にも「ここではトークは芸術」というサブタイトルとともにトリニダードでたった一つのこのショウの紹介が出ていた。

カリブのオラル・トラディション（口承の伝統）は、人々が言葉以外には何も持たなかった歴史とともに長くて古い。言葉とイメージを自在にあやつり、自分たちのものとしてデフォルメしてゆく才能が抜群のカリブの人たちにとっては、とりわけその内容も豊富であったことだろう。このオラル・トラディションをふたたび現在によみがえらせ、カーニバルと同じように人々に近づけようとしたのが、P・K・ダグラスの大きな野望、トーク・テントの始まりであった。

しかし、ひとひねりもふたひねりもしたトーク、人々を思いっきり笑わせる芸はトリニダードのアクセントと地域言葉とともにキャッチするのは大変で、周りを眺めては楽しんでいたものの、大爆笑のなかでなかなか笑えない自分がちょっぴり侘びしくもあった。

休憩時間に外へ出た。予約してあるタクシーに、終わった時点で電話を入れることになっている。「テレフォン・ブースはどこ？」と係の女の子に訊くと「構内にはない」という。入ってきたときに確認した警備員と言うことがちがう、と困っていると、「これをお使いください」と携帯電話をさしだす人がいた。

「日本から来たんでしょう？」と大柄で感じの良い女性がわたしをのぞきこむ。「そうです」と答えると「ポールの家内です」という。

「わぁ、お会いできて嬉しいわ」と電話で要領の悪い会話をときどき交わした声の主と握手を交わした。「ショウのあとでポールに会って帰りますか？」「ポールに送らせましょうか？」と細かい気配りが日本的でさえある。

やっと書きあげた手紙を渡してもらえばそれで良いと思ったが、閉幕後、みんなの前に現れたポールと「おお！」という感じでふたたび会うことになった。「また連絡を取り合いましょう」ということにして、トリニダード滞在の最後のノルマはこれで一件落着した。

トリニのおさらい

日本を離陸したのは二月五日の夕刻だったから、十日間がまたたく間に過ぎたことになる。こんなに急にいろいろなことが激変した過激な十日などいままでになかった。日本とはほぼ正反対の異質文化に浸ると、なんだか自分自身の風通しもよくなって、何がおきても柔軟な視点がもてそうである。

それにしても、最後まで邪魔なのは見ただけで汗が出てくる毛皮のコート。経由地カナダのヴァンクーバーとトロントではなくてはならなかったこのコートは、いかにもここではそぐわない。といっても、帰りはまた極寒のトロントでストップ・オーバーし、ついでに凍ったナイアガラをのぞけたらいいと思っているのだから、日本に送ってしまうわけにはいかない必需品なのだ。

思いがけないことばかりで、好奇心もテーマもどんどんひろがり時間が足りない。それではてっとり早く、宿近くの植物園に動物園、図書館、ちょっと離れたキュエープに近い西インド諸島《ウェスト・インディーズ》大学……と今日は、おさらいをしながら駆け巡ることにした。植物園入口から、どれがシルクコトン・ツリー?などと道行く人に訊いて歩いていると、トリニダードの人はすぐにガイドよろしくついてくる。モンスターを思わせるほど大きいのは、この木だけではなくバンブー＝竹も同じことだ。アフリカン・ドラムが禁止されたあとに発案された民族楽器、今でもジュヴェールなどに使われるタンブー・バンブーは竹筒を地面に打ちつけながら、ステッィクで節をこすって音を出すが、立派に茂ったこの国の竹は種類も特殊で、楽器になったらさぞかし良い音色を奏でるだろう。

ジャンビィ・バードやハミング・バードを確認しに動物園に行ったがよくわからない。図書館では探していた詩人に行き当たらない。博物館は案内用の冊子を用意していない。この国をおさらいするには、もう一度帰っていらっしゃいということだわ、と名残惜しい気持ちを勝手にそのように解釈した。この国と兄弟姉妹のように縁の深いバルバドスにもグレナダにもジャマイカにも行かなかった。それどころか、飛行機で二十分の距離にあるこの国の一部、海の青さが抜群でロビンソン・クルーソーの伝説もあるトバゴ島にも行く時間がなかった。

宿に帰ってシャワーを浴び、見納めはポート・オブ・スペインを俯瞰できるあの丘からの夜景にしようと、歩いて十五分ほどのヒルトン・ホテルに向かって坂を登った。そこでわたしは期待もしていなかったエンジェルに会ったのだ。

クリスマスでもないのに、豆電球がファンタジックな夜を演出しているプールサイドで、ベネズエラのバレンシアから来たという若い男の一団が写真を撮っていた。少々の会話を交わすうちに、その中の一人「なんとかエンジェル」は仲間から離れてレストランに行こうとするわたしについてきた。「何を食べる？　ぼくは何も要らないけど、あなたのために選びましょう」とたっぷりとこちらが戸惑うサービスをふりまき、「この後あなたはどうするの？」「おぉ、明日はここを発つなんて！」と常夏の火照りをさまそうとしていたわたしは逆に、熱っぽいドラマにしばし巻きこまれてしまった。

ベネズエラの女の子たちは実にきれいだ。セクシーだし情感たっぷりで甘え上手だ。二年前ギリシャで会ったコロンビアンたちも魅力的だった。カーニバルで南米からの参加と分かる女の子たちは抜群だったし、世界一だよ、という話も聞いたことがある。若い男の子たちはきっと気がそそられっぱなしで忙しく、レッスンにも励まなければならないにちがいない。この夢みる夢男くんからは日本に帰ってからもメールがあった。先進国日本の、思いがけず悪い通信事情をどう認識しただろう？

ピアノの音を聞きながらシェフのおすすめで、ほうれん草のポタージュ風カラルー・スープと魚のハンバーグのハーブ焼きをいただいた。このスープはトリニダードのスペシャル・メニューでえび芋のようなダシーンの葉っぱにココナツ・ミルク、それにタイム・セロリ・ガーリック・オニオン・グリーンペッパーなどのフレッシュ・ハーブを加えたもの。魚のハンバーグにはちょっとスパイシーなパインを主にしたソースがかかっていた。最後の夜、ちょっとぜいたくな食事らしい食事をしたつもりだったが、東京に戻ったような普通の気分になってしまい、サヴァンナを見下ろすこの一角がトリニダードからは遠いことを知った。

帰路はフライトのスケジュールで、トロントでストップ・オーバーしなければならなかった。長距離バスで行ったナイアガラも、リバー・ロード沿いのB&Bも、ロイヤル・アレクサンドラ劇場のミュージカル「マンマ・ミーヤ」もとても良かったが、トリニダードの後でなかったら、もっと印象は強かったのだろうと思う。

カリブとは不思議な地域だ。その自然の異質さ・豊かさだけではなく、歴史的にも文化的にもヨーロッパと南北アメリカ、そしてアフリカとが交差しあった場所である。カリブ海はメキシコ湾につながっていて、アメリカの大陸を縦断するミシシッピ河はまた、ルイジアナ州のニューオーリンズ近くでメキシコ湾に出会う。

このように地図をたどれば、これはヨーロッパがこの地域の覇権を握った時代の、奴隷船の航路と一致する。カリブやアメリカの原住民の生活の基盤に、ヨーロッパ文化が移植され、アフリカ的な要素がブレンドされてできたエスニックな文化は、とても人間的で内奥の魂に呼びかけるものがあり、だからこそ振り向かされてしまう。

トリニダードから帰国してそう経たないうちに、今度はそのニューオーリンズへ、サウジ・アラビアへ転勤の決まった息子と合流するためにとつぜん出かけていくことになるとは、わたし自身まったく予想していなかった。(第一部 「誰でもない」わたし 34ページ参照)

初出リスト

左記の出典からの転載に関しては、一冊としてのまとまりや時間の経過を考慮し、大幅に、あるいは部分的に加筆と修正を加えた。結果的に執筆のスパンが長いものになり、発表の場も多岐にわたっているため、重複をさけるべく削除した箇所もあり、それを承知で残した部分もあることをお断りしたい。（集中のペン画と写真は谷口）

序章として

・〈激震の年明けに ２０２４〉（一社）日本詩人クラブ「詩界通信107号　海外客員会員E・ボゥ氏追悼」（2024.6）
・〈或る弔辞に寄せて〉同人詩誌「ここから　第5号」（2017.10）
・〈カリブの詩学と脱植民地主義〉千葉県詩人クラブ会報252号　第14回詩の研究会（2020.12）
・〈カリブとの出会い……〉（2006.9）未発表
・〈……そして、再会　国際交流２０１４〉
「カリブ詩――文化の力・その逆転のダイナミズム」「詩界通信68号　7月例会報告」（2014.9）
「台風をブロックしたカリブの熱帯旋風」「詩界通信69号　国際交流カリブ２０１４報告（2014.11）

第一部　世界の裏窓から――カリブ篇

・1～15　月刊詩誌「柵249～263」（2007.8～2008.11 連載）
（1「誰でもない」わたし／2 ナイポールとウォルコット／3 カリブ海のホメーロス／4『オメロス』と『オデッセイ』／5 カリブ海から地中海へ／7 フランス語圏カリブ ハイチとの出会い／8 漂流するハイチ文学 その背景／9 来日したハイチ詩人／10 カリブの座標軸／11 私流 読書のルーツ／12 脱植民地主義あれこれ／13 汎カリブ海 詩の祭典＝カリフェスタ／14 七〇年初頭 もう一つの詩の祭典／15 西インド詩の広がり、そして東インド）
うち、「6 挿話・アメリカの裏庭で」（2013.5）は未発表

・16 別項1〈西インド諸島発見の光と闇――コロンブス以前から現在まで〉
手作り個人誌「Le Petit Cadeau 2 & 3」（「3」は二人誌、2005.11）
・17 別項2〈西インド諸島と東インドの詩〉同人詩誌「この場所 *ici* 第11号」（2014.11）

第二部　カリブ海の余波――追補版として

・1〈今なぜ、カリブか？〉（一社）日本詩人クラブ「詩界247」（2005.9）
・2〈帰っておいで、私の言葉よ！〉土曜美術社出版販売「詩と思想7月号　特集・海外詩の周縁」（2007.7）
・3〈裏窓から世界が見える―ハイチ〉「詩人会議8月号　特集・いのち」（2007.8）
・4〈ニュー・ウェーブ発生の現場から〉詩誌「地球142号　特集・詩と音楽の美的体験」（2006.9）
・5　石原 武「カリブ海文学の呪力」　谷口ちかえ訳／D・ウォルコット詩劇『オデッセイ』書評
（月刊詩誌「柵」261号　2008.9）
・6〈カリブに学ぶ――世界史の窓、そして風穴〉
土曜美術社出版販売「詩と思想5月号　手を結ぶ世界の詩人たち」（2015.5）
・7　池田 康「詩人に会う／国際交流２０１４報告」
「7」「8」は、洪水企画「洪水 第十五号
・8〈カリブ詩との交流　補論〉
特集・近現代のやちまた」（2015.1）

第三部　持ち帰った現地通信――トリニダード・トバゴだより

カーニバル・カーニバル　２００２（2002～2003）未発表

あとがき

二十一世紀になろうとする頃に地縁ができたカリブ海のトリニダードには、二〇〇二年二月に出かけた。バブル崩壊で日本経済の先行きが見通せない時期、多国籍企業に就職してトリニダード・トバゴでキャリアをスタートした親族がおみやげに持ち帰った詩集のなかで、英語とも違うクレオールのリズム感と解放的な語り口が異彩を放っていた。試しに……と訳し始め、それを少数部、パソコン個人誌「Le Petit Cadeau 1」に発表したのが書肆青樹社の丸地守氏の目にとまったようだ。「詩と創造」誌に連載で紙面を割いていただくことになり、一冊にまとめる構想もあって（世界詩人叢書11『ポール・キーンズ・ダグラス詩集』書肆青樹社、2002.11）早く著作権の申請を、と著者に会いに出かけた。トロント経由で着いた二月第二週のトリニダードは、リオやニースと並ぶ世界三大カーニバルに数えられる一大ページェントの真っ最中。本文で色々ご紹介したが、多重的な意味で圧倒的な衝撃を受けた。これを記録にとどめておかない法はない、と滞在中に書き始め、帰国後に書き継いだ日記はすぐ百枚近くになった。未発表のままだったが、この度ここに抱き合わせることにした〈第三部　持ち帰った現地通信――トリニダード・トバゴだより、カーニバル・カーニバル２００２〉。

当時、開設していたＨＰにカリブの原書を読む会「輪イネット」を併設し、口承文学と純文学のジャンルを二つのグループにして輪読を始めた。忙しい人ばかりで長続きはしなかったが、自身にはカリブ文学全体を概観しつつ、脱植民地主義の観点からも大きなヒントを得て、歴史からくる本質と魅力を学ぶ端緒となった。もう一歩読書を進める機会にできれば……と大阪で故・志賀英夫氏が主宰する月刊詩誌「柵」に連載でエッセイを書かせていただくことにした。今回、本書の大半を占める右記の二項（一部と三部）は、いつかは形にしなければと思いつつ長い年月が経って今日に至ったもの。「柵」の連載をいったんストップしたのは、その頃から公務として日印交流の手探りを始めたためである。（一社）日本詩人クラブに入会して数年が経った二〇〇七年、クラブの法人化と国際交流に重きを置く方針が打ち出され、当時はそれに伴って担当理事を二名置くことが決まった。ジャイカ《国際協力機構》を通して、足かけ十七年間もスペイン語圏を中心にした中南米で過ごされた細野豊氏（1936～2020）と協働することになったが、前任者の石原武氏は、同時に〈今こそ、インド〉とも思われていたようだ。私のほうは日印の架け橋を探ることになり、インド側の潮流もあって多くの刺激と手応えをいただいた。が反面、日本ではまだ認知度の低いカリブを近い将来、発信しなければ……という思いが募った。

　願っていたそんな機運は、日カリブ交流年／ジャマイカ&トリニダード・トバゴ国交樹立五十周年を記念する二〇一四年、カリブ海のトップ校・西インド諸島大学英文学名誉教授にして詩人・文芸評論家のエドワード・ボゥ氏を招聘して催した「国際交流カリブ２０１４」を通して実現した。主催団体の全面的な協力は言うに及ばず、行事の前後あるいはそれ以前から、複数の団体・詩誌から反響や発信の機会をいただき、それらを第二部「カリブ海の余波」として抱き合わせにさせていただいた。本書の発行元・洪水企画もその一つ。当時〈詩人の遠征シリーズ〉での出版企画もあったのに、公務や個人的な多事・多難が重なって大幅に先延ばしになり、主宰者の池田康氏にはご迷惑をおかけした。

　本年は再び巡ってきた日カリブ交流年（日・カリブ交流年2024―外務省（mofa.go.jp））、ジャマイカ&トリニダード・トバゴ国交樹立六十周年。以前に比べれば下火だと感じるが、今年こそ長年の課題を果たしたいと思っていた矢先、クラブの海外客員会員だったDr.エドワード・ボゥの訃報が年頭に入った。ショックとともに二十年来のカリブ関連の様々な出来事が駆け巡り、そのニュースおよびカリブとの出会いと再会の記事を、本文の序章とした。一冊にまとめるには時間的なスパンが長く、発表の場も多岐にわたっているため、見直しをしながら初出リストの冒頭に書いた方向で、難しい加筆・修正を試みた。この一冊が何らかの、新たなメッセージとなることを願っている。

二〇二四年八月七日　著者

詩人の遠征
extra trek 02

世界の裏窓から　カリブ篇

著者………谷口ちかえ

発行日……2024年10月25日
発行者……池田康
発行………洪水企画
〒254-0914 神奈川県平塚市高村203-12-402
TEL&FAX 0463-79-8158
http://www.kozui.net/
装幀………巖谷純介
印刷………モリモト印刷株式会社
ISBN978-4-909385-53-6